誘嫁小田妻

上

花開常在 著

文創風 242

風 文創 242

目錄

自序

花開常在

我想每一位女孩曾經都有一個公主夢，可實際上我們大多數只是很平凡的姑娘，沒有王子駕著馬車為我們穿上玻璃鞋，也沒有酷霸狂帥的總裁大人一擲千金只為博君一笑，我們更不可能像諸多穿越小說中的女孩一般，有機會與皇帝、王爺、世家公子等等譜寫一場轟轟烈烈的愛情。

我們真的只是一個普通人。

也許生活中，讀著普通的學校，做著一份普通的工作，談著一場普通的戀愛。妳身邊的他，可能是妳認識很久且同樣平凡的同學，在情竇初開時，他悄悄往妳的課本中塞一張小紙條；在工作後，他每天安靜等待妳下班，再牽著妳的手一起回家。等你們婚後多年，褪去激情歸於平淡時，細細探究一番卻能發現朝夕相處的瑣碎中竟然還有如此多的溫馨。

我們雖然是普通人，也該有自己普通卻溫馨的愛情。

所以我寫這篇小說的初衷，就是寫一位普通的姑娘田箏，她穿越到這個架空朝代後，沒有特別的一技之長，初時對未來一片茫然，幸而身邊有疼愛她的父母，有團結友愛的姊弟，更有那位一直堅定伴隨她一同成長的魏琅。

她慢慢適應那個社會，雖然依舊不能像別的穿越女一樣，攜手男主角雲淡風輕地指點著江山，但她瞭解透澈自己是沒那個能力做那些事，故而她心態放得好，照樣過著平淡的生活，享受著平淡的樂趣。

可能很多人會說，平常生活中哪有那麼多樂趣可言？我本身也無甚經驗可談，只因為自己平凡，所以更需要主動去發掘生活中的亮點而已。人的一生中，或多或少要經歷一些坎坷，我們只能學著拋開不開心的事物，努力尋找讓自己開心的。

再來說一下本書。魏琅與田箏出生在同一個村莊，兩人從青梅竹馬順理成章地結為夫妻，這其間並沒有多大波折。魏琅在幼時就堅定了一個信念，他要娶田箏為妻，田箏不是一個矯情的姑娘，當她發現自己也喜歡上魏琅時，就很乾脆地同意了與魏琅的婚事，故事就是這麼簡單。

寫作過程中，最感動我的是成親時，魏琅在房裡抱著田箏，情不自禁說了「箏箏，我好喜歡妳」以及「謝謝妳願意嫁給我」，田箏回覆了兩句同樣的話。我原本抓耳撓腮地想出過好幾句很動聽的情話，最後還是選擇這麼普通的兩句，我覺得愛情最美好的狀態，不過是簡單的「你喜歡我，我亦喜歡你，我們彼此珍重，願意向對方付出同樣的感情」。

當我將自己理想中的愛情故事寫出來，直到完結為止，我一直覺得身心都很輕鬆、愉快。在此先對選擇看此書的讀者們說一聲謝謝，希望您也能感受到同樣的輕鬆、愉快。當然我很明白每個人對愛情理想狀態的期待都存有差異，希望看此書的讀者在感受書中故事時，能找到自己理想中共度一生的愛人。

第一章

鴨頭源是一個小山村，背靠一座幾千尺海拔的大山，幾里之外是一條不大不小的河流，村民在村子周圍開墾出田地，田地之間小溪流、小水塘穿插其中，顯得風景非常好。

靠山又靠水，村民裡許多人便把養鴨子當作一種副業。

此刻，田箏拿著竹竿趕著一群鴨子，耳邊聽著一串嘎嘎聲，她不由想像著肥滋滋冒油的北京烤鴨……想得胃都抽筋，雙眼更是直冒綠光。

「箏箏啊，妳娘喊妳趕緊回家去吃飯！」隔壁張胖嬸突然一個大嗓子，直接把田箏的幻想掐滅了。

「哎！張嬸，我知道了。」田箏苦著臉，急匆匆將一群不聽話的鴨子往家裡趕。

她穿越過來一個多月，對放鴨子這項業務還不熟練。鴨子這種生物，牠們吃飽喝足時間一到便自動回家，可保不准會有一、兩隻刺頭兒（注）不按規矩辦事，如果少了一、兩隻，可想而知一定會挨一頓罵。

她才七歲，半大點的屁孩，擱現代，還在媽媽的懷抱裡嗷嗷待哺呢，想想都是淚！

這幾天田箏的任務是放鴨子，由於不熟悉這項活兒導致她經常延時回家，結果趕不上吃

注：刺頭兒，比喻難纏不易對付的人。

飯時間，後果就是常常吃不飽啊！

再深想下去又要淚流成河……

鴨子們一窩蜂地進柵欄，田箏隨便弄點水洗手，就一頭鑽進飯堂。家中人口多，吃飯的場面像筷子打架，手快有，手慢無，慢一步就有可能落得吃不飽的境地，所以她才急呀。

田家五個兄弟至今沒分家，大小幾十口人呢，田箏的父親在家中行三，娶周家村的周氏為妻，田箏上面有個姊姊叫田葉，下頭有個小弟叫田玉景。

她剛踏入飯堂，瞥見桌上擺著一大鍋清粥、燉白菜，還有一盤醬菜。大家已經熱火朝天吃起來，不過片刻，桌上幾樣菜就將見底。

「箏箏，妳的碗在這裡。」田葉叫住了她。

田箏立刻端起來，碗裡是大米拌紅薯絲煮的飯，其中紅薯多、米粒少。由於農家大多吃不起白米飯，只能將紅薯絲加一點粳米混合煮，紅薯是甜的，每日都吃，對田箏這不愛甜食的姑娘真是一種折磨啊。今日餓得慌，她顧不得嫌棄這飯，拿起筷子就扒進嘴巴裡。

見此，她娘周氏出聲斥道：「吃飯要有個姑娘家的樣！」

田箏吐舌頭。「我餓嘛！」

四嬸尖著嗓子道：「還是箏丫頭有福氣，晚了點回來還有人留飯。哪像我們啊……」最後那一句聲音拉得老長，很是意味深長。

大伯母隨即哼哼幾聲，周氏低著頭沒吭聲，祖母尹氏卻蹙眉道：「都吃飽了？吃飽到外面去，別杵在飯堂裡。」

田箏眼角的餘光看到大伯母撇了一下嘴、二伯母皺了一下眉、四嬸翻了一個白眼，其餘堂姊妹們紛紛低頭，大家瞬間安靜下來。

田箏的祖父母比較開明，為了杜絕偷懶、鬧矛盾等等，家裡採取了輪流制度，凡六歲以上的女孩，分成兩人一組打理衛生。這個月還沒輪到田箏，所以她把最後一口菜扒進肚子，十分沒壓力地扔掉碗筷。

吃飽後為了消食，田箏搬一張椅子到院門前坐下，此時夜已黑，月亮只露了一點點彎兒，星星也沒有幾顆，田箏蹺著二郎腿，望著星空，無精打采地數星星。

她突然觸景生情，很有一種未來的前途像這漆黑的星空一樣，看不到出路，感覺很悲催，很想淚流滿面。

「箏箏。」田葉小聲道。見田箏沒回應，田葉有點著急，小跑到大門口再次輕聲喊：「箏箏跟我來……」

田箏回過神時，看她姊姊一臉小心翼翼、十分緊張的模樣，她福至心靈，有點明白了什麼，於是趕緊跟著田葉回到三房住處。

屋裡，年僅六歲的小弟田玉景正乖乖地坐在小板凳上，見了田箏，瞇起眼睛，喊道：「箏箏姊！」

弟弟小臉蛋白嫩嫩，笑容特別可愛。田箏灰暗的內心終於被治癒了那麼一點點，她也笑起來。

田葉第一時間把門拴好，就急急忙忙扯自己的衣袖。

田箏想到什麼，忙阻止她，突然大聲道：「姊，妳弄螢火蟲給弟弟玩，怎麼不早說啊？還藏到袖子裡幹什麼？」

田玉景天真地問：「葉葉姊，妳真抓了螢火蟲？」

「可不是，待我捉出來！」田箏誇張地說著走向窗旁，果不其然就見四堂姊田芝縮在窗底下，田箏大吃一驚問：「芝姊姊，妳在幹什麼啊？窗下有老鼠嗎？」

田芝被發現偷聽壁角，也不見她怎麼尷尬，兩手一攤道：「沒見到有老鼠。」說完拍拍袖子走了。

田葉笑著用手點了下田箏的額頭。「就妳最滑頭！」

田箏嘿嘿地乾笑一聲。

在兩姊弟的期待下，田葉從袖子裡掏出一顆鴨蛋來，還是煮熟的！田箏和田玉景都十分沒形象地嚥了下口水。

田葉此時作為長姊，非常有耐心地把鴨蛋分為大中小三份。她撿起最小只有蛋白的那份，扔進自己嘴裡，然後把中份給田箏，大份的給田玉景，慎重說：「弟弟在長身體，箏箏是姊姊，也要多愛惜弟弟，大的給弟弟吧。」

田箏拿著蛋要往嘴裡塞的手頓住，作為二十多歲的偽兒童，她可恥地羞赧了……

田玉景還不懂什麼，姊姊給了他，他歡快地吃起來，還笑道：「葉葉姊，真好吃呢。」

田箏默默地把蛋黃摳出來，遞給她姊道：「我不愛吃這玩意兒。」

說實在的，她以前真不吃蛋黃，覺得膩，更何況鴨蛋直接水煮吃時還有一股腥味，現在太久沒沾葷，哪怕是一顆蛋，吸引力也夠大啊！

田箏的舉動在田葉看來，就是妹妹懂事了，於是她覺得很欣慰，並十分大人般打斷田箏孔融讓梨的行為說：「箏箏自己吃。吃蛋黃才能多長肉，村裡的阿香姊就是有肉，大家才說她長得俊俏。」

喲！田箏樂了，她姊也才九歲的毛丫頭，不僅懂得俊俏了，還知道引用例子來教導小妹。偽兒童田箏看著眼前一本正經的小蘿莉，突然覺得她好萌！

穿越前，田箏也叫田箏，不過她上頭只有一個哥哥，還特別沒有哥哥的樣兒，兄妹倆為了點雞毛蒜皮都能打得難分難解！可如今離開了哥哥，田箏居然非常想念他。不由在內心默默祈禱：哥啊，妹子穿到一個鳥不拉屎的地方，家裡只有你一個人了。什麼都是你的了，以後要孝順爸媽啊，最主要是靠譜點！

於是她暫時放下對家人的想念不提。

田芝從三房走出後，親大姊田萍見她就追問：「看出來是什麼了嗎？」

田芝哼了一聲。「鬼知道，藏得那麼密實！」

「妳就不會仔細看看？」田萍敲了田芝一頭。

田芝受痛，抱著頭不滿道：「要去妳去，妳愛怎樣就怎樣！」

田萍很是納悶道：「沒理由田葉藏了好東西我不知道啊？」

田芝朝她大姊斜了一眼，鄙夷道：「妳要有好東西能不藏好？咱們不知道有什麼好奇怪？」

田萍見她妹妹的臉色，深感自己沒有長姊威風，於是抬手又給田芝一個爆栗。「死丫頭，跟妳姊說話客氣點。」

田芝抱頭低竄著跑開。「妳再打我，我告訴娘。」

這時，周氏正在忙手頭的活兒，恰好聽到田萍兩姊妹的話，看田萍她們似乎是從三房院子走出，估計說的是自己的孩子，她不放心立刻回到自家屋子時，孩子們已經把一顆鴨蛋消滅完。

周氏瞄了一眼田葉，田葉見她娘嚴肅的臉色，立馬就老實交代：「娘親，晌午過後，三祖母讓我幫忙穿了針線，她給我一顆鴨蛋，我一直不要，三祖母要生氣，於是我只能拿了……」

三祖母指的是田老漢同宗三弟的媳婦。

周氏懸著的心終於放下，她希望自己的孩子不偷雞摸狗，不往歪處長，便道：「幫長輩幹活是應該的，三祖母給了妳鴨蛋，那是她疼愛妳，一、兩次妳就拿著。平日多敬愛著長輩，長輩也會真心疼妳們。」
周氏非常聰明地抓著這件事，條理清楚地剖析一遍給三姊弟上了一堂課。
田箏覺得她娘作為一個古代農村婦女，處事既有原則，為人又不迂腐，跟大伯母、二伯母、四嬸子這三個只會爭風吃醋、斤斤計較的妯娌比起來，簡直天壤之別！
突然感覺十分慶幸，這一世的親人都很不錯，古代的日子稍微不那麼難過了。
三房的房間用一塊麻布隔開，分成了兩個小間，裡間是田老三和周氏睡，外面就是三姊弟，有時田玉景也會跟父母睡——這個有時麼，肯定是夫妻倆不忙的時候，偽兒童田箏不純潔地嘿嘿想著。
田老三在一個月前去鄰縣做短工，田箏剛穿越來時匆匆見過他一面，她親爹長得高壯，是個十分有精神的小夥子。田箏瞥一眼自己的五短身材，親爹、親娘的模樣身材都不差，自己肯定能長好吧？
這個時代的照明基本上是依賴蠟燭和油燈，田家只有祖父母的房間有一盞珍貴的銅製油燈，其他房都用粗陶捏製的油燈。而蠟燭？那是富貴人家平日裡才用得起的東西，老田家只有在過年過節祭祖時才點蠟燭。
周氏端著一盆熱水進屋，她將帕子弄濕一一給三姊弟洗了臉和手，田葉和田箏都乖乖接受了母親的擦揉，只有田玉景扭著身子抗議道：「娘，我不要洗臉！不要！」
周氏捏著帕子按著田玉景的頭就是一陣揉搓，惹得田玉景哇哇直叫，最後還是抗議無效！原本這麼大個人了，田箏該自己動手洗臉，可是每當這個時候，周氏給田箏的感覺就好像她穿越前的媽媽一樣，為了重新感受母親的溫情，她便不想動手。

周氏招呼著三姊弟道：「咱閨女、兒子，都洗了腳就上床睡覺吧。」

洗完腳沒多久，周氏把水抬出去倒掉，剛走進屋裡，祖母尹氏洪亮的嗓音就傳到各個房裡。「熄燈了……都睡覺去。」

如果哪個房間沒有按時熄滅油燈，尹氏就會走到房門前，催促著把燈吹熄。

尹氏是一個勤儉節約的農村婦女，她能忍受孩子兒媳們的一些拌嘴計較，但絕對不允許誰浪費資源。

「箏箏，把燈熄掉。」周氏回了裡間後說。

「欸！」田箏應聲，馬上吹滅了油燈。

今晚田箏和田葉睡一張床，周氏帶著兒子睡裡間。

許是肚子裡想吃肉的饞蟲沒有滿足，躺在漆黑不見五指的土坯房裡，田箏翻來覆去睡不著。

由於她翻身的動作把姊姊給吵醒了，田葉帶著哭腔喊道：「娘，我不要跟田箏睡了！」

據說田箏睡覺會搶被子，這段時間已經被田葉明裡暗裡投訴過很多次，聽到姊姊的哭聲，田箏感覺好罪過，於是默默地不敢亂動。

周氏起來安撫田葉，又幫田箏理了一下被子，就把田葉抱到裡間去了。田箏一個人霸著整張床，靜靜地胡思亂想著。

這個朝代叫大鳳朝，歷史上聽都沒聽過，但大致跟天朝封建制度差不多，而再具體的情況，此時作為一個農村娃的田箏表示，她根本打探不出來。

如同以前的傳統社會，百姓們信奉多子多孫多福氣，每個家庭幾乎都好幾個兄弟姊妹。田箏的祖父母也沒落後，尹氏生了八個孩子：三女五男——女兒已全出嫁，除了最小的兒子沒有娶親，其他人皆娶妻生子。

除了田箏他們一家，如今數數一個屋吃飯的人數：大伯父娶了洪塘村的黃氏，其下育有二兒一女，分別是堂哥田玉華、田玉程；堂姊田紅。二伯父娶了大灣村的胡氏，育有二兒四女，堂哥田玉福、堂弟田玉興；堂姊田萍、田麗、田芝和堂妹田明。至於四叔則娶了劉家莊的劉氏，育有一兒一女，堂弟田玉坤、堂妹田園。

而五叔今年十五歲，也到了議親的年紀，由於姊姊田三妹一年前嫁給鎮上家裡開雜貨鋪的唐有才，尹氏作主給她置辦了一份稍微體面的嫁妝，因此留著給五叔娶親的銀子不得不挪一部分出來，五叔的婚事也推遲了。

可據田箏這些日子的觀察，祖母對五叔的婚事顯然胸有成竹。

這麼細數下來，老田家光孫子輩就十四個，加上祖父母和父執輩一共二十五口人。一日吃三餐飯，必有不少糧食開銷，難怪祖母那麼摳門，每天多少柴、多少米算得清清楚楚，不多也不少。

翌日，公雞此起彼落的叫鳴聲起，田箏被周氏推醒。

周氏笑著道：「箏箏快起來！一會兒妳祖母撿完鴨蛋，要來喊妳去放鴨子啦。」

天！田箏恨不得閉眼睡死去。鴨子、鴨子……一聽到鴨子她頭痛死了。

「小懶蟲，快起床吧。」周氏見田箏一副寧願懶死也不起床的懶散樣，忍不住輕輕去捏她的小臉蛋。

田箏剛爬起來，馬上聽到祖母叫喚：「箏丫頭呢？她還沒起床嗎？」

田箏立刻回道：「起床了！」

梳洗完後，她來到堂屋，大伯母和四嬸已經把早飯準備好，一大盤子醬菜，已經分成一碗一碗的清粥，尹氏指著其中一碗對田箏道：「妳喝這碗，吃飽飽的，多用心放鴨子，不要讓牠們跑到周地主家的田裡去，也仔細看著鴨子別讓牠們在外面下蛋。」

田箏瞄一眼那個碗裡，心想：祖母今天還挺大方，給的醬菜滿多呀！說真的，老田家的醬菜做得真不錯，入口爽脆微辣，特別好下飯。

田箏吃完飯又繼續她毫無期待的一天。

五月分的水稻長得鬱鬱蔥蔥，一眼望過去，一片片綠浪翻滾，其中有些早熟的已經開始抽穗。田箏穿越前，幼時在農村外祖家生活過幾年，對這些美麗的景象並不奇怪。

她趕著一群鴨子朝村南邊走，那裡小水灘比較集中，可以放一天，去到時便見已有三三兩兩的鴨群。她在附近找到一顆乾淨的石頭坐下，開始放空腦袋：現代人離不開電子產品，如果這個時候有一臺能上網的手機多美妙、多愜意啊！她的放鴨生涯一定沒那麼難過呢！

「天真妹！天真妹！」

「妳擋了我的道啦！」

「汪汪汪……」

有人大聲叫喚，伴隨著汪汪不止的狗叫聲。

難得清靜，誰又跑來打擾她幻想？

田箏掀開眼皮，見是一個梳著總角、穿著金光貴氣的小男孩，人很胖，圓滾滾像個糰子，紅通通的臉蛋鼓著腮幫子，瞧著有些可愛，他手裡正牽著一隻黑乎乎、圓潤得不亞於主人的小奶狗。

這男孩名字叫魏琅，村裡喜歡親切地稱呼他為魏小郎。他有個秀才爹，還有個學識好且正準備考秀才的哥哥魏文傑，背景身分是好得沒話講，而她這身軀的原主還是他的小跟屁蟲。

魏琅見田箏不理會他，脾氣上來就惱道：「好狗不擋道啊。」

哎呀，這話真不好聽啊！

田箏猛地站起來，個子比他高出一個半頭，她氣勢十足道：「魏小郎你是討打嗎？」

魏琅不由往後退縮一寸，黑溜溜的眼珠轉動一圈，語氣十分蠻橫道：「天真妹，妳擋住小爺的道了。」

魏秀才在本村的地位斐然，魏娘子待人和氣，與村民鄰里和睦，而魏文傑又是前途大好的少年，連帶著魏琅也非常受歡迎，村民們喜歡他，也愛縱容著他，因此，魏琅逐漸成長為非常調皮的熊孩子（注1）。

聽了他的話，田箏憋笑道：「哪條道是你的？可有寫了你的名字？可有指證？」

魏琅低頭思考片刻，心想，天真妹這話頗有道理，可是一時找不到話頭駁斥她，那怎麼辦？於是他抬起頭皺眉道：「廢話哪那麼多？快讓一讓！」

田箏目前站的地方兩邊都是水田，這條田埂一直連接到水塘的半坡上，不好讓路呀！想想人生太無聊，逗逗小孩子也不錯，於是田箏故作不滿道：「你要人讓路不是這個理，你好好想一想這話、這禮該怎麼說怎麼做，不然我就不讓。」

田箏說完，魏琅狠狠瞪了她一眼，立時吩咐道：「七寶！咬她！」

小黑狗吼一聲就朝田箏撲過來，嚇得田箏趕緊退後一步。

「汪汪汪……」小黑狗齜牙咧嘴，姿態非常得意。

魏琅見狀，扠著腰，哈哈大笑道：「讓妳見識見識我家七寶的厲害！」

田箏：「……」這種智商急速下降跌到谷底的感覺好糟糕啊！

於是田箏做了一件刷新下限（注2）的事，她挑挑眉頭，十分不屑道：「魏小郎，靠七寶算什麼本事！有本事你與我單打獨鬥吧！」

魏琅聞言還真要較勁了，他特別看不慣天真妹那一臉賤兮兮的得意勁，好像……好像他打不過她似的！雖然他確實矮了田箏一個頭。

為了證明自己的男子氣概，魏琅一不做二不休，把狗鍊一扔，當即虎虎生風衝向田箏。田箏立時一個擒拿手，就反扣住魏琅，並伸出左腳輕輕朝他的右腳踢了一下，乘機將魏琅整個人壓制在身下。

擺出一副勝利女王的姿態，田箏使勁按住掙扎著負隅頑抗的魏琅，霸氣地問：「你認輸嗎？」

魏琅無言。他感覺好屈辱！從未如此屈辱過！他極力忍著在眼眶中打轉的淚水，默默想著他爹和他哥曾說過的一則故事，史書中記載一位名人忍受胯下之辱後，最終成為威風凜凜的大將軍……

見他不答話，田箏又問一遍：「認輸嗎？」

略等片刻，發現身下壓著的魏琅不動了，田箏頗為奇怪地打量一下這熊孩子，見他眼眶紅紅，心裡喊了一聲：糟糕！把人欺負哭了啊。

經過此次，魏小郎的人生信條不會遭受毀滅性打擊吧？那可真是她的無心之過啊！田箏趕緊放開他，生怕魏小郎真的哭紅鼻子。

注1：熊孩子，泛指那些惹人討厭，或調皮搗蛋、不守規矩的孩子。
注2：刷新下限，網路用語，指智商太低，已刷新人類智商的下限。

魏琅沒有哭，顯然也沒有興趣再看田箏一眼，他默默地拍掉身上沾染的雜草泥土，喚了一聲七寶。七寶屁顛屁顛地跟上他，一人一狗頭也不回地往村裡走。

田箏無言。這種欺負了小娃娃，心中徒生的罪惡感到底是怎麼回事啊？

魏琅到底是很有個性的孩子，他走了大概五十多步時，突然回頭道：「小爺願賭服輸，上次妳向我要哥哥衣裳的一角布料，我剪好了會拿給妳！」

然後魏琅抬頭挺胸，雄赳赳、氣昂昂地走了。

姊什麼時候求過你哥衣裳啊，還是一角布料？

被天雷擊中的田箏腦袋裡猛地靈光一閃，三堂姊田麗偷偷暗戀著魏文傑，記憶裡似乎真答應過她，幫忙去要一角魏文傑穿過的布料。

好雷啊！她的三堂姊，這麼丟臉的事讓妹妹做，真的厚道嗎？還有，抱著夢中情人的私人物品每天意淫這種梗真的好猥瑣啊……田箏捂臉不敢深想下去。

魏琅今年七歲，跟田箏同年，只比她早出生五天，當年魏娘子生魏琅時出了一點事故，導致魏琅早產，且魏娘子沒有足夠的奶水。這可急壞了魏秀才夫妻倆，後來聽說田老三的媳婦生了女兒，奶水多得很，魏秀才豁出臉面抱著猴子一樣的魏琅來到老田家求奶。

都是一個村的，很多人家七彎八拐還是親戚呢，這點忙有什麼不好幫的，於是周氏就接下了這個擔子。

說起來，田箏和魏琅還是吃一樣的奶長大的呢。

魏娘子和周氏也因此互相來往頻繁，兩人的關係處得不錯，魏琅自幼跟田箏一塊兒處著玩，兩個孩兒是青梅竹馬呢！這也是田麗會拐著彎，讓田箏去拿魏文傑私人衣物的原因，田箏想想就感覺頭大。

中午時分，田葉帶著用瓦罐裝的午飯過來，吃了午飯後，姊妹兩人一起守著鴨子，田箏輕鬆了很多，也能騰空跟小夥伴們玩，當然她主要是為了找吃的。

田箏跟著一起放鴨、名叫魏甜妞的小姑娘認識了白茅花、白茅根、懸鉤子、覆盆子等應時節的野果，還有些能吃的東西。

她前世在外祖家吃過白茅花和白茅根，像白茅花，是吃它尚未開放的花苞，嚼起來嫩嫩的，有一股青草香。白茅根就麻煩一點，通常是長在田埂邊，要挖開泥土才能找到，田箏已經找到一捧白茅根，在乾淨的水渠洗乾淨後馬上露出白嫩的枝節，她迫不及待地拿了一根含在嘴裡，這種草根咀嚼一下，就可以吃到甘甜的味道。

甜味在嘴裡化開，頓時讓田箏升起一種自己在啃縮小版甘蔗的幻覺。她想：一定是這陣子對生活很失望，於是降低了對品質的要求，一定是的！

用衣角將找到的東西包起來，田箏回到池塘邊的半坡腰，田葉正在那兒老實地守著鴨子呢。

「姊，給！我洗乾淨了，咱們吃完再回去，省得落到別人嘴裡。」田箏非常小心眼地說。

田葉將一些多汁多水的覆盆子、懸鉤子挑出來，用自己乾淨的手帕包住，便道：「留兩顆給弟弟吃。」

家裡那麼多小孩，田箏無語道：「這能夠分嗎？」

田葉道：「分他們兩顆不算什麼，弟弟怎麼樣也能吃幾顆。」

田箏心想大姊真好心腸，忍不住嘀咕道：「人家找了好久，都快把這片山坡跑光了……」

覆盆子酸甜酸甜的，對於貧瘠的農家來說，就是零嘴一樣的存在，不僅小孩愛吃，大人在外面幹活看到了也會摘來吃。要不是這幾天下過一場雨，田箏還不一定能找到這一捧呢。

「這個最大的給妳吃！」田葉挑了一顆又大又紅的出來，笑嘻嘻地遞給田箏，田箏張開嘴，毫不客氣地一口吃掉。

有了田葉的加入，這一天的活兒沒那麼多波折，太陽落山頭的時候，姊妹倆順利將鴨群趕到柵欄裡。

一天的工作收尾，終於可以休息。田箏這時最愛坐在門口的石凳上，可以遠離人群不用聽家人的吵鬧聲。因家裡人口多，拈酸吃醋的雞毛蒜皮事也多，為避免影響心情，田箏是懶得去聽。

此時，大伯母黃氏與四嬸劉氏窩在廚房摘菜，這段時間家裡的家務，比如三餐、煮豬食、餵雞鴨、打掃衛生等等，都由她們來做，兩人少不得要說說聊聊。

劉氏笑問：「紅丫頭針線越發長進，整個人也越發水靈，讓她待在屋裡一段時間，我剛瞧了下，那手真是白嫩了很多。將來一定能找個好婆家，大嫂心裡有什麼想法？」

閨女模樣討喜，黃氏心裡高興，她要爭口氣給田紅找一門上檯面的好親事，就算比不上小姑的婆家好，但也不能差太多。想到前幾天娘家給的消息，她面上顯出喜色來，嘴裡卻道：「四弟妹說的這話，我能有什麼成算？還不是等著婆婆給抓主意呢。」

劉氏心想：瞧妳那樣，沒成算才有鬼呢，透個信兒有什麼？她嘴上道：「大嫂也真是的，怎麼能巴巴地等婆婆給拿主意？我看婆婆一直沒動靜，紅丫頭已經快十六了，妳可是親娘呢，姑娘年紀不能拖，我這嬸子都為紅丫頭心急呀。」

娘家給的那消息至今八字還沒一撇，到底是親娘，黃氏沒有圖一時嘴快說出來影響閨女的名聲，這劉氏的嘴巴就沒有拴住的時候，被她知道了，那村子裡的人不也全知道？

黃氏道：「我肚子裡面掉下來的肉，我能不心疼？可是再急也得慢慢挑，這可是紅丫頭一輩子的事呢。」

劉氏看甭想從大嫂嘴裡挖出東西，就轉移話題道：「咱們家的姑娘，我看呀，也就紅丫頭最知禮懂事。她在外面累一天，回家來，還幫著嬸子們摘菜、燒火，哪像其他人……」

說其他人時，劉氏抬起下巴特意瞥了一眼三房的住處，又意有所指地對著東門二房那兒。

黃氏嗤笑道：「咱倆都只一個姑娘，真真是別去眼熱人家姑娘多，他們以後花的心思多著呢。反正只要我的姑娘好，別人的以後有什麼造化，我是沒期望的。」

這是暗暗在諷刺二房、三房姑娘多，在幫別人養媳婦呢。

「噗……」劉氏心照不宣地笑出聲，妯娌兩人繼續熱絡地做著手頭的活兒。

此時，田箏坐了一會兒就打起瞌睡來，身體突然被人騰空抱起，她嚇了一跳，待聞到一股男人的汗臭味，夾雜著豬肉的腥味，她睜開眼睛才發現是她親爹。

「箏箏想爹了沒有啊？」田老三將女兒拋上空，又立時接住。

「……」田箏不知道該說什麼好，爹爹危險的動作嚇得她簡直不敢呼吸。

一直覺得父親是個穩重的小夥子，他此時的行為讓田箏對之前的印象幻滅了。

田老三把女兒小小的身子挾在腋下，另一隻手提著一個袋子，哈哈大笑道：「看看爹給乖閨女帶回了什麼？」

「是肉啊，爹爹！」田箏吸吸鼻子，開心地大叫道。來到這裡沒吃過一頓肉，肉長什麼樣子都忘記了。真是想什麼來什麼，果然是親爹嗎？田箏感動得想哭。

田老三回來的消息馬上傳開，田葉、田玉景也急急忙忙趕到前廳來。

田老五也在場，他隨即接過田老三手裡的麻袋，見袋子裡面裝著十幾條豬骨頭，骨頭上大部分的肉都已經被刮乾淨，只留了零星的肉丁在上面。想著有肉湯也很不錯，他歡喜地笑道：「三哥這次怎麼回來這麼晚？」

「東家厚道，新來一些活兒，讓我連著一塊兒做了算工錢。」田老三笑著答道，見被挾著走的田箏掙扎著要下來，於是放開她，又把剛趕來的田葉和田玉景一手一個抱起來。

剛迎上來的周氏見此，面上嚴肅道：「還不放下葉丫頭？她已經是大姑娘了。」語氣雖然凶巴巴，只是嘴角的笑意還是洩漏了心事。到底是一個月沒見到丈夫，見他氣色好，顯見這些日子沒吃什麼苦頭，她懸著的心終於放下來。

田老三聽媳婦的話，乖乖將田葉放下來，田葉卻臉紅紅，有些不好意思。

「咳咳……」田老漢抽著旱煙，煙桿叩叩叩地在桌沿連敲幾下。「老三家的，還不給老三找件乾淨的衣裳。」

田老漢突然有些煩悶，想著自己幾個孩子。老大老實木訥，老二太奸猾，老三倒是勤快為人活泛，只是這性子太不穩重了，幸好老三媳婦還靠譜。家裡老四倒是各方面平衡，只是娶的媳婦太會攬家！老五呢，身為么兒，被寵得天真爛漫了一些，以後一定要找個實在的媳婦。

自己一把年紀了還有這麼多需要操心的事，田老漢心裡就有點悶悶的，現下一家子住在一起，有自己看著還好，要真的都分出去單過，還不知道會怎麼樣呢！於是心裡這分家的火苗又熄滅了。

各房若是知道此刻田老漢內心的想法，一定會用比爾康還要喜感的表情痛哭著表示：不要啊！求老爹分家！

尹氏心裡沒想那麼遠，她見田老五興沖沖地提著豬骨往廚房去，忙攔下提醒道：「讓你大嫂找幾條蘿蔔和著一起燉。這骨頭一次用不了這麼多，留一點到明後天。」

「娘，兒子哪能不明白！」田老五大叫著點頭。

尹氏在心裡想一遍，到底不放心，自己又去廚房轉了一圈，還問道：「老大家的，你們把米下鍋了嗎？沒有的話，今天就少下一點。」

在尹氏想來，今天有肉湯喝，那家裡人一定會多吃幾碗飯，若把明天規定的分量吃了那可不行。

大伯母黃氏道：「娘，妳也不看什麼時辰，米早就下鍋了。」

「那就多加兩條蘿蔔，多放點水去燉。」尹氏把該交代的都交代完，才出了廚房回自己屋子。

四嬸劉氏狀似漫不經心地對田老五道：「小叔呀！咱們家如今真窮到什麼光景啦？四嫂我怎麼覺得婆婆越來越摳門呢？」

田老五心思不在這上面，語氣敷衍道：「娘一直就這樣唄。」

另一廂，周氏麻利地收拾好丈夫的衣物，並拿到洗漱房來。田老三把水溫兌好時，見周氏帶著衣服來了，於是笑嘻嘻道：「阿琴，快來給為夫擦背呀！」

阿琴是周氏的閨名。周氏臉一熱，惱火道：「老不正經的！爹娘還在等著你呢。」

田老三也不覺得害臊，長臂一伸就將周氏圈進自己懷裡，周氏驚呼一聲，嘴巴就讓丈夫堵了個密實，周氏掙扎了好一會兒，也推不動丈夫的鐵臂。

田老三吻盡興後，才把人給放開，弄得周氏一張臉紅得快滴血。

「看看我給妳帶了什麼回來？」說著，田老三從衣兜裡掏出一支木釵子，看打磨的痕跡應該是新做的，雕刻著一朵玉蘭花。

看那做工，木釵是出自田老三之手，周氏哪裡不明白。家裡賣糧食、幾個兄弟出去做短工的錢，回家都要上繳到尹氏手裡，田老三可沒什麼餘錢給媳婦買釵子。

可周氏心裡還是跟吃了蜜一樣甜，輕輕捶打田老三，嗔道：「怎還有空做這些沒用的？我戴的夠用了。」

田老三看著媳婦羞澀的模樣，笑道：「東家請了個木工師傅，我跟著他打過幾天下手，這可是拾的下腳料，請教了師傅，浪費幾塊木頭才做好的呢。阿琴真不喜歡嗎？」

周氏肚子裡面可沒有那麼多甜言蜜語，於是她紅著臉問：「你又拿工錢偷買骨頭幹麼？仗著娘不知道呀？」

田老三將脫下的衣服給拾起來，放低了音量道：「東家多給了幾十文錢，我不跟娘說她怎會知道？除了買骨頭的錢，還剩五十文。阿琴妳趕緊收好，可不能跟人說。」

見周氏默默接過錢，田老三感嘆一下自己又變成一窮二白，才開始洗澡。

之後周氏拾了他的髒衣服去洗時，四嬸劉氏見周氏出了洗漱房，整張臉猶如火燒雲一樣，便轉頭對來廚房找水喝的二嫂胡氏使眼色，尖著嗓子略誇張道：「哎喲，咱們這幾個妯娌，還是三嫂最得意。看成親多少年了，三哥還疼得跟個新媳婦似的……」話裡很有欲說還休的意思。

胡氏心眼也不少，聽了這番話，板起臉道：「四弟妹這話是想說四弟平時不夠心疼妳呢？」

瞎挑撥什麼啊？平日最愛在妯娌面前顯擺的就數她了，仗著別人不知道妳劉氏什麼心思呢。見周氏這會兒令劉氏心裡不痛快，胡氏心裡驀地爽快了！

田老二是兄弟中最奸猾也最摳門的人。他深得尹氏摳門的真傳，並將之發揚光大。胡氏嫁給他十幾年，從未得過他送的一針半線，更別說甜言蜜語了。胡氏心裡早就怨氣沖天，偏這四弟妹老在她傷口上插刀，她心裡不知道多恨對方。

劉氏見跟胡氏話不投機，微微張口卻沒有再多說半句。

等田老三洗漱完穿戴整齊來到東間正房時，尹氏和田老漢已經等著。

「爹、娘。」田老三分別喊人。

田老漢抽著旱煙嗯了一聲，尹氏到底是關心兒子的，忙問：「這次的東家沒為難人吧？他們家的活計辛苦嗎？」

田老三咧嘴笑道：「這次的東家很厚道，工錢按著日子都給結清了。臨走的時候，還給了我一袋豬骨頭呢。」

尹氏擰著的眉頭舒展開來，笑問：「骨頭是每個人都給了？」

「哪能啊！我是最後走的，管事的瞧我幹活實在，讓廚房送了一些主人家不愛吃的骨頭給我回家來煮湯喝。」

尹氏寬了心，又替別人心疼起來。「那主人家也是真浪費呢，竟是連這麼好的骨頭都不愛吃。」

田老三驚嘆道：「可不是，老有錢呢，他家院子可大。比周地主家也不承讓。」

「咳咳……」田老漢吸一口煙，問：「都做了些什麼？」

尹氏似乎也想起來還沒問，急道：「也是，這麼厚道的人家，除了修院子外，都做些什麼？」

田老三於是把自己在那裡做的散活一一說給了爹娘聽，並表示自己還極有眼色地幫著多做了事，聽得兩老直點頭。

「娘，這是二十九天半的工錢，說好是二十五個銅板一天，東家給補上了零頭，一共是七百五十文錢。」

尹氏收了錢，心裡高興，這一個月就比一大家子人賺得多，還是老三腦子靈活啊，她笑咪咪問：「那東家還要人嗎？還要就帶著你幾個兄弟一塊兒去。」

田老三應道：「東家暫時沒活兒了，以後要人手就帶著哥哥們一塊兒去。」

尹氏心裡更滿意了，並在心裡想著上次田三妹回來時帶的蜜餞似乎還有，哪天瞅著沒人，就偷偷塞幾塊給田葉他們三姊弟吃。

不多時，灶房裡蘿蔔燉骨頭的香味，老遠都能聞到，簡直餘「味」繞梁，饞得人恨不能吃下三頭牛，一家子有十幾口已經去廚房張望並催促過。

飯堂早已擺好桌椅，原木八仙桌上整整齊齊地放著碗筷，各房的人出奇一致地來齊了，連近來一直在房間中做繡活的大堂姊田紅都提前出了房門。

田箏偷偷瞄了一眼田紅，田紅是個身子骨比較結實的姑娘，目測有一六〇以上，臉蛋還有些嬰兒肥，模樣長得不錯。只除了臉有些黑，應是以前幹活曬黑的，也許是長孫的關係，田紅的性子比較大方，在弟妹面前說句話挺有分量的。

二房的三堂姊田麗有事沒事就喜歡挨著田紅，此時朝她招手喊道：「大姊，妳到這裡來坐嘛。」

田麗身邊的田萍哼了一聲，十分不滿：「到底誰是妳親姊？」

田紅沒有駁了田麗的臉面，很識趣地在她身邊坐下，至於田萍的風涼話，田紅就當沒聽到，直接無視了。

田麗側著身子，非常興奮地說：「大姊，前幾天妳教我的那種針法我又給忘記了。待吃完飯到妳房裡，妳再教教我行嗎？」

田紅爽快地應了，又道：「這種針法得一針一線做扎實了才好看。」

「難怪我做出來的，比大姊做的難看很多呢。」田麗道，她想白天沒那麼多時間做繡活，晚上祖母也不讓點燈，全家只有田紅有點特權能延時熄燈，若跟著田紅玩，搞不好能蹭點碎布料，縫一個荷包出來。田麗心裡的算盤打得啪啪直響，那面上笑開了花。

在廚房這廂，大伯母和四嬸剛要抬著一口大鐵鍋去飯堂，大房的田玉華、田玉程十分有眼色道：「娘，讓兒子來。」

黃氏笑罵：「兔崽子們！就對吃賊機靈。」

一口大鐵鍋裡燉的都是蘿蔔和骨頭，裡面放了大薑、大蔥段等做調料，燉得湯汁呈奶白色，熱氣騰騰，香氣撲鼻。

小一些的弟妹們忍不住一窩蜂地圍了上去，直到尹氏呵斥了幾句才散開。尹氏指揮人將湯分成兩大份，男人們那一桌她沒去管，只管女人們這一桌。

有尹氏坐陣，這些熊孩子們才沒敢造反。尹氏拿著木勺子按著人頭分，每個人都能分到一塊骨頭、幾塊蘿蔔。

田芝偷瞄了一眼隔壁田箏的碗，肉和蘿蔔都一樣多，可是她怎麼感覺田箏那塊骨頭比自己碗裡的要大？再探了一眼田葉碗裡，塊頭是小了些，但是肉明顯多了不少。田芝撇嘴，祖母可真是偏心！

「祖母，我要這塊！妳給我換換……」天真爛漫的七堂妹田園嘟著嘴，拿手指著盛骨頭湯的大碗。

劉氏見狀，忙笑道：「娘，園園這些天換新牙，就給她肉多一點的吧。光是骨頭她也咬不動。」

田萍噗哧一聲笑道：「四嬸這話笑死人，要吃綿軟的，就別要骨頭了，依我看蘿蔔塊燉得多綿軟啊！」

這話胡氏雖然也很想說，可她不能說，見自家大閨女竟然帶頭表示不滿，只能道：「長輩說話有妳插嘴的分兒嗎？一邊待著吃妳的去。」

田萍撇嘴。

「園園，來，我這塊骨頭小，給妳吃。」田紅說完就把自己碗裡的骨頭挾給田園。

田園瞇著大眼睛，笑容甜甜道：「大姊最好了。」

黃氏眼刀子唰唰直接飛到田紅身上，心想：這傻丫頭，又不是妳親妹子，何必自己不吃給別人？

可惜田紅沒接收到她娘的眼色。

尹氏分完，見田紅沒有，最後還是給田紅加了塊骨頭。

田箏抱著屬於自己的碗，先是迫不及待地喝了一口湯，湯的美味程度她實在用言語表達不出來，連續一個多月清湯寡水，肚子裡面的蛔蟲估計都死光光了，由於時間關係，肉沒有燉軟爛，吃起來還有一股嚼勁，田箏頗為不捨地又咬了一口。

什麼時候能過上想吃肉就吃肉的奢侈生活啊？如果有一天田箏現代的朋友知道她就這麼點追求，估計會被鄙視吧。

唉……古代日子坑爹坑得沒商量餘地。

田玉景被田老三抱著坐到男人們那一桌了，男人們桌子上分量足。小小的田玉景吃得滿嘴都是油，臉龐紅潤潤的。

周氏將自己的那兩塊分別給了田葉和田箏，柔聲道：「妳們吃吧，娘不愛吃。」

姊妹倆在母親殷殷期待的目光中，抵不過美食的誘惑，小口小口地把骨頭啃了，湯也喝光了，飯也吃完了。

田箏穿越後第一次覺得肚子撐飽了。

一大家子人都吃飽喝足，大堂哥田玉華還感嘆道：「太好吃了！三叔，下次出去幹活，我願意給你當跑腿的！」

家裡人都笑了。

翌日趁著日頭好，陽光足，尹氏發話，一部分人去地裡拔蘿蔔收白菜，一部分人留在家裡準備曬蘿蔔乾等等，田箏便留在家裡。

周氏負責切蘿蔔片，她把菜板直接放在簸箕裡，拿著菜刀飛快切著，等簸箕差不多裝滿時，田葉和田箏就把簸箕中的蘿蔔丁抬到院子的空地上曬。

另一邊黃氏跟著尹氏就切大白菜，也是切成一小段的，放在簸箕中曬乾做醃菜。

胡氏和劉氏領著一群半大的姑娘們在水井邊洗菜。洗好後兩人一組抬給負責切菜的人，每人都有任務，沒人閒著。

堂哥們在地裡拔蘿蔔，裝滿筐子挑回來。田玉華將擔子放下，熱得滿頭大汗，他對周氏道：「三嬸，給我削一根蘿蔔。」

周氏拿著刀子唰唰幾刀就把蘿蔔皮削掉，田玉華接過去，放進嘴裡咬得嘎吱響，嘆道：「好甜！」

田箏雖然知道蘿蔔可以生吃，但她還沒試過呢，好奇湊過去。「娘，給我一根唄。」

「嬸……我也要。」幾個年幼的堂弟妹都湊熱鬧。

周氏於是給每個孩子削了一根蘿蔔。

尹氏見此，並沒有多話。家裡沒有瓜果，給孩子們吃幾根蘿蔔也不值當什麼。

這個時節的蘿蔔，削掉辛辣的一層皮後，多汁多水吃起來有一種特別的甘甜味。田箏吃完一根意猶未盡，問她娘再要，她娘以蘿蔔性寒，吃多了會腹瀉為由拒絕了，並嚴厲禁止她偷吃。

未成年人真是沒人權！

田箏也想過發憤圖強，不要再這樣子混吃等死，畢竟她不是真正的七歲，她青春年少的時候嗑了很多小說，種田文、宅鬥、宮鬥、修仙……凡是小說她都有涉獵。想到很多種田文的主角，無論是靈魂穿越還是胎穿，最後都能發家致富，再嫁得如意郎君，攜手笑看人生風雨……

但是這有一個很重要的前提：人家混得開，除了先進的意識外，都有一門在古代發家致富的社會技能啊。

田箏讀的是語言學校，主修法語和英語，準備實習的單位也是這兩種語言的翻譯，真不好意思，她一隻腳才剛踏進社會大門呢，就莫名其妙穿越過來了。

現代人的精明能幹她沒有，製造玻璃、弄溫室蔬菜、改良水稻啦，抱歉她不會。創造一些新鮮又好吃的菜譜賣方子？她以前就不會做菜，現在依然是個負責燒柴的丫頭，連菜勺子的邊都沒摸著呢！突然覺得自己讀了那麼多年的書，到了這古代，真是毫無用處。

一深思，她貌似……真的……什麼也不會幹啊，好廢柴啊！田箏因此才老實地扮演孩子的角色。

老田家正井然有序、熱火朝天地幹活時，一條十分囂張的小黑狗竄進了門，牠衝到田箏面前一陣汪汪汪的大叫。

田箏丈二金剛摸不著頭腦，胡氏倒是笑了。「這不是魏小郎養的狗，七寶嗎？」

劉氏也點頭道：「還真是魏秀才家養的七寶啊。」

田箏十分不理解。「做什麼呀？這是？」

胡氏猜到了什麼，道：「許是魏小郎找妳呢，這七寶可通人性，不會無緣無故對人亂叫。」

「娘，我出去一下。」丟下話，田箏往大門口走，小黑狗七寶也屁顛屁顛地跟在後面。

出了門，在屋簷下果然見到等在一旁的魏琅。他今天還是穿得金光貴氣，遠看就像個招財童子。

「怎麼這麼慢？」見田箏來了，魏琅不滿道。

外面陽光耀眼，見魏琅額角有一絲絲細密的汗珠，田箏好脾氣地回答：「找我不會自己進去找啊？做什麼讓七寶來！」竟然讓一隻狗去叫人，物種不同，語言不通，懂嗎？

「給妳的！」魏琅扔下手裡的一團東西，拔腿就要走。

田箏忙追問：「是什麼？」

魏琅心氣不順地說：「不是妳吵著要的嗎？我哥的一塊衣料！」

等魏琅說完，田箏才想起來是怎麼回事，不由得一陣黑線，這下真是幫田麗那丫頭揹黑鍋了。

「妳死心吧！我哥哥不會喜歡妳的。」說完，魏琅感覺出了一口惡氣，帶著七寶雄赳赳地走了。

算了，別跟個孩子計較！

當田箏把那塊布料交給田麗時，她高興壞了，捂在懷裡好一會兒，才喜孜孜地下定決心用這塊布做個小巧的荷包，田麗還想把荷包做好後，再拜託田箏送給魏文傑。

田箏扶額，不是說古代很忌諱私相授受的嗎？難道這是農村，所以開放點？

田麗連連許諾了諸多好處，田箏並沒答應幫她送荷包。開玩笑！沒看那熊孩子魏小郎都以為自己喜歡他哥呢！

忙碌一整天，老田家二十幾口人總算能坐下來吃晚飯。照樣是男人一桌，女人、孩子一桌，吃飯氛圍像打架，經常因為誰沒有挾到想要的菜而吵吵嚷嚷不得休停，一直到大人喝斥了，孩子們才住嘴。

這時，隔壁的張胖嬸突然風風火火跑進來，一邊喘氣一邊叫喚道：「老田叔、老田嬸，你們家大喜事呀！大喜事！三妹早上生了個大胖小子！」

張胖嬸口中的田三妹就是田箏的三姑姑，一年前嫁給鎮上一家雜貨鋪老闆的小兒子。田老漢原本是捧著碗，聽了張胖嬸的話，高興得馬上扔了碗筷，追問道：「他嬸子，妳說的可是真的？」

張胖嬸狠狠地拍了一下大腿，大叫道：「老田叔，我還能說假的？千真萬確的大喜事！你們家三妹可真是有福氣。」

一家子人聽完都露出喜色。

劉氏很會看眼色，這時馬上搬來一張凳子給張胖嬸坐，周氏也給倒了一杯茶。「妳快坐下歇歇，喝口水，慢慢說，不急。」

尹氏這兩天身子不爽利，晚飯在房中吃，這時聽到喧譁聲，也趕緊穿戴好來到大廳。「辛苦張嬸子，我們家小外孫、三妹都好吧？」

張胖嬸眉飛色舞地比劃。「聽說生產很是順利，從陣痛到出生只掙扎了兩個多時辰，小子和三妹都健康著呢。哎喲！老田嬸，要我說咱們村裡，三妹可真是數一數二有福氣的。我親眼見到的，她婆婆自己動手殺了一隻正下蛋的老母雞，親口允諾月子裡頓頓都不會缺三妹雞肉吃，這可不是少夫人的日子嘛！」

張胖嬸今天剛好去鎮上置辦一點東西，在田三妹婆家的鋪子裡秤紅糖，就聽說了這個好消息，唐家一時走不開，於是拜託張胖嬸告知一下老田家。

這女人只要生下接替香火的兒子，位置就坐穩了！哪怕以後生的是女兒，壓力也不會太大，反正能生，就一直生下去唄。

尹氏去房間取了四顆雞蛋包好給張胖嬸帶回去吃，感激道：「勞妳跑一趟，這個帶回去給柱子吃。」

「老田嬸妳這也太客氣！我也不過是動動嘴皮子告訴你們一聲罷了。」張胖嬸推託不肯接。

「那也煩勞妳特意告訴這麼大的喜事。」尹氏不由分說地把雞蛋塞給張胖嬸。

周氏也勸道：「張姊，妳就收下吧。」

最後張胖嬸收下雞蛋，心滿意足地回了家。

胡氏站在一旁，嘀咕道：「不圖這點雞蛋，她能那麼熱心跑過來告訴我們？」

娘也真是的，這雞蛋就是不送，於情於理，別人也不能說什麼。

尹氏耳尖，瞪了一眼胡氏。胡氏這才不敢再說下去。

飯也吃得差不多了，收拾一下飯桌，這時天已經完全黑下來了。尹氏今天破天荒地在堂屋裡點起油燈，田家幾兄弟和各自媳婦都在場。

尹氏出聲道：「三妹生了小子，我這裡早就扯布做好小衣裳，再捉一隻雞、兩隻鴨，帶點鴨蛋，明早去鎮上再順便秤點豬肉，這禮就差不多了。我這身子走不動，你們看要誰去？」

去鎮上誰不想去？何況是去唐家這種富裕家庭，故而一時沒人出聲。

約莫片刻，黃氏忍不住道：「娘，三妹小子的洗三禮，我這做大舅母的怎麼好意思不去？要不就讓我帶著紅丫頭去。」

黃氏心裡打算，她娘家離鎮上不遠，趁著這次機會也好上娘家探探上次消息如何了。

「娘，我也很久沒去看三妹了。」胡氏不服氣，但她講不出什麼道理來，只好乾巴巴地道明意願。

劉氏聽完兩位嫂子發言，想著趕緊表態，不然黃花菜都涼了。「娘，坤哥兒都還沒去過他三姑姑家呢，我這次帶孩子去認認門，正好我前兒做好的小衣裳也要給三妹送去。」

田箏很想知道最後這好事會落到哪房頭上，所以一直待在堂屋沒走，看來還是她娘親忍得住氣。

周氏倒沒說什麼。

田老漢抖了抖煙桿子，罵道：「胡鬧！妳們都去，這家裡誰來幹活？說這麼多做什麼，老三你帶著你媳婦去。」

「爹！」

「爹怎麼能這麼偏心？」

田老漢的直腸子想得很簡單，田老三是時常跑鎮上的人，老三媳婦做事又穩妥，兩公婆（注）辦事都令人放心，當然是最好的人選了。

田老漢既然發話了，尹氏就拍板道：「就聽你們爹的，老三你帶著你媳婦去。」

「什麼好事都是別人的！」胡氏站起來，踢了一腳椅子衝去房間。

尹氏皺眉。「老二，你也該管一下你那婆娘。」

田老二心裡也不太愉快，就沒接這話頭。老爹的想法，他心裡明鏡似的，此刻不由得埋怨胡氏平時不識大體，在父母心中沒什麼好印象。

田紅近來被拘在家裡，一直不得出去，她實在想趁這個機會往外走走，於是對尹氏撒嬌。「祖父、祖母，讓我跟三叔三嬸一起去吧，最近攢下來的荷包正好拿到鎮上繡品店換了錢，我也想買些新花樣子呢。」

尹氏考慮了下同意道：「紅丫頭妳就一塊兒去。」

黃氏見此，乘機道：「娘，紅丫頭哪裡懂挑花樣，我也跟著去參考。」

田老漢不耐煩一家人爭來吵去，擺手道：「老大媳婦帶著紅丫頭，老三你們也帶葉丫頭、景哥兒去，就這麼定了，都回房吧。」

田箏眼睜睜看著自己被刷掉了，不由吐槽：看來老二真的不好做。

田葉從灶房打熱水到房裡，田箏他們三房一家五口分別擦臉，洗了下腳，周氏將田玉景抱到他們床上。

田箏實在沒忍住，問：「娘，明天我也去姑姑家可以嗎？」

如果不是怕妯娌有意見，三個孩子她絕對是要一塊兒帶去的，周氏這個時候很是開明，她徵求田葉的意思，問：「葉丫頭，箏箏沒去過妳三姑姑家，這次娘帶她去，妳看可以嗎？」

田葉一向疼弟妹，幾乎不用思考就同意了。「娘，姑姑成親時我已經去過，這次妳帶妹妹和弟弟去吧。」

田箏高興壞了，跳起來一把抱住田葉。「姊，妳真是我親姊！」

周氏噗哧笑罵道：「渾丫頭！還能不是妳親姊！」

「我是說親姊對我最好了！」

周氏道：「別學那油嘴滑舌，早點睡覺，明兒還得起來趕路呢。」

田箏來了這麼長時間，想到要走出這個村子，去鎮上瞧瞧，興奮得一時睡不著，耳邊聽著裡間的田老三和周氏說話，兩人叨叨絮絮地商量了些該怎麼給田三妹添點禮物送去。

注：兩公婆，湖南方言，指夫妻兩人。

第二章

翌日，公雞還沒有開始鳴叫，田箏就被田老三叫醒。

田箏強撐起眼皮穿戴整齊，直到用涼水洗了臉，腦袋徹底清醒時問：「爹，咱們要起這麼早啊？」

田老三道：「要走兩個時辰，這個時候走，等到了鎮上也要大早上了。」

古代交通真是一個令人頭痛的問題，兩個時辰等於現代的四個小時，田箏表示她還從來沒連續走這麼長時間過。不過想到能外出看看，時間長點也沒關係啦。

大伯母黃氏和田紅兩人已準備齊全，一行人拿著準備好的禮物摸黑往鎮上去。等到達鎮上時，果然已經大早上，田箏估算了下，大概辰時左右。

他們來到泰和縣城的中心泰和鎮，本縣屬於大鳳朝西南部金州市管轄。雖說經濟不發達，不過大多平民百姓都能圖個溫飽，看老田家就知道，每日能吃三餐飯，只不過很少有肉吃而已。

縣城的入口邊沿途稀疏地分布著一些簡易茶鋪，路上遇見不少挑著農產品往城裡走的農民，田老三在一個臨時搭起來的攤子前停下來，他道：「大嫂、阿琴，我們先在這裡吃碗米粉。」

黃氏和周氏帶著孩子們找位子坐，由田老三去點了幾碗米粉湯，田老三似乎與這個鋪子的攤販熟悉，語氣輕快道：「馬六，來六碗米粉湯，其中一碗多放辣椒！」

「好嘞！馬上就好。」

一碗碗的米粉盛上來時，田箏全看了一遍，每碗裡面都有一些肉末、幾片菜葉、蔥花，跟自己在現代吃的早餐很像，她突然很感慨，如果沒有穿越，她一定要左手一隻雞腿，右手一隻鴨腿，咬一口吐一口。天可憐見，她想肉都想瘋了！

周氏見田箏這時候還發呆，提醒道：「箏箏，趕緊吃，一會兒到妳姑姑家可沒有那麼快有午飯吃。」

吸著米粉，連湯都一口不剩地喝完，田箏捧著肚子還有點尷尬，結果等看到連一向斯文的大堂姊田紅都把碗裡的湯喝光，也就不再難為情。

田老三還向攤販馬六多要了一碗湯喝。

「娘，這裡的米粉真好吃。」田箏由衷道，說真的，吃慣了現代多樣化的美食，再吃這種純手工做的米粉，那勁道別提了，湯底也熬製得濃香撲鼻，調味的辣醬、小菜之類，味道也非常好，按讚！

田箏以前看了很多種田文，裡面都有意無意貶低古代鄉下地方飲食業不發達，於是主角靠著自己的一手好廚藝好點子，大開金手指，想想便可惡啊！為什麼到了她這裡就行不通？

黃氏笑道：「馬六家的米粉是不錯，一碗才四個銅板，咱們現在吃的這種碗，到了城裡面要五個銅板，還沒有肉咧！」

這個田箏懂，就是走鬼檔（注）的優勢唄！

稍微休息片刻，等田老三付了錢，一行六人很快進了城，田老三先是麻利地在同村張屠夫的攤位秤好兩斤肉，等來到唐家的鋪子時，已經巳時。

唐姑父似乎知道他們要來，等在門口，見了他們嘴裡掩不住笑地說道：「大嫂、三哥、三嫂，你們快進來！我想著這會兒你們肯定是要到了，這不，你們就來了。」

大家客套一下見了禮，就被迎進了院子。

這時候田箏才知道為什麼三姑姑會被人說好命，唐家目前的宅子格局是個二進二出的四合院，前院就在大街旁，特意修繕成適合做雜貨鋪的格局，後院直接住人，這種規格又是青磚瓦房的院子，放在鄉下就是土豪啊！

老田家那種土坯房，簡直是弱爆了嘛！

唐家二老和唐姑父是真高興，對著媳婦的娘家人很是客氣，都給安排屋子住，茶水、點心這些都不缺的。

田老三看過姪兒後，不好在房間逗留，於是就幫親家一塊兒做些能力所及的粗活，比如劈柴、擔水之類，女人、孩子都還留在屋裡。

田三妹長得很秀氣，外貌跟母親尹氏很像，但要更柔和，整個人給人如沐春風的感覺。

注：走鬼檔，指無牌的流動小攤販。

她的臉色還有生產後的疲憊，但心情很不錯，尤其是見了娘家人。「紅丫頭，妳領著弟妹們吃瓜果，別不好意思。」

黃氏笑道：「三妹，妳好生躺著，他們孩子家的不用理會！哎喲，看看我們大哥兒生得可真俊啊，一看就有秀才相！」

周氏抱著孩子，輕輕地掂了掂。「可是有七斤多吧？長得真結實。」

田三妹笑著回答：「哥兒他爺爺昨兒個秤過，有七斤六兩。」

說起孩子來，姑嫂幾個妳一言我一語，真是聊到天黑也聊不完的架勢。

田箏實在瞧不出剛出生的毛孩子，皮膚皺巴巴、臉蛋紅通通的，哪裡俊俏了？

唐家的家庭成員並不複雜，除了唐家老兩口，大兒子娶的是鎮上一家陳姓香油鋪的小女兒，陳氏連生了三個閨女，還沒個男娃。至於小兒子，娶的田三妹，進門才一年便生下大胖小子，這還是唐家的長孫，受到的重視可見一斑。不過陳氏的娘家背景硬，所以並沒影響到她在唐家的地位。

自古以來重男輕女，何況是在大鳳朝這種男子傳遞香火的時代。今日見唐家二老真是恨不能把大孫子含在嘴裡的歡喜樣兒，幸好生的是兒子，萬一是女兒，像田三妹這種娘家無權無勢的媳婦，以後在婆家的處境可就不一樣了。想到這兒，田箏由衷地為三姑姑開心。

在唐家除了留人手在鋪子忙活到比較晚，大部分的作息時間還是跟田家沒什麼兩樣，只不過在這裡，田箏終於可以痛痛快快地在睡前洗一個熱水澡！

給客人準備的洗漱間連通著灶房，提熱水很是方便，裡面有四、五坪的空間也是青磚瓦房，擺置一個完全可以容入一位成人身長的大木桶，田箏洗澡前排的是田紅，她洗完就叫田箏去。

周氏不放心，故而也跟著女兒進來。

田紅的小臉因剛洗完澡顯得紅撲撲的，她興奮道：「三嬸，三姑姑家真有錢，我居然用了香胰子洗澡！」話語裡滿是羨慕。

周氏也很驚訝，不過想想剛得了大孫子，喜悅的唐家定捨得大方點招待他們，也就不奇怪，忙道：「那可真好，妳洗時感覺怎麼樣？」

田紅是個十六歲的少女，少女哪有不愛美的心，她馬上捲起袖子，露出一截胳膊給周氏看。「妳看，我感覺自己現在的皮膚好了很多，柔滑發亮的。」

周氏笑了。「看著是有一些不同。妳娘在找妳，快回房間去吧，可別到處跑了。」

像她這種年紀將訂親的姑娘，在別人家作客，當然不好隨意走動，因此田紅說完後，很聽話地抱起自己換洗的衣服，回了暫住的客房。

田箏聽到這裡，很不解，便問周氏：「娘，大姊這麼高興，什麼是『香胰子』？」

周氏在放衣物的木架上找到東西，就遞給田箏看。「哪！這就是香胰子，用來擦澡的，這可是名貴的稀奇物品，據說要半兩銀子。我們這些鄉下地方的人哪裡捨得買呢！」

香胰子的外形黑褐色，估摸著有小孩拳頭大小，田箏驚訝地張大嘴巴。

哎呀！這不是古代的香皂嘛！

為了確定，她特意拿著觀察，古代俗稱的胰子、澡豆，是用豬的胰腺去除污血，再磨成糊狀，加入香料、豆粉或者草木灰之類製成的。

「這麼一塊要半兩銀子？」田箏顫抖著手問周氏。

哎呀！這種高興得要爆炸的感覺是怎麼回事？

這是要發啊！

要發的節奏啊！難道她的金手指要來了？

周氏見田箏驚訝，又笑著解釋道：「瞧著這塊已用了不少，當是不值半兩，能賣到半兩那總得四、五個這麼大吧，娘也沒見過。」

田箏試探著問道：「這麼貴的東西，就沒有人學著做來賣？」

周氏不客氣地輕敲一下田箏的額頭。「傻丫頭！妳以為誰都會做？這可是別人保密的方子，聽說咱們整個縣城都沒人會的東西，還得跑商的人從外城運過來呢。」

老天爺呢！田箏激動地大笑起來。

她會做呀！

田箏覺得自己笑聲太大，忙捂住嘴巴，不由得興奮地想到在現代，做手工肥皂特別簡單，甚至連小孩子也會做呢。

田箏此刻真是萬分慶幸自己以前趕了一波潮流，在手工皂掀起熱潮時，跟風做過幾回，雖然成品不怎樣，但好歹材料、步驟都會的呀！

「哈哈哈……」一時不察，她又笑出了聲。

「傻笑什麼，快脫了衣服，娘幫妳好好擦一下背。」周氏無奈地看著小女兒，實在不明白她對著香胰子流什麼口水，那可不是能吃的東西。

田箏感受了下古代香胰子的感覺，跟現代比起來，要粗糙一點，泡泡是有一些，但不多，看來這時的方子還有很多改進空間。

洗完澡後，田箏在客房的床上翻來覆去，整個人亢奮得睡不著。一想到自己有了發財大計，似乎馬上能看到滾滾而來的銀子，吃不完的肉、穿不完的衣服……哎喲！真是睡不著了！

此時的田箏還比較天真，她完全只看到前景，沒考慮實際的困難。

「箏箏，妳今晚幹什麼一直動來動去，姑娘家睡覺就老老實實地睡！」周氏被田箏吵醒，呵斥道。

田箏被呵斥，趕緊老實了。

田老三和黃氏他們在唐家住到小表弟洗三那天。

唐家為了宴請親朋好友、街坊鄰居，在院子中擺了六十八桌宴席。來參宴的人紛紛誇讚，言語裡都是對唐家能擺出這種規格席面的羡慕。唐家喜得長孫後，一直特別大方，田箏住了幾天，肚子裡就沒缺過油水。

當外頭正歡快地辦宴席，而唐家大房的屋內卻瀰漫愁雲慘霧的氛圍。

「妳看著這場面，能不揪心？我的好小姑，可別再說喪氣話，妳呀！不該想那樣多，趕緊調養身子是正經，也好生他一串小子。」

「嫂子，說句掏心窩的話，妳以為我不想生？可是那也要能生出來才可。我現在這年紀，孩子的爹也不大愛跟我行房。再說，萬一又是姑娘呢？」

先說話的胖婦人狠拍大腿。「妳就鑽牛角尖吧！是個姑娘又怎麼樣？唐家還能養不起？現在不抓緊生個兒子，你們大房以後還有什麼地位？」

陳氏向來好強，被自家嫂子點破處境，臉色很不好地道：「公婆偏心也不是一、兩天，我要有了兒子，看二房還能得意幾天。」

「妳就該這麼想！你們大房本來就要占大位，可不能白便宜二房的兒子。」

田箏吃飽喝足，原本想找個幽靜地方消消食，她記得後院有幾棵老榕樹，樹下有幾個石墩，這不，還沒走到目的地，就聽到了以上八卦。

大豪門有大豪門的鬥爭，小宅門也有小宅門的算計，升斗小民還得每日計較著一日三餐的花費呢。唉！田箏不得不感慨，像他們以前號稱最純潔的校園學子，為了各自的得失，互相使絆子也不少。

想生活好，真的要一直努力。田箏一直在想，該用什麼方法，購得製造肥皂需要的材料。在現代，手工肥皂很是火紅了一段時間，興起很多人自製，其實它的原理很簡單，就是油脂和氫氧化鈉混合後，產生皂化反應，再倒入定型的模具，一段時間後就能凝固成塊狀的肥皂。

因為曾經製作過，田箏倒不怎麼擔心，但一些現代器具，這個時代並沒有，因此要找到合適的替代品得花費心思。

並且老田家說起來是開明，但田箏需要一個固定的場所給自己試驗用，她今年還不到八歲，在別人眼裡，就是熊孩子一個，一想到要說服大人讓自己潛心研究，田箏突然有些頭疼。

可不試試怎麼會有白花花的銀子？為銀子、為頓頓吃上肉，田箏下定決心拚一把。

田箏他們告別唐家時，唐家備了很多回禮。田老三他們確實幫了不少忙，這也是禮節，走的時候適當推拒一下，也就接受了。

唐姑父是個會為人處事的，早跟鴨頭源一個長年往返縣城趕牛車的羅把式打招呼，羅把式已經等在門口。一行六人上了牛車，不用辛苦地走路。牛車的速度不快，慢悠悠的也不顛簸，坐在上面打個盹都行。

黃氏先前跟田老三說過要帶著田紅去一趟她娘家，回村的路途中正好經過黃氏的娘家洪塘村，這時便對羅把式說：「羅師傅，麻煩你在洪塘村停一停。」

羅把式是個四十多歲的漢子，長年趕牛車，一張臉曬得黑乎乎，笑起來很和氣，問：「喲，田大嫂，回娘家幹什麼啊？」

黃氏笑道：「很長時間沒回去看看爹娘了。」她打著哈哈，也沒說清楚是去幹什麼，事情沒定下之前，黃氏是不肯開口的。

事前田紅已經知道一點情況，於是臉有些紅。

田箏並非不知事的兒童，稍微一想大概能猜到一點。女大當嫁，本是天經地義的事，要知道，她在現代還沒大學畢業，母親就開始明著暗著打聽她的交友狀況，還一直說：該談戀愛就談戀愛，別藏著掩著，家裡人都不介意她有個男朋友……

她估摸著田紅是有什麼好對象，需要相看相看。

黃氏帶著田紅回娘家後，牛車再次往老田家啟程。因羅把式和田老三都比較健談，一路上說著地裡的莊稼、天氣狀況、預測下回收成等事，時間不知不覺就過去。

當眾人回到田家時，小孩子們早已經翹首盼望許久，見羅把式的牛車過來，一窩蜂湧上來，嘴裡嘰嘰喳喳。「三叔，你們帶了什麼好吃的回來？」

「我也要看看！」

「三伯伯，有雞腿嗎？」

得，全是一幫想吃肉的可憐娃！

田老三哈哈大笑。「渾小子們，有你們吃的！整隻雞鴨，還有一整個荷包肉！」

宴席回禮一般都會送些吃食，像田家這種親家，除了有特意炮製好的雞鴨，主人家還會按人頭回禮一些荷包肉。荷包肉是用米粉、新鮮豬肉、醬料等食材拿荷葉包好，再放入蒸鍋裡蒸熟的菜式，味道非常美味。

另外唐家擺了幾十桌的宴席，一些剩菜剩飯短時間內肯定吃不完，故而也帶了些剩菜回來。油多、肉多，鄉下人哪裡會嫌棄？天天都巴不得有這種好事呢。

「太好了！有肉吃了！」

孩子們忍不住歡呼起來。田老五是個半大小子，他跟田老三是兄弟，也不顧忌，接過田老三手裡的荷包肉，迫不及待撕開，用手挖出一塊肉直接扔進嘴巴裡，咕嚕吞進肚。

「五叔，給我來一塊。」

「我也要……」

「嗚嗚嗚……我也要，為什麼不給我？」個子小的田園什麼都搶不到，忍不住就大哭起來。

祖母尹氏聽到聲響，從堂屋裡面走出來時，看到這混亂局面，她二話不說拿著雞毛撣子對著田老五抽過去，嘴裡罵道：「看你沒個長輩樣！都給我住手了，一個一個嘴巴拴不住，家裡是沒有給你們吃飯嗎？」

尹氏氣極，一整包的荷包肉，你摳一塊，他摳一塊，一下子去了大半。這本來都打算留著做菜，可以分幾餐加蔬菜一起炒，能吃很久。真是一幫不省心的傢伙，不當家不知柴米貴！尹氏黑著臉，讓人把東西全部搬到自己房間鎖起來。

田箏回房間時，發現田芝跟著自己，轉過身問：「芝姊姊，妳跟著我幹麼？」

田芝斜著眼問：「妳就沒藏什麼好吃的？我可不信了。」

田箏樂道：「妳信不信關我什麼事？」

她還真藏了肉，可是她傻才會拿出來吧！這麼多熊孩子，像剛才五叔幹的那事一樣，這麼點夠分？再說她親姊都沒吃呢。

田芝憤恨道：「田箏，妳敢自己一家人躲在屋子裡吃，我告訴祖母妳藏東西！」

「隨妳。」喲，這威脅都來了。當她是嚇大的嗎？貧窮就這點不好，吃塊肉還得藏著掖著！

田箏忍不住黑著臉想：賺錢計劃必須得提上日程！

古代這種粗布衣有個特點，就是袖子比較寬大，在裡面塞點東西，完全看不出來。二房的田芝會懷疑田箏私藏了東西，按人之常情推斷是很正常的，畢竟在三姑姑家幾天，瓜果、點心之類的唐家每天都會供應，心疼家裡姊妹的，只要從牙縫中省下來帶回自家，主人家也不會說閒話，所以老田家的熊孩子誰不盼著去唐家啊！

田箏覺得自己作為一個心理年齡二十幾歲的人，思想還這麼幼稚，那麼有心眼，實在是不好，不好。但這都是現實逼迫的！

尹氏把從唐家帶回來的剩菜收進自己房間，晚上時，她先把雞鴨、荷包肉這類水分不多、保質期長的挑出來鎖上，才吩咐人把容易變質的菜拿到廚房熱了當晚餐。

「哎呀！箏丫頭，妳怎麼看灶臺的，濃煙都這麼多，火也快熄滅了。」四嬸劉氏負責熱今晚的菜，她站在灶頭被煙燻得嗆出聲。

田箏分神觀察廚房看有無什麼空置的瓢盆碗罐之類能做肥皂的工具，雙手卻一直往灶裡添柴，結果柴一多，壓得火將要熄滅，她尷尬地撓撓頭，趕緊拿吹火筒吹，大火重新燃起來。

劉氏裝盤後，對田箏道：「行了，熄火吧。」

趁劉氏端菜出去的空隙，田箏走到櫥架下，拉出一個盆，盆口有四、五個飯碗大，可惜是個鐵盆，就不能用來做肥皂。

電子秤和溫度計這類現代工具，實在找不出來，只能憑感覺。她相信做多了，就能把握好溫度。但是找個代替不鏽鋼盆或者燒杯之類耐高溫的工具，卻很不容易。廚房倒是有很多陶罐子，實在不行只能先用這個。

鴨頭源的農戶吃油有兩種：豬油和茶籽油。廚房中這兩種油都用小罐子裝著，分量不多，用完了再去向尹氏領，家裡的油罐子尹氏可是把關得很嚴實。

田箏心裡轉了好多彎彎繞繞，最後明白自己一定說服不了長輩投資自己做肥皂，因為首先要用這麼多油，祖母就絕對不同意！

唉……田箏最後決定找個同謀，先找個地方把成品做出來，有了硬通貨（注），才有資本

注：硬通貨，指貨幣。

說服家裡人。

「妳在這裡幹什麼?還不去吃飯啊。」田箏發呆時，田葉端著碗過來問。

田箏眼睛一亮，自己親姊不就是最好的同謀嘛!田葉這小女孩心地好，心又軟，特別疼弟妹，找她幫忙準是沒錯的。

想通所有關節，田箏心裡終於舒坦了，這下也有了食慾。

吃完晚飯，天色已黑下來，大家各回各房洗漱準備睡覺。田老三晚上要去村頭的莊稼地裡放水，放水是個辛苦活兒，這地方現在雨水不多，大家都想有個好收成，首先得保證田裡水分足夠，搶水是個很嚴肅的問題，必須要留人守在田地上邊，估計田老三很晚才回家來。

周氏去廚房端熱水準備給三個孩子擦下臉，田玉景照常是很不喜歡洗臉的，吵鬧著不要洗。

田箏推開房門進去，見到軟萌弟弟又在躲避洗臉，笑道:「阿景，你老老實實洗完，姊給你糖糕吃。」

田玉景睜著亮晶晶的大眼問:「真的嗎?」

周氏笑罵:「妳哪裡來的糖糕，別糊弄妳弟。」

此時田葉已經拆了頭繩，把頭髮放下來梳順，她打算洗完臉就上床，便見田箏表情特別得意、賊兮兮地小聲道:「我給你們看看啊……」

為躲避二房、四房那些熊孩子的眼睛，田箏可是實實在在憋著沒把藏在身上的東西解下來。

來，要知道光田芝那小眼睛，今天一刻不停地盯著她，憋到現在，田箏確定安全才敢解下

食物用油紙包著，外面覆蓋一塊乾淨的帕子，裹好了就藏在田箏的袖口裡，事先田箏透過田紅向三姑姑借了針線，在袖子裡縫了一個口袋，這樣走路幹活之類也不會掉出來。袖子縫上口袋後，她覺得以後藏私房錢什麼的也很不錯啊。想到此，田箏窘了臉，為了藏點東西可謂費盡心思。

田葉、田玉景連同周氏都神奇地瞅著田箏把兩邊的袖子捲起來掏出兩包東西，為了平衡，她兩邊袖子都藏了東西。一包是用紅糖加細米粉蒸出來的糖糕，紫褐色的，咬一下鬆軟可口，這是唐家宴席上特意做的糕點；另一包是兩小塊肥瘦均勻的荷包肉。

田玉景見真有東西，咧開嘴笑。「箏箏姊，妳好厲害呀！」

「噓……」田箏趕忙捂住田玉景嘴巴。「小聲點，不能說什麼知道嗎？」

田玉景重重點頭。「嗯！」

周氏搖搖頭，對小女兒的小心眼著實有些無奈，只能罵道：「三姊弟趕緊分吃了，以後這種事別再做了知道嗎？叔伯的堂姊弟也是你們親姊弟，凡事別分那麼細，姑娘家做人要大方一點。」

就知道會被批評教育。田箏摸摸頭，很聽話地表示明白，她把那兩塊荷包肉遞給田葉，道：「阿景這個你別吃了，這是留給姊姊的。」她眸裡散發著光彩，轉頭對田葉道：「姊，

妳快嚐嚐看，可好吃了呢！」
祖母把剩下的荷包肉收起來，肯定是要分幾次吃，時間長了，味道也沒那麼好，再說，輪到田葉嘴裡，能有幾口呢？
田箏去之前就打算一定要省下嘴裡一口肉給田葉帶回來。剛穿越來那段苦哈哈的日子，要不是田葉這個小姑娘無微不至的關愛，田箏她很可能會發瘋的，如今叫田葉一聲姊，她叫得心甘情願呀。
田葉接了肉，要往田箏嘴裡塞一點，田箏還不肯道：「姊，妳吃吧，我在三姑姑家吃了好多。」
田玉景笑咪咪道：「葉葉姊，我們都吃過了喔。妳吃吧，真的可好吃了！」
周氏見姊弟幾個團結友愛，內心頗為熨貼，道：「葉丫頭聽話，這是弟妹專門留給妳的。妳要領著弟妹的情，弟妹還小呢，當姊姊的以後要在娘看護不到時，多照顧弟妹。」
「嗯。」田葉終於小口小口地把肉吃進嘴裡。
那一刻，田箏突然很感動，這種兄弟姊妹之間的關愛，是現代不缺吃喝的小孩子們很難體會的。前世，她跟哥哥雖然打打鬧鬧，也互相爭搶東西，但家庭條件好，父母並不會忽視哪一個，每次有東西皆能做到按各自喜好公平分配，此刻的感覺她是初次體會，還不賴呢。
周氏掀開田箏的袖口，特意看了下那兩個口袋，不由笑道：「妳這丫頭，是從哪裡想來的點子，這樣子縫個口袋裝些小東西倒是不錯，回頭娘去找些碎布來，給妳爹衣服上也縫補幾個。這可比荷包好用，還不怕弄丟。」

田葉也覺得不錯。「就是箏箏的繡工太難看，這件衣服還得拆了再縫過。等衣服換下來洗乾淨，我再給妳縫一次。」

這創意可不是田箏想出來的，她有些心虛道：「我就想著怎麼藏東西不被發現唄。」大鳳朝無論是上層富賈還是底層貧農，都是用荷包裝些小物件，在衣服上縫口袋這樣不雅觀的事，也沒人會想到去做。

「葉葉姊，妳也縫一個給我吧。」田玉景在一旁瞧著新鮮，也想要。

周氏看著孩子們，笑道：「都有，娘給你們縫。」

三房的氛圍特別溫馨，一家人閒話後便安心睡覺。

一連幾天，田箏都沒有找到合適的地點實行自己的肥皂計劃，這日早晨，她揹著竹簍跟著田葉去打豬草時，發現山中有間小茅屋，處在山腹中。她觀察了地勢，四周幽靜，行人很少，而且小茅屋裡還有燒火的工具，真是個絕佳的地點，心裡便冒出一串計劃，她可以藉著打豬草的名頭來做肥皂啊。

打完豬草回來時，老田家靜悄悄的，氣氛有些奇怪，往日因為是吃飯時間，通常各房的人早已經聚齊。此時田箏和田葉都弄不明白什麼情況，田箏丟下東西，跑到廚房只見到周氏獨自在燒火煮飯。

「娘，今天不是四嬸他們煮飯嗎？」田箏問。

周氏打了個手勢，讓田箏過來燒火，她用鏟子在鍋裡面拌了幾下，加點水進去，又轉身去切待會兒要煮的蘿蔔。

田箏著急追問：「娘，妳倒是說呀！出什麼事了？」

周氏道：「小孩子不要問這麼多。」

大人最討厭了！田箏無奈地攤手。

妹妹去灶房幫忙，田葉就先把兩簍豬草給堆到豬圈那邊，這些豬草打來是留著明天早上熬煮餵豬的，這樣明天打的豬草就留到後天，每天都不會缺少豬的吃食。這年頭，人還沒有一頭豬金貴，往往寧願人餓著，也不能缺一口豬糧。

走到豬圈那兒得經過大房住的房間，隱約聽到大伯母還有大堂姊的哭聲，田葉想不明白，大伯母和大堂姊去一趟娘家怎麼回來就哭了，所以等她來到廚房幫忙時，直接問：「娘，我剛才放豬草聽到大姊她們在哭，她們為何哭得那麼厲害啊？」

「把這個端到飯桌上去，小孩子家別多事問這些。」周氏把燒好的青菜裝盤後遞給田葉，又打發她幹活去。

太奇怪了！田箏姊妹倆心裡都在嘀咕。

所有飯菜上桌時，除了在外幹活還沒回來的人，二房、四房的人全走出來，田箏這時候才知道，原來剛才家裡不是沒人，而是都自動躲在房間當布景板了。

田老漢一聲不響地坐在主位上，黑著臉，往常興致好時，他就抽一、兩口旱煙，這回估計是氣狠了，那煙桿子都給扔了。

田老漢發話道：「去個人把你們祖母叫出來吃飯。」

去的人是二房的三堂姊田麗，不用片刻，她就回來噘嘴道：「祖父，祖母說她今天不吃了，讓我們自己吃。」

田老漢「啪」的一聲，把筷子一摔，也不吃飯了，起身就往外邊走。

在座的人心頭都咯噔一下，除了一些年紀小不知事的孩子還挾著飯菜往嘴巴裡面塞，其他人都停了筷子。

胡氏是個憋不住氣的，忍不住嘀咕道：「大哥大嫂這樣做，算什麼事啊？大家都不用吃飯了。」

這話一出口，田老二的額頭青筋都冒出來，他拿著手中的筷子向胡氏砸過去罵：「一家子就妳話多！妳以後光講話別吃飯了！」

胡氏最怕的是田老二，他一發火，胡氏就不敢再吭聲。

田老三對媳婦周氏道：「妳端碗飯給娘送到房裡，我出去看看爹往哪裡走。二哥、二嫂、四弟、五弟……你們都先吃飯吧，吃完還得去田裡拔稗草，不能耽誤了稻子生長。」稗草是一種長在稻田裡面的害草，要時不時拔掉，免得搶了水稻的養分。

田老三匆匆扒了幾口飯進肚，就出門找田老漢。

田箏默默地扒飯，心裡面對這狀況好奇死了。到底發生了什麼大事，搞得祖父母發這麼大的火？要知道往日裡雖然有些小打小鬧，但哪家沒磨擦？祖父母都屬於對兒孫比較開明的人，兒孫們當然也尊重他們。

田箏一看，除了田玉華、田玉程，大房其他人都不在場，估計是在房間待著呢。田箏之前猜測黃氏和田紅去娘家應該是去相親，就相個親能惹來什麼大事？莫非之前猜錯了？

周氏撿了些軟綿好入口的菜裝在一個盤子，連同飯碗一塊兒端著往尹氏住的東廂去，她一路上心裡也不斷有想法冒出來，經過大房這麼一鬧騰，會不會真以分家結尾？

周氏進去時，尹氏躺在床上，她身上蓋著棉被，聽到聲響時道：「我不吃了，你們自己吃自己的。」

周氏把飯菜放在案桌上，勸著尹氏道：「娘，多少吃一口，您前些天身子就不大爽利，不吃飯怎麼行呢？」

「是老三家的啊。」尹氏聽了聲音，抬了下頭，便道：「就放那兒吧，我餓了再吃。」

周氏用勺子舀著飯菜調和在一起，送到尹氏嘴巴邊，輕聲道：「娘，吃一口吧，飯菜冷了再吃，對身子不好。」

尹氏年紀六十好幾，生了這麼多孩子，每天操持著家裡大小事務，近來身子本來就不好，被這麼一氣，看起來更顯得憔悴。她眼眶都是紅的，顯然是有流過淚，見周氏這麼殷勤，她接過碗，也不用周氏餵，自己就舀著飯吃起來。

周氏看著往日一向強勢硬朗的婆婆這模樣，心裡就有些酸酸的。說真的，雖然大嫂出發點是好的，但事情就不能這樣辦，這樣戳心窩子的話，怎麼對爹娘這麼說呢？

尹氏放下碗，對周氏道：「妳大哥大嫂今日說了心裡話，老三家的，妳也給我說一聲實話，是不是你們都嫌棄我們管得多，早早盼著分家單過？」

「娘，看妳說的，我和老三一直就想傍著爹娘過呢。」周氏忙道。

尹氏深深盯著周氏，嘴裡道：「你們心裡想的，我都清楚。」

周氏見這話不好接，於是也沈默了。

尹氏又吃幾口後實在吃不下，她思索片刻後就起身開始穿衣服，並對周氏說：「我去下三叔公家，等你們爹回來，就告訴他一聲。」

周氏連忙答應。

午飯時，大家吃得很安靜，要出去幹活的，吃完早早就去了，留下幾個人收拾碗筷，田箏和田葉負責洗碗，劉氏在一旁剁豬草，準備太陽落山時熬豬食。

田箏挪過去，低聲問：「四嬸，祖父母和大伯他們怎麼了？」

劉氏是個守不住秘密的人，嘴巴很碎，若她指望著從父母親嘴裡打聽出事情來，估計這輩子都別想知道了，所以田箏決定向劉氏打聽。

劉氏先是想了想，壓低聲音道：「妳大伯母給妳大姊相看了一戶人家。男方家裡開鋪子的，聽說老有錢了，比妳三姑姑家都不遑多讓。」

田箏奇怪問：「那是好事啊！」

劉氏意味不明地笑了，撇嘴道：「那宋家大郎，前頭已經死過兩房媳婦，留下了一個閨女、一個兒子，若是妳大姊嫁過去，哎喲喂！這下孩子都不用生了。」

啊？……又是鰥夫又拖兒帶女的，確實算不得多大的好事。

田箏便問道：「祖母不同意？」

「妳們小姑娘家，哪裡懂這些門道？宋家如果不是家裡有點資產，誰家願意把閨女嫁過去。」

鄉下地方本來就不大，哪家有個什麼私密事，只要漏了點風聲，還有誰會不知道呢？這宋家要說也是富裕人家，早年發家致富就搬到泰和鎮上，但宋家親族還在洪塘村，每逢年節都會回鄉祭祖，跟鄉里沒斷了聯繫。聽說死的那兩媳婦，是被宋家母子不小心弄死的呢，好多村的人都傳遍了。

田箏問：「那大伯他們願意？」

劉氏嗤了一聲。「妳大伯母就是個要強的，為一點錢，連閨女的命都不要。妳大伯和大伯母今天擱下話，要麼同意這門親事，要麼分家，把妳祖父、祖母都給氣暈了。」

要麼同意，要麼分家，這的確是黃氏會說出口的話。只這分家是這麼容易的事？田箏十分懷疑。田家這四個媳婦，除周氏還較為本分外，其他三個都很是掐尖要強，為了點雞毛蒜皮，便要爭個高低，這個田箏可是深有體會。

平頭百姓也沒什麼娶妻娶賢的概念，莊稼漢子能有老婆孩子熱炕頭，就已是頂好的日子，所以田家四個媳婦素質參差不齊啊。

田葉對這個宋家也有耳聞，於是問劉氏：「大姊同意了嗎？」

劉氏道：「妳大姊說了，婚姻大事全憑父母作主。」

看樣子也是同意了。

劉氏又笑道：「宋大郎那樣貌身板子，十里八鄉都是拔尖的！沒婚嫁前，妳是不知道多少年輕姑娘偷偷喜歡著呢。」

唉！估計田紅是看上宋大郎的相貌了。想不到田紅也是外貌協會的啊，田箏吁了一口氣。

此時，在東廂大房屋裡，田老大自己去廚房弄了些飯菜吃，吃完飯就出去做活，剩下黃氏和田紅還僵持在屋子裡不願意出去。

田紅眼見父母為了自己的事，跟祖父母鬧得這麼僵，心裡也不好受，就對黃氏說：「娘也真是的，妳怎麼能這樣子說祖母呢！」

黃氏瞪她一眼。「妳這個死丫頭！我是為了誰操心啊？敢情我還操錯了心？」

田紅道：「祖父、祖母不同意，我們怎麼辦？」

黃氏挺起胸膛。「她不同意也得同意！反正妳爹跟我是通氣的，就是他們不同意，等我們分了家，娘還會幫妳找個比宋大郎更好的。」

田紅感覺臉燒起來，跺腳不忿道：「娘！」

黃氏笑了。「死丫頭知道害羞呢！妳祖母那個偏心眼，我知道她手裡把著錢想給妳五叔找人家，才會考慮你們孫輩的事。娘可不能等，我必須抓到主動權，再說她以為我不知道啊，她幫妳相看的張大柱家兒子，那是個什麼人家啊！比咱們家還不如呢，娘可不想讓妳嫁過去連飯也吃不飽。」

田紅低著頭，黃氏也不知道她在想什麼。黃氏由衷道：「宋大郎一表人才，是家裡的獨子，他家開著鋪子，上頭只有一個老娘，等她翹辮子，以後妳就當家作主。這日子有什麼不好？再說了，大郎就是脾氣急躁了點，哪個男人脾氣不急？就是妳爹、妳祖父，也有脾氣急起來打人時，咱們女人家，只要做好了本分，男人能不講道理就打人？」

黃氏認為自己也算愛女之心，嫁漢嫁漢，穿衣吃飯，不就是圖溫飽？她這麼做沒有錯！

田紅作為老田家的長孫，受到的關注比其他孩子多，加上她又是大房唯一的女兒，不比其他堂姊妹需要爭寵博得父母關愛，她性子向來大方穩重，對於母親的話，心裡隱隱也有認同感。田紅在處事上一向不覺得自己差，想著嫁去宋家，伺候丈夫，孝順婆婆，善待前頭的孩子，她自信都能夠做到，所以，田紅對這門親事並沒抗拒。

再說，黃氏提到張大柱家的兒子張小圓，田紅真沒想到祖母居然想把自己嫁到這樣的人家。張家兄妹五個，張小圓下頭還有四個妹妹，雖然他是獨子，可是這麼多妹子，往後得出多少嫁妝啊？再說他們家田地又不多，溫飽都不行。

兩相比對，田紅當然願意嫁給宋大郎。

如果田箏在場，估計就能理解祖母尹氏的想法。尹氏選擇張家，按她的思量，張小圓是獨子，以後妹子出嫁能不幫扶著唯一的兄弟？張大柱兩口子老實本分，不是個會為難媳婦的，張小圓這孩子幹活又踏實勤奮，四個妹妹和和睦睦，做起農活來，這四個女孩子常常能頂得上男子。現在日子是辛苦點，很快也會好起來的呀。

尹氏是覺得張家前景好，把田紅嫁過去不吃虧，可她不明白大房想要的，大房已經看到眼前的利益，哪裡想讓女兒去吃苦？攀上宋家，大房也能得利不少，比如田三妹就是個例子，每逢過年過節，看看唐姑父送的禮多豐富呢？再說，要去鎮上辦事，有唐家幫忙，也比平時容易。

兩方價值觀不一樣，這才產生這麼大矛盾，因此，大房為這都鬧到要分家的地步了！

田箏估摸著大概是下午申時，尹氏獨自回來，那會兒田箏在給鴨子拌食，她在一些空置的菜地裡面挖了些蚯蚓，用一個瓜瓢裝著，回來後，混和一些菜葉準備餵給鴨子吃。她見尹氏往屋裡走，就喊道：「祖母，妳回來啦。」

尹氏點了頭，問：「妳娘和妳四嬸她們去了哪裡？」

「去了菜地澆菜。」

尹氏道：「箏丫頭，妳現在去把妳娘、妳四嬸她們喊回來。」

田箏應道：「那我馬上去。」

說完，田箏把拌好的食物放進鴨柵欄裡面，飛快地跑去打水洗手，正準備走的時候，尹氏又把她給叫住道：「箏ㄚ頭去完了菜地，順道再去田老酒家打兩斤酒回來。這裡有十個子兒，田老酒家的米酒是五個子兒一斤。拿著這壺，兩斤剛好滿上。」

田箏接過錢，拿著酒壺心裡嘀咕，這不是鬧矛盾嗎？怎麼叫自己去打酒？看祖母的臉色尋常，表面也瞧不出什麼心思。唉，反正她只是個小孩子，有什麼事情也輪不到她插嘴的地步，還是老老實實幫長輩跑腿去吧。

田箏去菜地跟周氏她們說完後，就往田老酒家去。村子是挨著大山腳下建立的，是呈現由高往低的地形，田老酒家處在上游，田箏往他家走時，剛好經過魏琅家，魏琅正牽著七寶在遛狗呢。

「是天真妹啊！七寶，咬她！」

媽呀！這二貨（注）！田箏滿頭黑線，抱著酒壺繞開了去。

「汪汪……汪汪……」七寶是頭沒主見的狗，主人讓牠幹什麼就幹什麼，這不，魏琅一指使，牠就對著田箏狂吠。

田箏忍不住罵道：「混蛋！魏小郎，你又想打架啊！」

魏琅扠腰，噘著嘴，面露得意。「我才不跟妳打架，妳跟我的七寶打吧，看妳能奈何？」

七寶就算是一條小奶狗，她還真怕牠啊！田箏心裡實在是氣啊，可跟個小屁孩又不能計較，所以當初就不能跟這樣的二貨霸道熊孩子玩耍！

這時，魏家的大門突然打開，一個身高估計一百七左右的少年走出來，他長得很是眉清目秀，穿著藏青色的衣裳，舉手投足間，有一種說不出的風範，這人就是魏文傑。

魏文傑先對田箏歉意的一笑，說了句抱歉，然後嚴肅地看著自家弟弟。「小郎，你又調皮了，還不快回來。」

前一刻還張牙舞爪的魏琅，立馬像霜打的茄子。田箏也沒打算跟他計較，提腳準備走人。

魏娘子聽到聲響，走出來攔住她道：「箏箏，很久沒看見妳了，最近怎麼也不來找小郎玩？快進屋裡坐一會兒。」

魏娘子許是日子過得比較好，保養得很不錯，看著像不滿三十歲的女人，田箏的記憶中，她對自己是很不錯的。

果然進了門，她就抓了一把花生和幾塊糖塞給田箏。

「謝謝伯母。」田箏忙道謝。

魏娘子輕聲問：「你們家今天就要分家嗎？」

「啊？」田箏自己都驚訝了。

魏娘子道：「是我想岔了，這樣的大事，妳一個小孩子家，怎麼會清楚呢。」

注：二貨，罵別人蠢貨、呆子之意。

田箏撓撓頭，疑惑道：「我祖母讓我去打酒呢，我不知道要分家。」

「分了家，對你們三房來講好也好，說不好也不好。」魏娘子感慨道，她停頓了一下，才說：「那箏箏妳趕緊去吧，以後得空到家來陪伯母多說說話。」

「嗯，我曉得。」

待打好酒，提著東西走在路上，田箏的心一直怦怦地跳動，老田家要分家，連魏娘子都來過問，看來這事八九不離十。要知道魏娘子不是個好八卦的人，可這也太快了！

田箏本來估計，要分家至少得三、五年，等五叔娶了妻，大堂姊、二堂姊嫁人，大堂哥幾個也該娶妻，那時家裡矛盾越來越多，有人徹底爆發，才會分家。沒想到，祖父母做事這麼果決，這家說分就分了。

田箏私心裡是希望分家的，不說別的，以後她想做什麼事，只要不是傷天害理，家裡有能力支持時，田老三和周氏應該會依著兒女們。

況且她打算做肥皂，原材料之一的油脂根本不可能偷偷摸摸弄來……

再說，現在這麼一大家子的人，每天為了誰多吃一口飯、誰少幹一點活兒，熊孩子們都能吵半天，煩都煩死了。

分了好，各過各的，誰也說不著誰了！就算吃肉，也不用藏著掖著。想著想著，因這可能的結果，田箏心裡高興，連走路的步子都輕鬆了。

第三章

到家把酒交給了祖母尹氏，田箏就被打發來廚房打下手。

周氏和劉氏兩個人在忙著準備今晚的飯菜，田箏瞄了一眼，尹氏居然允許殺一隻雞和一隻鴨子。雞已經處理切塊，而鴨子毛多，用開水燙開，長的羽毛已經拔掉，剩下的細小茸毛，只能將鴨子整個泡在水裡，借助水的浮力，一點一點地拔。

田箏幫忙洗菜葉，從水井裡面打水上來，沖洗幾遍就洗乾淨了。她原本想問一下周氏，不過想想還是別多嘴，光看這架勢，家裡不會輕易殺雞鴨，就連過節，尹氏都不捨得殺，估計是要請村裡德高望重的人來主持分家。

周氏是個端得住的人，從她表面上，是看不出什麼端倪的，反而是劉氏，嘴角的笑意沒有停止，往日見她做飯就沒這麼快活過！

看來分家單過，真是每一個媳婦兒的期盼啊。

忙活一個時辰，全家人都已回來。果然田老漢帶了幾個村裡說話有分量的人進門。這幾個人中，有里正田守元，分家有里正在場是必須的。此外，還有同宗的三叔公、三祖母，這兩人是田老漢的胞弟和弟媳，關係很親近，找他們來做主，這分家也說得上話。

另外一個人，便是魏秀才。難怪今天魏娘子找田箏問話呢，原來事先已經找魏秀才打過招呼。魏秀才三十來歲，蓄著短鬚，看著文質彬彬的模樣，魏文傑的長相跟他很肖似，反而是魏琅長得更似魏娘子，顯得更加秀氣。

家裡來了客人，孩子們不敢再打鬧，都老老實實地窩在一旁。幾人被請了上座，田老漢道：「今天麻煩村裡各位賢德的兄弟來我家。事先我跟各位已經大致商議過，咱們先吃了飯，然後把家裡的東西分一分，主要請你們幫忙做個見證。」

里正田守元擺手道：「田叔，你這說的什麼話，什麼請不請呀，咱們一個族裡的人，你現在想明白了要分家，我就是隨手的事。」

魏秀才也道：「你家要分的物品，剛才已經整理出來，等下分好，哪家分得什麼物品，我再幫你寫在一張紙上。」

田守元道：「咱們也別耽誤，你看是現在就分了好，還是等會兒再分？」

老田家幾個兒子這時候都沒說話的分量，田老漢不假思索就道：「還是先吃飽飯吧，反正這會兒天已經黑了，都是要點油燈的，不怕費這點燈油。」

這時女人都沒有上桌子吃飯，家裡兩張桌子併成了一張，小孩就站在邊上吃，女人們窩在廚房那兒吃。

「三叔，我給您滿上酒。」田老三起身給三叔公倒酒，田箏這個三叔公不愛抽旱煙，倒是愛喝點小酒。

田守元只要了一點酒就不沾了。

魏秀才倒是直接拒絕道：「待會兒還得給你們代筆，我今日就不喝酒了。」

這一頓飯在彼此心思各異中匆匆結束了。

所有人聚集在飯廳，大家正襟危坐，此刻不管心裡在想什麼，臉上都顯得十分嚴肅，田老漢深吸一口氣道：「俗話說高堂在，不分家。我是個沒上過學堂的人，這些道理我也不管，今日老大一家吵著非要分出去單過，既然要分家，老頭子我索性一塊兒全分了，省得以後你們哪個心裡不滿意了，又鬧著分出去。」

「爹，別說了，咱們以後不鬧的。」田老三感覺十分不好受，他今日已經勸過田老漢，無奈老爺子是打定主意非分家不可。

田老漢打斷其他幾個兒子欲開口的話，繼續道：「老大、老二、老三、老四，包括老五，你們也別說其他的話，趁著你們兄弟幾個情分還在，我早早地給分了家。雖然分家了，但以後兄弟幾個要常互相走動，哪個需要幫助，能出把力，我希望你們都出把力。」

「爹、娘，你們放心，我們兄弟幾個會的。」田家兄弟幾人忙點頭保證。

田老漢道：「你們幾個都是親兄弟，分家後我沒什麼別的要求，你們得記著，打斷骨頭連著筋，往後做些什麼都要想一下你們是親兄弟。你二叔是早年就去了，但你們看我和你們三叔這些年可有減了情分？」

三叔公忙道：「大哥，幾個孩子道理都是懂的，你也寬些心，孩子大了總要自己當家作主，往後他們不懂的，都還要來問你呢。」

田老漢點點頭，對尹氏道：「老婆子，妳有什麼想對他們說的？」

尹氏看起來不大有精神，她的目光隨意掃了下黃氏和田紅，開口說道：「往常我是不知道你們心裡對我是這麼大的意見。現在既然分家了，別的我也不想多說。你們自己生的兒女，婚姻嫁娶往後也由你們，我是不想操心了，就這樣吧。」

坐在下面的黃氏一聽，心裡鬆了一口氣，臉上不由帶出一絲喜色。她本來以為，既然爹娘答應了分家，肯定是要插手田紅的親事，現在尹氏發話不管，豈不是更好？本來她這個當娘的，就有權力管自己閨女的婚事。

這下好了，閨女的婚事馬上可以辦起來。

在這一家子中，要說不想分家的大概就是胡氏了，胡氏覺得，分家有什麼好？幹活吃飯這些得自己全部接手，另外她兒女最多，長女田萍和長子田玉福也差不多要嫁人娶妻，靠她能找到什麼好親事？其他兒女年齡這麼小，又能做什麼活兒？而且胡氏也不想讓自己兒女做辛苦活，分家後不能傍著兄弟幾個，往後她日子不是越過越差？

胡氏認為自己要說點什麼，便道：「爹娘，我們二房就不分出去了吧。」

田老漢語氣堅決道：「分，誰都要分！」

田老二一巴掌拍了過去，罵道：「爹娘作主的事，哪有妳插嘴的分兒！」

田老漢道：「話已經說清楚，今日請了里正來，守元大姪子與你們是一個輩分的人，他做事一向是最公正，你們也是清楚的。今日我也特意慎重邀請了魏秀才來做見證，魏秀才是有大學問的人，要麻煩他給我們做文書。

「你們親三叔也在這裡，家裡有些什麼東西，你三叔包括你們自己都是知道的，所以你們也不要懷疑我和你娘會藏下什麼東西不分。」

話說到這裡，田老漢就拿出早已經列好的單子來細分。

首先是最大筆的田產，田家一共有水田十一畝，旱地五畝，另外還向地主周全福租種十畝水田，田老漢說道：「咱們自家田地一共一十六畝，我不管你們孩子多少，這個平均分配。每房水田兩畝，旱地一畝，這樣便多出一畝水田，市價是六兩銀子，到時誰願意拿出六兩銀子來，這一畝田就歸他，六兩銀子就由其他房分了。你們有沒有意見？」

「我們都聽爹的。」五兄弟都應道。

田老漢繼續說：「那好，咱們家還租種了周地主家十畝水田，這個田每年繳的租子重，我想每房分兩畝，你們誰要是不想租，就跟其他兄弟換，這個就你們自己私下分配。」

大家都同意了。

「這一季的莊稼已經種下去，大家還是一起幹活，收了莊稼繳過賦稅，下一季開始就你們自己安排，租金也由你們自己去繳。」

這個也好說，反正就按目前幹活的方式做唄。

田老漢又說了房子的分配，基本上就按目前住的格局分配。當然誰要是想搬出去住，自己掏錢建房子，田老漢是不干涉的。

分完了田產、屋產，就分一些家裡的零碎物品，田老漢道：「家裡面的雞鴨，每房分一隻公雞、三隻母雞和一隻公鴨、六隻母鴨。至於家裡養了兩頭豬，現在就不分配，大家還是按著以前那樣輪流餵養，到了年底，賣了錢後再一起分。瓢盆碗筷這些，每人都分一份做飯的家什。」

這些都很公平，所以沒人有意見。

田老漢接著說：「咱們家有一塊菜園，今日我已經和老二、老三測量過，分成了五份，往後你們也各種各的蔬菜。現在菜地裡面有菜的，就留著自己吃。我這邊說完了，銀錢這些一向是你們娘管理，就讓你們娘來說。」

尹氏也沒什麼好強調的，她直接就進入主題道：「這些年，家裡賣糧食，你們出去賺的，都是交到我手上管，現在總共是六十三兩七百六十二文錢。咱們家也沒有什麼首飾，你們各自的嫁妝，一向是由你們自己抓在手裡，所以我們就只分下現錢吧。」

尹氏喝了口茶水，繼續道：「其中有十兩銀子是留著給你們五弟娶媳婦，這個你們誰也別眼熱，你們當年成親時都花了這麼多數。其他的銀子，每房分十兩一百文錢，至於三兩多的零頭，我這個當娘的，自認這麼多年拉拔著你們長大不容易，就厚臉皮扣下留給我和你爹今後花用。」

銀錢全分了，總不能一分不留給年邁父母，雖然各自有著自己的小心思，此時兄弟幾個都明理地沈默著。

劉氏倒是要張嘴，被田老四壓下去，劉氏悄無聲息掐了一把田老四，心裡憤恨想：娘說家裡就這麼多銀子，誰知道有沒有私藏？

但這種場合，田老四不讓說，劉氏也沒敢去開口，只是她面上很不好看。

尹氏也不管誰心裡怎麼想，馬上就拿出錢袋子，當著所有人的面拆開並按著她剛才說的，分出了五份。

田老漢看事情到這裡基本分清楚了，就道：「就按著剛才的分配法子，煩勞秀才先生給我們寫文書。」

魏秀才向來好講話，此刻已經鋪開紙張，執起筆寫上了。

由於事情是黃氏鬧出來的，田老大也同意了，所以全程分家時，他夫妻二人不敢提什麼大意見，這時候見塵埃落定，心裡有疑問，黃氏就道：「爹，家裡只有一個廚房，大家吃飯怎麼辦？還有現在糧食也沒有分呢！」

田老漢和尹氏兩人此刻都不待見大房夫妻倆，田老漢想了想，道：「糧食是忘記提了，家裡的存糧數，乾菜罈子這些，清理出來費不了多少時間，都按平均分配的原則給你們分了。至於吃飯的問題，煮飯大家輪流著做，願意暫時合起來吃的人，也由得你們，當然了，你們可以自己築個灶臺，或者建個廚房，搭個牲口棚子。」

田老三拉著周氏的手，周氏回握住，田老三明白媳婦同意了，於是開口道：「爹、娘，往後你們就跟我們三房一起吃飯吧。等以後我攢了錢，蓋好了新房子，你們也跟著一塊兒過去，我們孩子少，爹娘也不用太操心，我們有口飯吃，絕對不會少爹娘一口吃的。」

分家進行到現在，田老漢和尹氏都是面無表情的，此刻聽到老三這句話，尹氏眼眶不由得紅了，她悄悄擦了下眼角。而田老漢則是把沒點燃的煙桿子拿起來，放在嘴裡吸了下味兒，嘆口氣道：「老三你們有心了，我和你娘早就打算過，老五還沒娶妻，我們跟著老五過，將來老五媳婦不願意咱們跟著，我們就自己單過。」

田老四道：「爹、娘，要不跟我們四房過？」

田老漢阻止他接下來的話，說道：「老四也不用多說。田產這些全都分配給你們了，以後你們每個月給我們一百文錢養老，拿不出錢的，就用糧食抵錢，你們同意吧？」

「奉養爹娘是必須的。」這個沒有人反對。

接下來里正田守元和三叔公又說了一些話，大意都是希望一家子人分家不分親，往後也要互相幫助。

片刻後，魏秀才把分家的文書寫好。里正、魏秀才、三叔公，還有田老漢、尹氏及田家五兄弟都在上面按印。

白紙黑字寫得明明白白，這個家，算是徹底分了。

田箏支撐著腦袋一路觀看全程，明顯感覺到田家兄弟幾個都有些情緒低落，吃了一輩子的飯，突然要分個你我，畢竟還有親兄弟情分存在，能不傷感嗎？

見天色已經很晚，所有人說好明天再分具體的小物件，大家都回房休息。

四叔家的田園年紀小，並不清楚分家是怎麼回事，此時笑嘻嘻地對田箏說：「六姊，我們分家了，現在妳不是我姊姊了嗎？」

田箏一愣，沒料到田園這麼問，笑道：「不管分不分家，我一直都是妳姊姊啊。」其實田園哪裡懂這些，只是經常從劉氏口中聽到什麼要是分家，別人哥哥姊姊就不是自己的了，所以才會這麼問。

劉氏有些尷尬，故意打田園一巴掌，斥責道：「妳胡說什麼，妳大哥、大姊、妳弟弟、妹妹，他們都是妳的兄弟姊妹，哪裡有什麼以後不是。」

田園被打，癟嘴狀似要哭，劉氏趕緊抱了她往自己房間走。

田箏無奈地笑笑，五個手指都有長短，何況是隔了一層的堂兄弟姊妹，也沒指望別人多麼愛戴自己，那四嬸平時要怎麼教導孩子，她也沒權力質疑。

分完家後，尹氏把長孫女田紅單獨叫進房間。

田紅心裡有些發悚，進了祖父母的房間，腳都有些顫抖。因著她的事，家裡正式分了家，年方十六的姑娘家，再穩重，哪裡就能鎮定呢？

一天下來，尹氏已經很疲憊，她揉了揉眉心，問道：「紅丫頭，妳娘跟宋家是不是已經談妥了？」

田紅低下頭，這時候她不敢再隱瞞，只能交代道：「前兒娘已經收下宋家二十兩的聘金，我二舅媽也收了一兩的媒人錢。」
尹氏冷笑道：「宋家倒是闊綽！」
窮苦地方，能拿出二十兩做聘金，真是地主嫁女兒也就這樣了，難怪黃氏動心，鬧到分家也要把姑娘嫁過去。見錢眼開的東西！
田紅不敢出聲，只得繼續垂頭，看著自己的鞋面。
尹氏道：「妳爹娘作的決定，我現在是反對也有心無力。妳以後的事，自己留個心眼，宋家這種家庭，我是沒話可說的。」
田紅小聲道：「祖母，宋……大郎他沒你們說得那樣壞，祖母一定對大郎不甚瞭解。我……我想……」
尹氏頓感自己氣血上湧，真是一刻都不想再替大房操心。不甚瞭解？怎麼才算了解？等瞭解清楚，早已經遲了。
尹氏捂著胸口，道：「今日分家，紅丫頭不要有負擔，這家是遲早要分的，如今只是把日子提前。好了，妳回去歇著吧。」
「是……」田紅是想馬上就走的，但想了下又道：「祖母，妳也好好歇息，不要生我爹娘的氣了。」
尹氏擺擺手，她今天真的很累了。
田紅不敢再多說什麼，只得出去，她不由得想著見過的宋大郎，心裡有一絲甜蜜、期盼，卻又有絲茫然不確定。

田紅走了，田老漢洗了腳，這才回到房間，本來幾年後才打算的事，現在突然分家，田老漢心裡也有點空空的……

尹氏有氣無力地對田老漢道：「老大家的已經收了宋家二十兩聘金。」

田老漢氣得拍桌子，大聲罵道：「這混帳東西！」

尹氏往床裡面翻，道：「咱們現在是管不住他們了。」

「由著他們吧……」田老漢慢吞吞地爬上床，突然生出自己的確年老體衰到行將就木的感覺。

翌日清晨，陽光極好。

田箏從床上爬起來，洗漱完，來到堂屋，這時便能感覺各房人的精神面貌不同了。說不上來如何不同，比如她見到二房最小的女兒田明，往日對方一定會叫箏箏姊，今天田明只是抬了下頭，就當沒見到田箏一樣。

你我之別分得太迅速，真是有些適應不來。

「明明，朝食吃了嗎？」田箏問。

三歲的田明，是個軟萌的小蘿莉，長得濃眉大眼，很是可愛，她平日是有些愛哭鬧，但田箏還是很喜歡與粉雕玉琢的小女孩玩樂一下。

田明雖然聽了娘親的話故意對田箏擺了臉色，但此刻聽別人有禮貌的詢問，還是很高興道：「箏箏姊，我已經吃過菜粥了，為什麼娘親說以後不能跟你們一起吃呢？」

田箏皺眉，胡氏這個人，當真是不會教導小孩，非得攪和大家沒了情分是不？

「以後明明想和箏箏姊一起吃飯，就來找我好了。」

田明瞪大眼。「可以嗎？」

田箏笑咪咪回道：「明明乖乖聽話，就可以來。」

田明咧開嘴笑。「明明最乖了。」

早上這頓飯，其實可以不用分開來吃，奈何黃氏、胡氏都不肯一起吃。周氏一早起來煮菜粥，想著因要分發東西，大家都會在，故而煮了一大鍋粥，誰知大房、二房起來說別煮他們的了，周氏心裡也有些無奈。

尹氏起得較晚，匆匆吃一碗粥，就指揮人將昨日列好的單子，按著分配的法子，該是誰家的就由誰來領去。

這中間少不得有些小磨擦，比如劉氏特別想要胡氏分到的一個能放在大灶上的鐵鍋，便想拿一套舊衣裳換過來，胡氏哪裡肯，言語間難免說幾句不中聽的，劉氏就不高興了。還有黃氏質疑周氏分的一些物品價值比她的高，嘴裡也罵罵咧咧，含沙射影幾句爹娘偏心。這麼一點小事，周氏哪裡理會她。

田玉華、田玉福和田玉程等幾個半大的小子，一早得到吩咐，去竹林砍了些竹子來，把竹子隔開原有的牲畜柵欄，分了五份，重新圈了地方，每家分的雞鴨也徹底分開，家禽的食物往後各自負責，產蛋也各自收。

此外，零零碎碎很多細枝末節，女人們都一一分完。

中午時分，胡氏找上周氏，胡氏也不掩飾意圖，直接開門見山問道：「阿琴，昨兒個我聽三弟的意思，你們是要搬出去，那你們西屋現在住著的房子，妳看能給妳二哥不？妳是知道的，我們家孩子多，哪裡能總是讓孩子們男女睡在一起。」

這是直接索要上了，周氏思索一會兒，推託道：「二嫂，我現在也不太懂他爹的意思，這外出建房子還是沒影子的事，我現在不好答覆妳。」

胡氏道：「你們遲早要搬出去的，二嫂我提前跟妳打聲招呼，只盼妳能記著。」

周氏眼皮子一跳，只好乾笑道：「二嫂，四弟妹今早也跟我提過，妳看這……答應哪一邊我實是不好做，乾脆這樣吧，我這屋子若騰出來，妳們誰想要，意思著給五百錢，我就給誰了。」

「就沒見劉氏不想要的東西！湊什麼熱鬧！」胡氏哼哼著，也沒正面接過周氏的話頭。

做了十年多妯娌，哪還不清楚胡氏的性子，只見過她抓進手裡的，哪裡見過她嘴巴吐出來，說到要使銀子換，那點子心思就暫時歇了。

田老大和黃氏私底下得了宋家的鉅額聘金，早就盤算著搬出去，今早兄弟幾個商議著多築幾個灶臺用，田老大就發話不用考慮他家了。

這樣一來，需要打灶臺的只二房、三房和四房，他們找來村裡建灶臺的兩個老匠師，到晚上時三個新灶臺已經建好，新灶臺遲幾天要再正式啟用，目前只燒些柴鞏固一下灶體。忙碌一整天，匆匆吃了晚飯，這分家的第一天就這麼過完。

至於田箏的製皂掙錢計劃，在山上時，已經說服田葉幫著一塊兒做肥皂。可是往後幾天田箏一直沒找到時機執行計劃，倒是田葉拜託張木匠家的張二郎做出肥皂模具，是一個個的木盒子，為了美觀，張二郎還特別用心給盒子刷上了桐油。

田葉對妹妹能否造出香胰子，一直是保持著將信將疑的態度，所以當她得知做這個要花費半罐子豬油，那點被田箏燃起的念頭一下子熄滅了。田葉特別嚴肅道：「箏箏，娘未同意，妳不能拿家裡的豬油去用。」

田箏頓時頗感頭疼。「姊，那該如何？我做香胰子必須要用油啊。」

田葉似生怕田箏硬來，用手捂著那半罐子豬油，道：「那本不該咱們做的事物，箏箏，便罷了！妳別做了。」

天啊！敢情忙活一通，就要磨刀霍霍，結果卻毀在一點豬油上？田箏立時覺得她要崩潰了……心裡十分鬱卒。

田葉道：「妳別動歪腦筋，家裡若少了油，我就告知爹娘。」

親姊，這樣想她也太不可愛了吧！田箏更加鬱卒了，雖然心裡有過那麼點偷偷拿來用的心思，但是她田箏倒不見得真這麼做吧？

田葉不想惹妹妹不樂，開口道：「這幾日，我跟娘親說一聲，咱們去山上採金銀花。採摘了將花曬乾，能在鎮上藥鋪換錢，得了錢，妳要買油用，我不會說出去的。」

金銀花？這個時節確實是金銀花的花季，田箏想想同意了田葉的建議，不然呢？她還能怎樣？

幾日後，徵詢到周氏同意，田箏和田葉揹起竹簍，同行的還有二房的田萍、田麗和田芝，五人一塊兒往山上去。

時值夏季，山上樹木長勢茂盛，金銀花深山裡很少，反而是平坡或小山丘陽光照耀到的地方多，故而她們是沿著村子的山頭，一路走，見到有花就小心地摘了放進竹簍裡。

據說藥鋪的收購價是一百錢一斤，金銀花能賺錢，十里八鄉傳遍了，採的人就多起來，像田箏她們已經路遇幾處被採過的花叢。

田箏瞄一眼田葉的竹簍，曬乾能得個三兩重就不錯了！她估算這一趟姊妹倆最多能換來五十文錢，所以，到底是哪個無良作者寫古代漫山遍野都是藥草、金銀花什麼的啊？當古代人都不識貨啊？

人家古代人農忙一閒下來就進山挖藥草，作夢都想挖到一株百年人參好嗎？還有藥鋪能換錢的藥草，古人一早就打聽清楚了，基本上什麼季節有什麼藥草，都一窩蜂地跑去採摘，輪到自己去採摘時，已經是人家嫌棄的邊角料了！

哼哼……田箏強烈抗議，她被那些寫穿越種田的作者坑壞了！她在這裡苦苦地熬著日子，完全找不到自己的金手指。

怎麼辦？怎麼辦？田箏快絕望了！

田箏也想過進山撿蘑菇、抓兔子、打野豬、去溪水裡面抓魚。但那些剽悍的打獵先不提，光是撿蘑菇，也要分季節，蘑菇多起來時，聽家裡人說，那可是家家戶戶都出馬去撿蘑菇的呀，吃不完就曬乾，儲存起來留著青黃不接的時候做菜。

打獵是萬萬不用想的，七歲的小屁孩，她爹娘絕對不讓去。另外村子裡的獵戶打獵要去到大深山待好多天，只有經驗老道的獵手，才可能有收穫。

至於很多穿越女挖個陷阱，兔子就掉進陷阱裡面，那可真是絕了，田箏作為親身經歷者，只想說一聲「呵呵」。

老田家最近一次吃到野兔子肉，據說還是因為半年前，田老五帶著田玉華幾個男孩在深山裡面放的老鼠夾子。

一共五只夾子，只收穫了一隻兔子，一隻山老鼠。

想想吧，各位穿越女們，兔子是那麼好抓的？

田箏心情極度鬱悶，她想會不會是她穿越的朝代，這個窮山村，沒有別人那兒天靈地傑，野生動物之類物種不富足呢？

不過她是深切地感受到窮苦百姓為了生存，為了一口吃的，那是費盡心思，不辭勞苦，山上的、水裡的……哪裡有吃的，哪裡就有人往前衝。

連續採摘五、六日，田箏和田葉終於收穫一斤三兩的金銀花。田老三和周氏都說這錢讓姊妹倆自己收著。因鎮上路程遠，村裡誰去換錢，村人就會讓人幫忙順道一起帶過去，給別人兩個銅板的跑腿費。

田箏其實想自己去換，順便也去瞭解一下其他東西的行情。但是周氏不允許田箏自己去鎮上，路途遙遠不說，鎮上人口哪像村子裡這麼簡單，聽說隔壁大灣村前些日子就丟了兩個丫頭，到現在也沒找著呢！

田箏很有打不死的精神，想著山不就我，我來就山！總會有其他辦法改善生活的。

曬乾的金銀花是拜託張胖嬸賣去藥鋪，事前已經過了秤，一斤三兩。藥鋪挑選時看成色、質量，好的能給到一百二十文一斤，差的八、九十文一斤，中等的有一百文錢一斤，田箏她們這批的品質處理得很不錯，估計能達到中等。

張胖嬸自己採摘了五、六斤金銀花，平時也收集了些其他藥草，這次一起拿去藥鋪換了錢，這麼一趟下來，能換到一兩多的銀子。別看錢似乎很多，那可是攢了大半年才有的量。農戶人家閒時便會琢磨法子賺些錢，賣藥草也是一筆重要的收入來源。

傍晚時分，張胖嬸回來了，給了姊妹倆一百三十文錢，也沒收她們錢。

這是田箏和田葉真正意義上有了體己錢，所以田箏才說分家好呢，沒分家這錢都要交公，要買點什麼，除非周氏拿出嫁妝銀子用。

田葉因對田箏抱有愧疚心思，故而把她自己那份錢一塊兒給了田箏。

田箏沒有拒絕，她打算自己去村子裡屠戶家買豬肉。

鴨頭源村只有一家殺豬戶，姓張，張屠夫每逢鎮上趕大小集時，會殺了豬拉到泰和鎮上賣。平時隔三、四日會收一頭豬，宰了後就推一臺小拉車在周邊幾個村子裡串街走巷地賣豬肉，因張家一家子肯吃苦，日子過得倒是不錯。

田箏來到張屠夫家時，大概是下午近酉時，張屠戶尚未歸家，他的大兒子莊子在處理一些賣剩的零碎豬肉。

田箏出聲問：「莊子哥，家裡還有肥豬肉嗎？」

莊子正在用熱水洗油膩的手，見是田箏，憨厚一笑，答道：「是箏箏啊，妳要買肥肉？倒是不巧，今日肥肉只得一斤多了，都是零碎的，妳看要嗎？」

田箏瞥了一眼，果然案板上肥肉都是東一塊、西一塊，應是別人割肉時，留下的邊角料。田箏現下只一百三十個銅板，按田葉告知的，肥肉二十八文錢一斤，也買不了五斤肉，第一次試驗，不如就買一斤試試？

她沈吟一會兒，問道：「莊子哥這些多少錢？」

莊子倒很是爽快，笑道：「妳給我十五個子兒，我全給妳吧。」

比預期少了好多，田箏笑咪咪地接受了莊子的好意。「那莊子哥你幫我捆起來。」

莊子先是把零碎的肉丁夾在大塊肉裡，然後拿了稻草捆起來放進田箏的竹籃，笑道：「若是還要買，妳就明日辰時過來拿，我給你們留一些。」

「謝了莊子哥，還買我再來你家吧，不用特意給我留。」

買完肉原本打算走了，田箏看見張屠戶家還留了一副豬肚、半邊豬肝和用繩子摞起的大腸，突然想到種田文不都說豬下水這類東西沒人吃，很便宜嗎？好多主角花個幾文錢買了一副下水，實在太值了！

不如買一點回去？田箏便問道：「莊子哥，這些豬下水是怎麼賣的啊？」

莊子不好意思笑道：「這肚子、大腸是留給田老酒家的呢，待會兒他要拿走。現下這半邊豬肝算八文錢一斤給妳好了，平時都是十文錢的。」

這不科學啊！居然那麼貴！

肥肉二十八文一斤，半肥的五花肉是二十五文一斤，瘦肉是二十文一斤，豬肝這種沒肉的內臟也要十文錢，田箏突然有些理解為什麼老田家一個月都不見肉了！

太貴了，誰吃得起啊！

田箏又問：「這肚子、大腸、小腸會便宜一點嗎？」

莊子道：「箏箏很久沒吃過酸辣肥腸了吧？這些下水用草木灰洗乾淨，放點醋、辣椒爆炒，可爽口了！每頭豬就這麼一副，價錢比瘦肉便宜太多，我們賣得比肥肉還快呢。跟豬肝是一個價，十文錢一斤。」

田箏驚呆了，心裡苦笑連連，那……穿越女的金手指就這麼沒了！

十文錢一斤，一個肚子差不多三、四斤，那也得三十多文錢，不便宜啊！但跟瘦肉相比確實划算太多了，一個肚子能分開吃好幾次，對於精打細算的農婦來講，是個省錢的法子。

唉……田箏立刻歇了買豬下水的心思。

莊子長年跟著爹爹賣肉，察言觀色的本事還是有的，看田箏臉色不豫，便道：「最便宜的是骨頭，妳看這些，原本是五文錢一斤的，妳要三文錢一斤給妳吧。這些豬骨熬湯很好喝呢！」

田箏看過去，這些骨頭倒是便宜，但是骨頭的肉基本已經刮乾淨，只零星有些肉丁在上面，莊子的話很中聽，於是點頭道：「那給我秤三斤吧。」

提籃子回家的路上，田箏就在思考，自己對很多東西都一廂情願地想當然耳，比如豬下水這件事，再比如金銀花。田箏還問過田葉，村子旁邊那座大山都有些什麼，田葉說現在還不到時候，等秋季時才可以進山撿柿子、板栗、山葡萄等等。

如今只有山楊梅，不過絕大部分楊梅都被摘完了。大山是屬於幾個村共有的資源，這些農戶長年往山上跑，哪處長了一棵楊梅樹都是一清二楚，只要楊梅一成熟，就會進去採摘，東西少但弄的人多，能攤到自己手上的就少了。

難怪田箏還奇怪半個月前大堂哥是從哪裡得到一竹簍的楊梅呢，敢情是在山上採回來的？靠山吃山，靠水吃水，這話果然不假！樸實的農戶人家也不愚鈍，能扒拉出來的吃食，早早就扒拉出來了。

祖母尹氏偶爾會跟田箏他們這些孫子孫女閒聊，講起幾十年前朝廷內亂，外邦藉機滋事，他們這些村民為了躲避流動的兵馬，舉家往大深山裡面躲，帶的乾糧吃完了，啃草莖、吃樹皮什麼沒吃過？遇到大災害，糧食緊缺時，為了能活下去，什麼能入嘴就扯進嘴巴，哪裡還挑剔好吃不好吃？

所以當年田箏看穿越小說，看到小說裡面說農民嫌棄豬下水腥羶，味道不好，因此沒什麼人吃，屠戶也是把下水這些扔了，她就感到納悶：東西再難吃，也會有人吃啊，除非那個時代的人沒有經歷過災荒、戰亂、窮困……只要經歷過，哪裡就捨得扔了？

還有那些山裡到處長著的榛子、核桃、木耳、蘑菇、山油茶，居然沒有一個村民嘗試弄來吃，這根本不科學！一旦發生災難，肚子吃不飽了，總會有敢於打頭陣的人，於是田箏當年狠狠地在某篇文下提出過質疑，結果引來作者和其他讀者激烈的反擊……

田箏想，該不會是當時太篤定了，於是上天派她來體驗一回？

都是自己造的孽啊！

新建了灶臺，田老三家就沒有用之前的大灶房，他們一家子在自己房間旁邊搭了個草棚做成簡易灶房。買了肉回來，事前田箏已經跟周氏說過了，她炸豬油要拿來自己用，周氏本來是不同意田箏這樣的浪費行為，但禁不住孩子磨，一不小心就鬆口。

肉切塊，再架上鍋，這些田箏自己動手，周氏也想鍛鍊自己孩子的能力，只在一旁指導。

周氏道：「用瓢放一些水進去……再加點！對！可以了，這麼多水行了。」

田箏把瓢扔到缸蓋上，看著自己鍋裡面的肥肉泡在水中，十分奇怪。「娘，為什麼要放這麼多水啊？待會兒煉出油時，油跟水怎麼分開？」

周氏尚未回答，田葉搶著道：「放了水能加快出油，而且出油多，油也不會濺出去。那水自己會不見的，不用擔憂油和水分不開。」

「原來是這樣子啊。」

周氏笑著道：「妳姊姊說得對。」

事實果然如此，田箏不得不感慨，勤勞的莊稼人，生活中有很多小智慧！

這邊鍋在炸油時，另外一只鍋中燉著今天買的骨頭，周氏也用幾條蘿蔔一起燉，豬油發出的香氣和燉骨頭的濃香，聞著令人食慾大開。

劉氏和幾個小孩就抱著碗筷循著味兒過來。「喲，三嫂，妳們這又是炸豬油，又是燉骨頭的，老遠我都聞到味兒了。」

田園拉著劉氏的褲腿，喊道：「娘，我要吃骨頭。」

劉氏遞眼色給女兒道：「讓妳三伯母給妳裝啊。」

於是田園轉過頭，眼巴巴望著周氏。「三伯母，我要吃骨頭。」

周氏道：「是葉丫頭和箏箏兩個賣金銀花賺的錢，她們兩個自己買的骨頭。」

於是劉氏笑了。「喲，我們葉丫頭和箏丫頭自己會賺私房了！」頓了下，又嗔怪道：

「三嫂，妳也真是的，讓兩個孩子自己留著錢，她們不知道花去哪裡呢。」

燉了一段時間，已經可以吃，周氏拿了勺子給田園和田玉坤幾個小孩都舀了一勺子，劉氏也跟著蹭了一些吃。

豬油已炸好，用陶罐裝好，剩下的豬油渣周氏放了點鹽巴，撒了辣椒粉進去，攪拌均勻了，等冷卻了再吃，香脆中帶著辣味，很是美味！

田箏也是第一次知道豬油渣居然那麼美味。

因燉了骨頭湯，於是弄了一碗給田老漢和尹氏送過去，而田老三還沒有回家，又特意留下一碗給田老三，周氏母女卻也是美美吃了一頓。

原本田箏是打算偷偷和田葉在山上那間守山用的茅草房做肥皂，如今分家了，又徵求了周氏同意，她終於不用偷偷摸摸地做。

不過為了不引起其他人關注，田箏還是決定低調行事。場地有了，時間也騰出來了，田箏還讓田葉幫忙縫製了一個口罩，材料、工具大致齊全，田箏懷著忐忑又興奮的心情正式開工。

以前她做冷製手工皂時，用的工具很全面，她只要嚴格按照配方表，用電子秤把各種材料的用量秤出來，製作過程中有溫度計測量油溫和皂液的溫度，且有不鏽鋼容器也不用擔心會跟氫氧化鈉起反應，除了注意安全，她完全不擔心會不會成皂。

現在只能憑感覺，頂著七兩多豬油的成本壓力，田箏放手拚搏了！

事先已經跟姊姊田葉說了，她需要一個人安靜地製造，也不讓田玉景湊熱鬧，所以田箏自己在廚房裡面做。

當油脂碰上鹼性物質就會產生皂化反應，她想到以紗布包裹著鹼性的草木灰，然後用冷開水過濾，多用些草木灰，過濾出來的水濃度達到一定標準後，再熱豬油。

過濾草木灰水花費了兩刻鐘，田箏才決定停止，用罐子裝好後，放在一邊讓草木灰水沈澱。她生起了小火，用煮飯的鐵鍋放了水，再把裝油的罐子放入水中，等七、八分鐘後，田箏記得油溫需要五十度左右，她估摸著溫度夠了，才把油罐子拿出來。

根據以前經驗，取了估算的油和草木灰的大致比例，再把草木灰水倒入油中，拿出準備好的竹刷子攪拌。田箏戴上布口罩，她知道這是個耐心活，所以特意找了張椅子放油罐子，然後自己端一張小板凳慢慢攪拌。

時間又過去兩刻鐘……

田箏十分灰心，因為溶液根本沒有想像中黏稠，顯然是皂化反應不行，她猜測是製出來的鹼水含量不足，會不會要失敗了？

七兩豬油就這麼敗光，實在是很不甘心。

關鍵是這次失敗後，再想這麼順利地進行試驗不容易了。別說周氏，就算是田葉，也會極力阻止自己做這種事。田箏腦子不斷冒出各種失敗的後果，想想都覺得這是不能承受之痛。這時候油和草木灰的混合物溫度逐漸降低。

她看著火堆，腦子裡面靈光一閃，就把罐子放入盛水的鐵鍋中，然後燒了小火隔水加熱，自己拿著竹刷子繼續做攪拌的工作。

一個多鐘頭後，田箏看著手中的液體逐漸濃稠，心裡說不出的開心！這可比當初考上國立大學還要高興！

揉著痠軟的手臂，望著已經成形的液體皂，想著白花花的銀子飛竄入自己口袋，田箏這才重重吐出一口氣。

周氏其實是不同意田箏搞什麼香胰子，就她看來，那是作夢，但禁不住田箏磨蹭，只好無奈同意，她是打算等著田箏自己知難而退。

此時田箏獨自在灶房已過了三個時辰，周氏和田葉在山上砍了柴火擔回來，發現田箏還在琢磨。

難得見孩子耐心這樣足，周氏笑道：「讓娘親看看妳做的香胰子……」

田箏抬起頭，因為戴著口罩，口齒比較含糊，道：「娘，妳快來看看，我真的做出來啦。」

「妳戴著那叫口罩的東西怪模怪樣的！」周氏湊過去，一看。「這哪裡是什麼香胰子？跟妳姑姑家的一點也不像。」

田葉也非常好奇地湊過去看，憑藉著自己以往對香胰子的印象，提出疑問道：「香胰子是外形圓圓、顏色黑乎乎的一塊，箏箏妳是不是搞錯了呀？這根本不是呀？」

「還沒完成呢。」

田葉皺著眉頭，道：「妳已經弄半天了，這還沒完成？」

田箏道：「半兩銀子一塊的物什呢！姊，妳以為那麼容易。」

周氏樂了。「那咱就等著瞧箏箏做的金貴物什是怎樣的吧。」

田箏心想，她這皂液都成了，難道還怕妳們看不到？少瞧不起人。就等著家裡人大吃一驚好了！

辛苦一下午，所有的皂液只裝了四個盒子，把它用紗布全部蓋住，田箏這才慎重地對娘和姊姊道：「這個是不能吃的，除了我，妳們千萬別動，更別讓其他人不小心吃了。」

周氏思考下，道：「那妳可得藏好了，就放在咱們家房間裡，我會跟妳爹和弟弟說，讓他們別碰。」

田箏抱著幾個盒子，宛如抱了千金似的，十分寶貝地把這些等待成形的肥皂放在木製衣櫃頂上，這個高度，弟弟田玉景看不到也摸不到。

只要等一天，看看是否可以脫模就好，她是不打算這麼快脫模的，要就這樣放一、兩個月，直到肥皂成熟。最不方便的是，這裡沒有PH試紙，不能測試PH值。

田箏又回到廚房，把剛才用過的工具徹徹底底地清洗幾遍，還燒了開水燙過，三房分到的家產中只有三個陶罐子，被田箏用了兩個，是絕對浪費不起的。

第二日，田箏小心地解開了紗布，用手按壓了下肥皂的表面，發現已經發硬，不過還是再次蓋上紗布，繼續放著。

在田箏耐心等待自己的肥皂成形時，田家發生了一件大事：一戶宋姓人家向大房提親，田老大和黃氏同意了這樁親事，婚期就定在下個月的二十五，也就是說只有三十幾天了。

二伯母胡氏嗤笑一聲，道：「哪家成親也沒這麼趕日子的！」

田家除了小孩外，大人事前已經知道大概，故而宋家來提親時，本就不吃驚，之所以吃驚是成親的日子這麼急迫。

宋家給的理由是，家裡孩子太小，需要個掌家的人看護，宋大郎第一任妻子留下個五歲的姑娘，第二任妻子去世又留下個兩歲多的兒子。老母親身子不大好，他平日顧著鋪子的事物，兩個小孩子難免看顧不到，急著找個婆娘也是情有可原。

田箏是第一次見宋大郎，這未來堂姊夫的身形確實很不錯，大概有一百七十八，高大健猛，面白無鬚，臉部輪廓挺有型的。按現代的標準來看，亦是一枚帥哥，特別是那一雙眼睛，盯著妳看時，彷彿世界靜謐，他心中唯有妳一人。

田箏內心打了個結，很是不爽快，說白了這就是個隨處釋放費洛蒙的臭男人，那眼神十分讓人不舒服，但凡是個女人，估計就能讓他發情。

宋大郎禮數做足，對著黃氏和田老大很是恭敬，對田老二、胡氏、周氏和劉氏等人也不冷落，隨口說幾句能逗得劉氏呵呵嬌笑。

田老漢和尹氏不大樂意搭理他，出來見過一面就回了房，宋大郎也不惱怒，親熱地喊幾聲田老漢和尹氏。「祖父、祖母。」

傍晚時分宋大郎才動身回家，他走後，由他帶來的那股風一直到各家吃完晚飯，田家人的話題都是在討論他。

劉氏是個止不住嘴巴的人，這時就忍不住道：「我瞅著大郎性子挺好的，大嫂可真是撿到個好女婿。」

周氏興致缺缺。「瞧著是不錯。」

「可惜帶著孩子，若沒孩子，哪裡輪到大嫂？」劉氏探頭張望，發現沒人，突然放低聲音道：「哎喲！三嫂妳說，宋家給了大哥大嫂多少數？」

劉氏停頓，做了個搓手指的動作，然後神神秘秘道：「這次雖然帶了不少的聘禮，但宋家聘金是早就給了，黃氏那個嘴巴，這次可閉得真嚴實，當誰稀罕她那幾個賣女錢似的。」

這類話題周氏不想摻和，只好道：「大嫂想說時總會說的。哎呀！我忘記給他爹搓幾雙草鞋，趁著天沒黑，要趕緊搓出來。」

離天黑還有半個時辰，周氏手巧，足夠她給田老三搓一雙草鞋了。

劉氏噎住，哪裡不知道周氏是找藉口躲開，可是她跟二嫂胡氏聊不來，又不想這個時候去看黃氏的嘴臉，只好找周氏來解解心中煩悶。

進入六月分，今年雨水下得少，田家種下去的水稻都要放水進田，故而這段時間田老三到家時都很晚。田老三隨意洗漱完，輕輕地抱起兒子田玉景，動作十分小心地把他放在兩個女兒睡的床上。

儘管田老三動作很輕柔，還是無意中吵醒了田箏，田箏睡眠最近很淺，她潛意識不願意醒來，只是翻轉了下身子繼續睡……

待田老三給三姊弟重新蓋了被子後，他這才鑽進周氏鋪蓋裡。周氏迷糊中似醒非醒，感覺到身邊有人，嘟囔道：「他爹回來了？」

聽著周氏軟軟的聲音，田老三本來就意動，此刻心間的火瞬間被點燃，他手掌直接伸進周氏的衣襟順著起伏的地方撫弄……

田老三的手剛用冷水洗過，還有些涼，那涼意一接觸皮膚，周氏就醒過來，她睜開眼睛，只覺得頭上黑影一閃，田老三整個人翻身壓倒自己身上，他笑著道：「阿琴……」

夫妻這麼多年，周氏哪裡不明白，她雙手攀住田老三碩壯的身軀，低聲道：「輕點，別吵醒孩子！」

「孩子們睡得熟呢！」田老三語畢，急不可耐地吻上了周氏的唇。雙方對彼此的身體很熟悉，一會兒就進入了狀況……

田箏迷迷糊糊中，聽到什麼嚶嚶嚶的聲音，還有男人時不時粗重的喘氣聲，她原本不在意，但猛然意識到什麼，瞌睡蟲一下子沒了！

田箏用腳探了下，就知道田玉景睡在身旁。她忙用手捂住耳朵，但那聲音還是不可避免地傳進耳朵裡，田箏一張臉都紅了。

她可一點兒都不想聽別人牆腳，而且還是自己父母的牆腳！實在太尷尬了！若她是個不知事的兒童倒罷了，可偏偏田箏什麼都清楚啊！心裡計算過田老三和周氏辦事時間還挺長的……

田箏特別想找個人拍死自己，她幹麼要懂得這些呢！這一刻，田箏深刻地認識到賺錢的重要性，跟父母一個房間實在不是個事兒啊！這太尷尬了。

之前偶爾有一覺醒來發現弟弟田玉景怎麼跟自己睡同一張床，雖然稍微思考也就想明白了，但那都是在她睡夢中發生，遭遇此種尷尬，田箏可真是第一次。

好在田老三和周氏夫妻之間的運動終於停下來。田老三手臂摟著周氏，周氏整個人蜷縮在丈夫懷中，享受完一場暢快的魚水之歡，兩個人都安靜地沒說話。

過了片刻，田老三道：「阿琴，我早就打算分家後，我們一家人搬出去，都住在祖屋這裡人太過擁擠，孩子們也該有自己的房間，妳看看咱們家有多少銀錢了？」

周氏低頭想想道：「這幾年我們攢的，只有二兩多，加上我爹娘給的壓箱錢剩下一兩多，前兒分家得的，總共十四兩七百文錢吧。」

田老三聽了，心情頗為低落。他重重嘆口氣，說道：「還得委屈你們擠在祖屋一段時間。」

要建房子，青磚瓦房是不敢想的，只能建土坯房，如今他們夫妻有三個孩子，以後若再有孩子更住不下，那房間至少得四間，加上灶房、牲口棚等等，建一棟房子，至少也要花十兩銀子。此時花掉這筆錢，接下來生活會很拮据，田地秋收了，還有賦稅要繳，實是不敢大手筆把銀子花掉。

既然田老三提了話頭，周氏也有這想法，她理了下思緒，道：「他爹，我回娘家向大哥先借一些過來怎麼樣？大哥這幾年應該有攢下幾個錢的。」

田老三道：「大舅哥倒是樂意，大嫂那裡估計不太好講話。」

周氏轉身整個人埋在田老三胸口，悶聲道：「總得試試，不然向我娘借一些也可，咱們總不能一直窩在祖屋。」

周氏的親爹已經逝世，周家是早年分家，她親娘目前跟著二兒子吃住，二哥二嫂為人和氣，親娘日子過得尚可，加上兒子媳婦每月給的零用錢，想來她手裡是有些錢的。

不到萬不得已，周氏還真不想讓親娘為自己操心。

每天吵吵鬧鬧，煮個飯菜還被人盯著鍋，周氏心裡其實很是不喜歡，只是她向來和氣慣了，也不太愛跟人吵嘴，可她還是樂意搬離大家，今後過自己的日子。

「待田間的事物忙過，我再去鎮上看看還有什麼活計……」

想到田老三又打算出去，周氏突然緊張了，加大力度抱著田老三的腰，道：「你可不能再跑到外縣去！別以為我不知你上次去的是永和縣，那裡人生地不熟，有個好歹，你讓我們幾個怎麼活？」

田老三突然心裡一驚，他以為自己掩飾得夠好，沒承想還是被媳婦察覺，只得道：「沒去永和縣那麼遠，就在永林縣鄭大戶家做活。」

「永林縣就不遠了？離著咱們泰和縣七、八天腳程呢。」泰和縣距離永林縣已是七、八天腳程，那永和縣不就離得更遠？

要不是上次找田三妹打聽，田三妹說出了田老三情況，周氏還被蒙在鼓裡，她是一萬個不樂意丈夫離家找活計的。「你別去了，咱們就繼續住在祖屋吧，我不委屈。」

田老三只是用力將周氏抱緊，兩人相顧無言，帶著沈重的心思漸漸入眠。

父母夜話雖然壓低了聲音，田箏還是一字不漏地全聽到耳朵裡，想不到田老三為了找活計去了那麼遠。這古代可不像現在那麼太平，時不時有山賊、流寇出沒，雖然貧窮百姓不怕被劫，但若被波及，那真是天降災禍……

而且幫人家做活，哪裡知道主人家厚不厚道，就她看的那些小說，大戶人家打死打瘸一個幫工，那可真是要自認倒楣的。當然，田箏知道自己這是想多了，哪裡有這麼多霸道的雇主。

田箏心裡很是擔心，他們家勉強混個溫飽，日子要數著米粒下鍋。就怕田老三想著多賺錢，一走就一、兩個月不見人，如今通訊落後，一家人大字不識一個，也沒法傳個信回來，她很理解周氏的憂心所在。

田箏不由得氣惱自己，好歹是個現代靈魂，所知所見，觀念意識比這時代的人要先進那麼一大截，她怎麼就想不到辦法賺錢呢？

前世一直生活在父母的羽翼下就讀大學，選擇自己興趣，除了吃喝玩樂外，她沒正經賺過錢。田箏沒有正式工作過，也沒經歷過社會的洗禮，就穿越到這裡了。

她每次看穿越小說，女主角在困境中走出一條康莊大道，與男主角攜手，在背後淡然地指點著一切，田箏就會發出感慨，假如她穿越了，她絕對絕對做不到！

若不是現在父母無微不至的關懷，姊弟的陪伴，祖父母也算和藹可親，這樣糟糕的日子，對於從小嬌生慣養的田箏來說，她搞不好會選擇一刀結束了吧！

天知道，她兩個多月來已經比前世一輩子幹的活還多。

負面情緒來得快，去得也快，田箏抬頭望著木櫃子上放著待成熟的肥皂，瞬間又信心滿滿地復活了。

以後多用發現的眼光看事物，她就不信自己走不出困境！

第四章

雞鳴聲響，家裡人準時起床，田箏實在想賴床，忍著瞌睡睜開眼睛，她爬起來找了高凳攀到家裡唯一的木櫃邊，小心地拿下一塊裝肥皂的盒子。懷著異常期待的心情打開紗布，發現肥皂製成了。她用手擠壓皂面檢視，無論過程如何曲折，她想只要成功了，一切的辛苦總算沒白費。

成品聞起來有一些油腥味，但跟這裡的香胰子味道比起來，還是好上不只一星半點兒，田箏想，下次可以加點香料進去。

顏色呈現乳白色，倒是挺好看的，田箏試著用手刮下邊緣，發現這種盒子要脫模不是什麼大問題，不過這樣一來就要損壞盒子，下次不可以重複使用。想了下，田箏覺得下次可以拜託張二郎把盒子做薄一點，這樣拆開盒子會方便不少。

上次花費三個時辰，差不多一斤的油，做出來的成品只得了五塊，而肥皂至少得一個月的成熟期，想要馬上得到效益，至少也要一個月後。

田箏煩惱的還有銷售問題。肥皂已製出，要往哪裡賣、賣給誰，這些都要有詳細的計劃。至於這種手工皂，跟這時代的香胰子外形有出入，如何讓消費者接受這個問題倒好辦，只要別人使用過東西，就會發現好處。

她的目標客戶群，該是那些手裡有閒錢的殷實人家，最好是能得到女眷的好評。

上次去唐家，三姑姑也說過，香胰子是在泰康樓香料鋪子才有賣，至於別人是從哪裡入的貨，田三妹並不清楚。

田箏如此想，是否直接找上泰康樓交易？自家這種無權無勢的農戶，該如何在交易時保護自己的利益？若是泰康樓店大欺人，強搶了方子去該怎麼辦？

田箏發現自己一旦需要動用腦子時，就急切地覺得腦子不夠用！

若是不把客戶群標在殷實人家上，放低價格賣給鄉里鄉親的人家，是否可行呢？

田箏算了下成本，五塊三個手指寬的肥皂，耗費一斤肥肉，人工先不計，成本至少得三十文錢，就是賣十文錢一塊，利潤也才二十文錢。何況她前前後後花一、兩個月才做成的肥皂，只賣十文錢，她很不甘心。

低價策略行不通的最重要原因是農家沒人捨得花錢買，現在平民多用皂角、草木灰來洗衣洗頭，花錢買肥皂用這種觀念必須經過一些時間改變。何況衝著利潤，田箏也不想賣低價！想到此，她心裡特別有氣，憑什麼人家一塊香胰子賣半兩銀子，她就得賤賣十文錢啊！

另一個制約著田箏的問題是怎麼樣迅速造一批肥皂。田家的經濟狀況，田箏昨晚聽牆腳已經十分清楚。周氏和田老三沒有看到實際利潤，不會輕易答應給錢讓田箏買油做肥皂。而田箏又不想讓田老三他們拿老本來投資自己，看來這段時間要多想法子賺私房錢買材料。

金銀花差不多過季了，這時節還有什麼藥草能摘來賣錢的？

田箏想著這些突然很頭疼，煩惱的問題不是一般多！好在肥皂成熟期要一個月呢，她可以慢慢想辦法，只要有錢了，就馬上買材料做一批肥皂出來存著。畢竟辦法總比問題多，只要動腦筋沒什麼是不能解決的吧！

此時田間水稻已全部抽穗，綠色的穗苗欣欣向榮。在田埂上走著，隨處可見三三兩兩在田間勞作的農民，勤勞的農戶小心地伺候著水稻，期待著新的豐收。

田箏看著這種水墨畫似的景象，躁亂的內心慢慢被撫平。周氏打發她來給田老三送午飯，走了一刻多鐘，來到他們家田地，田老三正彎腰在田地裡扯稗草，稻穗正是成熟的關鍵時期，不能讓這些害草搶了養分……

見到田箏，田玉景屁顛屁顛地跑過來，十分高興道：「箏箏姊，快來看看這是什麼！」

他說完，將手中的東西舉高遞給田箏看，是用幾根稻草捆得很嚴實的七、八隻青蛙，個頭有婦人拳頭大小，兩隻大眼睛瞧著圓溜溜的。

猛然放在眼前，讓田箏嚇一跳，待看清是什麼，這才鬆口氣，捂著胸口問道：「阿景，你拿著這個幹麼？」

「吃呀！」田玉景表情十分天真無邪，咧嘴對著青蛙笑得傻乎乎的，彷彿眼前不是綠皮的青蛙，而是一盤美味。「咱爹捉的！妳看這隻差點讓牠跑掉了！」

媽呀……田箏不是沒吃過鐵板田雞、田雞滑粥之類，心裡倒沒升起什麼聖母之心，就覺得這些青蛙太可憐，目不忍睹，便對還在展示手中青蛙的田玉景道：「阿景，你把牠們放開，來吃飯。」

田玉景把那串青蛙用稻草在一束水稻根上捆綁結實了，這才洗手吃飯。

田老三隨意在水坑裡洗了手過來，看著飯菜笑問：「咱閨女餓不餓？給妳吃一口。」

「爹，我在家裡吃得可飽了！」田箏趕忙道。

周氏出門前備好的簡單飯菜，用竹籃子裝好，穩固後才讓田箏帶來。忙碌一上午，田老三和田玉景父子倆吃得特別香。

田玉景邊吃還邊嘟囔：「爹……晚上我們有田雞吃吧？」

田老三挾了醬菜入口，笑道：「有！你等下跟姊姊一起回家去，讓你娘給你做紅燒田雞。」

田玉景笑得瞇起眼睛。「箏箏姊，我們等一下就回去啊。」

見弟弟這滿足的樣兒，田箏恨不得捏一下他那小臉蛋，便呵呵道：「你趕緊吃吧！吃飯不許講那麼多話。」

田玉景不樂意了。「爹娘都沒那麼多規矩，哼！」

田箏一輩子沒做過姊姊，現在有弟弟，免不了要逞逞威風，她哥以前也老愛數落她，整天嘮叨不讓她吃飯時講話呢。

姊弟倆的對話，惹來田老三哈哈大笑，末了，田老三道：「咱閨女和兒子都回家去吧，別忘記讓你們娘晚上再打一碗蛋花湯來喝。」

哎喲……家裡就二十三顆雞蛋呢，爹太奢侈了吧？田箏在心裡嘀咕著。她家現在有多少財產，她可是一清二楚，每天雞鴨下了蛋，田箏必須要細細數一遍存貨。親眼見著雞蛋由少到多的過程，很容易產生滿足感。不過想想現在母雞還沒到抱窩的時候，天氣逐漸熱起來，雞蛋放久了會壞，倒不如給家裡人吃了。

午後陽光炙熱，帶著弟弟回家途中，田箏在經過魏秀才家的荷花塘時，隨手扯了兩片荷葉頂在頭上遮陽，田玉景阻止不及，只能道：「姊，壞了！妳摘了秀才家的荷葉，小郎哥會打人的！」

不會吧？田箏左右掃了一眼，發現沒人，便道：「這麼多荷葉，摘兩朵不礙事吧？」

今日出門忘了拿斗笠，看弟弟被太陽曬得滿頭大汗，田箏也顧不得什麼公德心，見這麼一大片荷葉田，就忍不住摘了兩片荷葉。

田玉景苦著臉，想不通要怎麼解開目前的局面，語氣有些無力道：「若是小郎哥知道了，會叫七寶咬人的。」

田箏立刻道：「就七寶那熊樣？我怕牠咬人？」

田玉景很喜歡七寶，聽姊姊語氣不屑，不高興道：「七寶才不熊呢！牠上次還捉了大老鼠！」

狗拿耗子有什麼好得意的。

「好啦，等下看到魏小郎就道歉吧！」田箏安撫田玉景道，荷葉都已經扯下來了，不用豈不是更浪費?

鴨頭源村的小霸王魏琅近來被父親拘束在家裡讀書，他四歲已經啟蒙，如今雖不太懂此類大學問的意境，但字面意思自己琢磨完倒能稍微理解一點。

而今天，魏琅不經意去翻桌上書籍，讀到三綱五常，君為臣綱、父為子綱、夫為妻綱，他大吃一驚，反覆看了夫為妻綱那一欄，七歲稚齡的魏琅悟出了一個驚天大道理。

原來為妻者必須絕對服從為夫者!

魏琅想，以他如今之力，既打不過田箏，不若換種方式令她臣服?

他自認打遍村裡無敵手，天上地下除了他哥、他爹，沒人打得過他，殊不知因著對魏秀才的敬重，村子裡的小孩得到家長吩咐不可傷著魏小郎，故而才造成他這種錯覺!

那一日竟被一個姑娘打敗，魏琅心裡存著巨大的恥辱之心，總想著扳回一城，田箏這塊石頭一直壓在魏琅心口上，若是不能搬開這塊石頭，他就覺得日子過得非常不好。猛然間這一發現，魏琅覺得自己終於找到更好的辦法整治田箏了。

一時間，眼前不由浮現出天真妹對自己點頭哈腰、畢恭畢敬的場景，魏琅嘴角露出一個不懷好意的笑容，心情霎時大好。

又讀了一個時辰的書，終於被爹獲准出去玩，魏琅牽著小黑狗七寶，一路大搖大擺地在田間撒歡，出了村口，原是打算折回去，卻瞥見遠處兩個小孩頭頂著大大的荷葉，慢悠悠地向前走來……

魏琅忍不住蹙眉，因他家荷花開了，惹來一群大姑娘、俏媳婦觀景，總有那管不住手的採摘幾朵花。魏秀才愛文墨，每年這個時候就愛搬來桌椅，擺開架勢畫幾幅以荷花為景的水墨畫，往年有人摘花，魏秀才私下就非常生氣，不過礙於鄉里鄉親不好多計較。

見了爹爹的態度，魏琅自然也不待見禍害荷葉的人。

待人走近，認出是田箏，魏琅哼哼了一聲，叫喚道：「天真妹，誰准妳摘荷葉了？」

田箏嘆一聲倒楣，抱歉道：「實在對不住，太陽太烈了，拔了你家兩片荷葉……」

田玉景見了魏琅倒是很高興，歡喜地叫了哥，然後就找七寶玩，七寶似乎跟田玉景也熟悉，搖著尾巴汪汪地跟他玩起來……

魏琅既有了主意，這時候就不跟田箏計較這些細枝末節，於是很大方道：「道歉不是這個理，這樣吧，妳給我做一個荷包，我就原諒妳。」

耳濡目染多了，魏琅也懂姑娘家給男人做荷包的意思，既然決定要娶田箏為妻，怎地不收她做的荷包為信物？不過一想到要戴田箏做的破荷包，魏琅又有些糾結。

罷了、罷了！他就勉為其難好了。

田箏此刻哪裡知道魏琅心裡的彎彎繞繞，她特別想吐槽兩句：媽的！這搶劫也沒這麼搶的啊，兩片破荷葉就想詐人家一個布荷包。

她心裡有些不甘願，道：「魏小郎，我用兩文錢買你的荷葉算了。你家就是九品金蓮，一朵一文錢也賺大發了吧？」

魏琅哪是會接受別人意見的人，何況他自覺要在田箏面前擺出為夫的威嚴，於是道：「既要道歉，就拿出道歉的誠意，妳心不誠，故而不願。」

田箏很納悶，這魏小郎什麼時候嘴皮子變利索了？想想只能憋著被敲詐的氣，無奈道：「算了！我就做給你吧。」

魏琅這才咧開嘴開心地笑了，他馬上轉頭對田玉景道：「阿景，你來我家裡，我讓你看我新的弓，可厲害著呢，我試過能打下還在飛的麻雀呢。」

田玉景眼睛一亮，歡呼道：「真的嗎？小郎哥，我們快去看吧。」

懷著對新武器的崇拜之情，兩個男孩子牽著一條狗，樂顛顛地跑走了。

田箏頓時有種被坑了的感覺！這熊孩子，虧他們小時候一直是兩小無猜的玩伴呢，最近魏小郎怎那麼愛坑她啊？

沒多久，晚霞當空，寧靜的村莊上升起炊煙裊裊。

田玉景跟著魏琅玩時，田箏只得接過那串青蛙回家。一進廚房，周氏正在洗刷鐵鍋，準備炒一碟萵筍葉，再挖一些醬菜做主菜，米粒是早已下鍋，待一切辦妥後，就可以讓孩子們叫他爹回家來吃飯。

「娘，給妳！」田箏把青蛙遞給周氏，又叮囑道：「爹讓妳紅燒了。」

周氏接過手，吩咐道：「去菜園子裡摘一把蔥回來，蒜苔也摘一手，記得在水溝裡洗了泥土再帶回來。」

他們家菜園邊有一條小水渠，水渠乾淨清澈，摘了菜後，順便在水裡洗了，回來再打點水稍微沖刷一遍就可以直接入鍋炒。

這年頭沒農藥化肥，田間的水直接用手捧來也可以喝，不過田箏不會去嘗試。菜園子裡的蒜苗已經出苔，蔥長得鬱鬱，田箏摘了蔥蒜洗乾淨後才回家。

此時，周氏正在水井邊處理青蛙，田葉蹲在一旁看著，周氏時不時解說一下怎麼弄才乾淨，待弄完切塊，周氏又把田箏帶回來的蔥、薑、蒜之類，切好分盤等著備用。

姊妹倆給周氏打下手，周氏一邊麻利地炒菜，一邊教導兩個姑娘怎麼做這道菜，很快加了蒜末、辣椒的紅燒田雞出鍋，光聞著味道就令人食慾大開。

田箏前世四肢不勤、五穀不分，那令人羞愧的廚藝實在拿不出手，反而到了這裡，跟著周氏耳濡目染，倒學會了一些家常菜。

她發現周氏實在是個聰慧的小婦人，比如田葉現在已經能獨自做一桌很可口的飯菜了，未分家前，田葉可沒怎麼摸過菜勺子，這可以看出在日常中少不得周氏的指導。她並不強迫兒女們學習，但她這樣潛移默化地影響著兒女們，比之二伯母胡氏常打罵逼迫著女兒煮飯做菜，效果不是一般好。

至少，田葉和田箏兩人就不會因為嫌棄灶臺髒污，而不願意下廚。田箏甚至覺得一道菜從自己手中出來，看著家裡人吃得開懷，內心還特別高興，即使處理飯後清潔，也不覺得討厭。

因田老三突然想喝一口湯，囑咐了周氏打個蛋花湯，周氏見田雞有多，特意留了兩隻出來，剝了一顆蒜頭拍碎，又把薑切絲、蔥切成蔥花。

一切準備就緒，讓田箏燒大火，架鍋子放了點油，油鍋滋滋作響時，才把已切塊的田雞倒入翻炒了幾下，接著放入薑絲，加點米酒去腥，最後倒入蒜頭，大火煮約莫一刻鐘後湯煮沸。一連串動作行雲流水，令圍觀之人忍不住就想偷學一手。

周氏道：「箏箏，把大根柴火抽掉吧，這樣小火慢慢燜，等妳們爹回來就可以喝了。」

湯的熱氣蒸散出來，有一股田雞特有的甜味，跟雞湯比一點也不差啊！田箏實在是太佩服她娘了，關鍵是能夠節省幾個雞蛋啊！這想法一冒出來，田箏自己倒笑了，她這摳門勁，快往祖母尹氏的路上一去不復返啦。

沒想到，以田雞做食材這麼好吃，比起要花錢買的骨頭燉大蘿蔔，去田野裡捉青蛙，除了費點人工，又不費錢，田箏立馬把什麼青蛙是益蟲、人類的好朋友這種想法拋諸在腦後。腦子裡不由得在想，她是不是該學著怎麼套青蛙啊？

哎！這想法實在太墮落啦。

大鳳朝規定，人民能自闢荒山作耕地，但荒地開墾完要繳錢，由里正代為去縣裡申辦地契，往後就按年繳納賦稅。不過，肥沃的土地大部分已被人先一步開發，只餘下少量貧瘠又水源不豐富的地方，兩種土地繳納的稅還是一樣多，開這種地，往往入不敷出，村子中很少人樂意開墾。

此時，田老三卻看上一塊地，打算開墾耕種。昨晚下過一場雨，現在土地濕潤，田老三見閒著也是閒著，就提議跟周氏一起去上次看好的那塊地那兒，趁著雨後土地鬆軟，把地開出來種紅薯。

田葉想跟父母一塊兒去，便道：「爹，讓我也去吧，我向祖母借了鋤頭。」

田老三不同意，分了家沒那麼多事做，能不讓兒女們做粗活他就不讓做，自己的崽子自己疼，他直接道：「妳在家裡煮飯菜，煮好了帶去給爹娘。」

田葉做的一手菜，已經得到家裡認同，周氏也放心交給她，她想跟著丈夫早早把地開墾完，也能早早堆肥，第一年也沒指望大豐收，讓地肥起來就行。

「葉丫頭妳看家，雞鴨按時餵，中午要煮的米在鍋裡，還有記得看著妳弟弟妹妹。」

夫妻兩人走之前，被田老漢叫住了，他知曉田老三想去拓荒，特意囑咐一聲，先挖開看看土質行不行，別盲目開墾，不然地不好，沒收成還得繳稅，划不來。

「爹，我已經看過幾次，那塊地種紅薯還成的。」田老三道。

田老漢今天身子不太舒服，所以留在家裡，老三辦事他還是放心的，於是點頭道：「等我腿腳利索一點，趕明兒我幫你們去掌下眼。」

得了爹的囑咐，田老三和周氏兩個便去幹活。

田箏起床後帶著弟弟去挖蚯蚓、餵鴨子，這裡人養鴨子基本是放養，很少想到專門去挖蚯蚓作為鴨食，蚯蚓雖然模樣不討喜，但營養很豐富，如今三房只有幾隻鴨子，不像之前一大群，即使挖了一堆蚯蚓也不夠分，現下為了讓鴨子多下蛋，田箏每日都要弄一兜蚯蚓投餵。

「姊，我那簸箕的夏枯草去哪兒了？」原本攤開放在屋簷下曬，因為突然下了雨，田箏回來沒見到，不免擔憂會不會淋了雨。她現在就靠採夏枯草賺點小錢，若是淋濕，那就賣不了錢，此時心裡當然著急。

田葉正處理中午的蔬菜，她手不停，低著頭道：「給妳放在灶邊，寬心吧，昨晚娘起夜時，幫妳收回來了。」

田箏趕緊去灶上瞧一眼，整簸箕的夏枯草已經烘乾，紫色的花朵變成褐色，抓一把拿在手裡搓了一下，她提著的心終於放下來。幸好沒有濕氣。

估計是周氏看下雨，怕她弄的這些藥草回潮，才特意拿到灶邊上烘乾水氣。這一簸箕應該有一斤多，至少能賣十幾文錢吧。

現在正是夏枯草開花的季節，連著枝一起摘掉花朵，曬乾後，拿到藥鋪換錢，像這一斤多，還是田箏積累了五、六天的分量。而且夏枯草的價格沒有金銀花那麼高，只得八、九文錢一斤。蚊子再小也是肉，田箏這陣子是漫山遍野地跑，前頭攢下的藥草已經委託張胖嬸拿去換錢了。

張胖嬸的漢子跟泰和鎮一戶人家簽了長契做幫工，所以她時不時會去鎮上探望丈夫，平時也靠著應季節的藥草賺點零用。

田箏拜託她幫忙時，張胖嬸倒是十分樂意。就這樣，田箏像隻小倉鼠似的一點一點給自己攢錢。

田箏第一批製成的手工皂已經脫模，放在通風的地方等一個月成熟就能使用，後來她又將上次賣金銀花的錢拿去買過幾次肥豬肉，製成了三十幾塊肥皂。

看著這麼多存貨，田箏宛如瞧著銀子，心裡那種高興勁別提了，她打算肥皂可以使用時，就上鎮去擺個攤子試賣。

等她能賺到錢，再看爹娘還允許不允許她製肥皂。周氏雖然是個開明的母親，對於田箏每日搗鼓一些奇怪的東西，花費那麼些錢，周氏卻也有過異議，不過，因是孩子自己想法子賺的錢，周氏暫時沒過多干涉，以後可不一定。

姊姊處理中午的飯菜，田箏就開始把火點燃，先是把灶臺裡的灰扒拉掉，扯了松針葉引火，大火很快點燃，她把鍋架上去，打算燒一點熱水拿去給爹娘他們喝。

「葉丫頭，妳爹娘讓妳在家做飯呀？」

田葉抬頭發現是張胖嬸，忙點頭道：「是，張嬸，妳從鎮上回來了？」

「可不得不早回來，若我不在，哪個人管得住我家柱子喲。」張胖嬸扭著腰直接進了灶房。「箏箏，我來給妳賣藥草的錢。」

田箏趕緊起身，道：「每次都是麻煩張嬸呢。」

張胖嬸擺擺手，隨意說：「這沒什麼，倒是妳讓我問山茶油這個事，妳家這是打算買油嗎？妳要是不嫌棄，我家還存著幾罐子茶油，我騰一點出來給你們。」

「那敢情好。還按鎮上一個價給您吧。」田箏前幾次做手工皂，用的都是豬油，皂化成功率很高，不過豬油做的成品始終有一股味道，她想試著用山茶油看看如何。

三房分家得到的山茶油就一罈子，周氏不允許隨意浪費，田箏也沒想動家裡的食用油。

張胖嬸問：「妳要打幾斤油？我現在搬過來？」

剛才賣藥草得到三十文，手上剩餘十幾文，而山茶油比豬油便宜，才十五文一斤，村民大多吃這種油，不過茶油籽產量有限，農家吃完還得買豬油吃。

田箏道：「張嬸，妳就先給我打三斤來吧。」

張胖嬸拍拍胸脯道：「行！嬸一會兒給妳提過來。」

田葉聽完對話，待張胖嬸走了，她想想還是不放心就問：「箏箏，妳又要買茶油做香胰子？」

田箏點頭。「是啊！姊，換茶油看看效果怎麼樣。」

田葉眉頭糾結地擰住，臉上十分不贊同。「妳這段日子，攢的錢可都花在買油上了，妳做的那香胰子，看著是好吃的樣子，可時間過了這麼久，也沒見變顏色，能換錢嗎？姊勸妳還是不要再做，怪浪費錢的。」

田葉對香胰子的印象還停留在黑褐色，見田箏的手工皂是乳白色，就十分沒信心。

田箏也不好跟姊姊過多解釋，只能安撫道：「姊，半個月後就可以用了，妳放心，我有分寸的。」

田葉見田箏執意如此，嘴上沒再勸，心裡卻想：該是讓娘親訓斥妹妹了，她這段時間著魔似的折騰這個，哪裡有心思做其他的。

很快，張胖嬸提著油罐子過來，分好油，田箏數夠錢給張胖嬸，打算吃完午飯就開工做一批。步驟做了多次，她已經很是嫻熟，控制火候與油的溫度，現在也能憑著經驗，在攪拌皂液時不必再花費那麼多時間。

不過植物油比之動物油，更需要攪拌的工夫，等所有的皂液倒入盒子裡面時，田箏才鬆口氣，她忍不住感嘆，在現代根本不需要如此費神啊！

當天傍晚，田箏懷著激動的心情，開始使用第一批肥皂。這段時間以來，她斷斷續續製成五十多塊肥皂，每一批次都做了紀錄，記下製成時間、用的是哪種油脂，預計成熟日期。製成有先後，目前可以使用的肥皂一共有二十三塊，她打算試用兩天就拿到鎮上賣。

洗漱間裡，田箏打了熱水，脫光衣服，用浴巾隨意打濕身子，然後全身抹上肥皂，肥皂一遇到水就變得很滑，往身上搓時可以感覺濕潤潤的，白色的泡泡很快冒出來，這可比完全不用洗滌用品洗得乾淨多了。到這裡這麼長時間，洗澡大多用帕子搓幾下，再沖沖水便完事，肌膚上的污垢根本洗不乾淨嘛。

田箏用水沖刷掉身上的肥皂泡，她拿帕子擦乾身子，感覺整個人非常神清氣爽。

自己製成的肥皂，與現代商店普遍販售的肥皂，基本效果差不多，可能是油脂的原因，田箏反而覺得現在用的，洗完澡後皮膚更濕潤，想想忍不住得意地笑起來……

馬上輪到田葉試用，田葉不像妹妹田箏對肥皂擁有盲目的信心，她的心情很複雜，她是不相信這東西有香胰子的效果，不過她也從沒使用過，根本不知道那效果是如何。

田箏走出洗漱房時，田葉等在一旁，直接問道：「箏箏，妳那個東西好用嗎？沒出問題吧？」

田箏笑著道：「姊，我試過了，比姑姑家的好用。」

田葉表情很是懷疑，這也不怪她，畢竟那是花半兩銀子買的物什呢！她微微張嘴，最後忐忑道：「箏箏，姊不知道怎麼用，要不妳幫我吧？」

「姊，很簡單的，就按我剛才說的，抹到身上就行了。」哎喲，她會不好意思的，長這麼大，還沒試過跟別人裸裎相見呢。

兩刻鐘後，田葉從洗漱房出來時帶著一臉笑意。她看著用過的肥皂，神情不由得有些可惜，問道：「箏箏，姊用的這一塊要不別留下來，一塊兒拿去賣錢？」

田箏好笑地回道：「姊，這用過了哪裡能賣呀！放心吧，以後我會做更多，咱們家不用節省這東西。」

用過一次知道好處，若是真放棄不用，田葉心裡也捨不得。「這可真好，待會兒跟爹娘說說怎麼用吧。」

說不得意是假的，肥皂不光能洗澡，還能用來洗衣服，除污能力還是挺強的，即便大戶人家不接受它用來洗澡，還可以把肥皂包裝成專門洗衣的用品。

另外，現代也有洗臉專用的天然手工皂，她見過很多女人為了自己那一張臉，多貴的護膚品都捨得下重本。不論時代怎樣變化，女人愛美天性是不變的，為了悅己、悅人，女人們都希望自己有一張好看的臉。肥皂還有更多好處有待發掘，對此，田箏覺得大有作為，一瞬間信心滿滿。

田老三和周氏夫妻倆原本對田箏折騰的這東西不以為然，沒想到用過後效果這樣好，洗完整個人清清爽爽。特別是周氏，她是時常在灶邊打轉的人，免不了沾上些油煙，清理灶臺草木灰時，總是惹一身黑灰。往日都要擦洗很久，沒想到，今天只是往弄髒的地方抹上肥皂，污漬很快就洗掉了。

家裡人都洗漱完畢，回了房間，田老三對周氏道：「阿琴，別急著吹滅油燈。」

周氏停下手，等著他接下來的話，田老三走到田箏身邊，出其不意地一把將她整個人舉起來，他狠狠蹭了蹭女兒的臉，才問：「箏箏，告訴爹爹，妳做的那些香胰子，還有多少？」

親爹老是這樣突如其來，心臟不好真會嚇死人的好嗎？田箏忍不住在心裡吐槽，嘴上乖巧答道：「爹，在咱衣櫃上放著呢，現在還有二十塊能用的。」

這麼少？田老三搬來小凳子，一隻腳踏上去，取了一塊下來，拿在手裡仔細瞧瞧，就問：「咱們剛才用的，比這個小塊？」

田箏道：「那是我用刀把一塊切成了兩塊。切時注意切勻整，不會影響美觀。」

田老三瞭解過普通香胰子的大小，與這種肥皂比差不多大。「所有的都切成兩塊吧，別人半兩銀子，我們就是賣兩百文錢亦可，明兒爹拿去賣試試。」

聽了此話，周氏忍不住憂心道：「他爹，你說什麼渾話，孩子胡鬧你也跟著胡鬧，這些東西你要打哪兒賣？」

這確實是一個問題。被喜悅沖昏了頭，倒忘記這事。田老三低頭深思片刻，說：「集市攤上短時間肯定賣不出去，我明兒去試試哪家鋪子會收。」

田老三作為地道的農戶，雖然時常在外幫工，可大都為了一口飯做些粗活，到底見識有限。但是他也明白在鎮上搭個小攤子就想賣半兩銀子的物品，實在異想天開。有錢人哪裡會在小攤小販處買東西？

田葉不懂大人的考慮，只提出自己疑問。「爹，咱們不能放在三姑姑家賣嗎？」

田老三道：「你姑父家做的是食物鋪子，不收這些的，再說，我們不能給妳三姑姑添更多麻煩。」

唐家管事的是唐老大，凡採購、帳面這些都由唐老大夫妻管理，唐姑父只做些小事，除了看看門面，家裡鋪子事是無法經手的。而老田家傍上這門親，家裡有了臘肉、臘鴨以及其他乾貨，直接送上門，唐家就幫忙全包攬下來，已經很厚道。

為人妻、為人媳，加上家境差一點，田三妹初在唐家處境很是尷尬。別人只見著她的風光，哪裡清楚她背後的辛酸？

田老三對妹妹很是心疼，並不希望讓妹妹為難。

見父母這樣苦惱，田箏道：「爹、娘，咱不急著賣出去，明天去鎮上的鋪子試試看唄。」

她是鬆了口氣，爹娘對於出售肥皂這件事不反對，還給予支持，身後有助力，也不用挖空心思怎麼避開家人達成目的，這已經很好了，不是嗎？

一口吃不成胖子，只需慢慢來。

翌日，公雞鳴叫聲起，一家人除田玉景還在酣睡，其他人都早早醒來。為了使自己看起來精神些，田老三特意換上最好的衣裳，待吃了朝食就揹著田箏製造的肥皂往鎮上去。

關鍵的第一步，田箏不放心，磨了爹娘幾遍，才被允諾一同前行。

田老三並不是漫無目的胡亂跑，他昨兒和周氏商量，兩人都覺得賣給大鋪子划算，而整個鎮上，只泰康樓香料鋪有售香胰子，此行的第一個目標，當然是泰康樓了。

泰康樓極是好找，過了食街林立的地方，處在主幹道交會處，入眼是一棟雙層的樓房，主建築是青磚搭建，再漆上深紅的顏色，整棟樓既有格調又風雅極了。此時大門口懸掛著竹簾，時不時有各色人出入，生意光瞧著就非常不錯。

田老三牽著田箏的手，深呼一口氣，才提腳往門口走。

泰康樓門口設有迎賓小童，專門給客人打簾子，他們尚未走近，竹簾就掀開來，小童臉上習慣性掛著笑容，正要開口，待瞥見兩人的衣著，馬上改口道：「來這兒幹什麼？快走，這兒東西不是你們這些泥腿子（注）能買得起的。」

田老三身體驀地一僵，忙陪笑道：「小哥，我這不是來買東西的，是有件東西想找你們掌櫃看看值不值得買進來。」

小童不耐煩道：「不是買東西就回吧，掌櫃的今兒不在。」

這下田箏都想發怒了！果然是宰相門前七品官，這看門的態度太狂妄，田箏扯了扯爹的袖子，道：「爹，我們換一家看看吧。」

臉色這種東西，田老三是習慣了，外出找活兒做，受的氣比這些還厲害呢！

田老三並不想放棄，放低聲音懇求道：「小哥，店裡有其他主事人嗎？請帶我見一見吧？」

田箏不知道今天他們真的很倒楣。其實這看門小童是個貧家小子，只因泰康樓有一個親戚在這裡做事，一再託他求情才得到一份看門打簾的活計，酬勞不多，好在管飯，而且容易識得權貴人物。他上崗沒幾天，正是覺得風光無限時，少不得耍耍威風。

「沒有、沒有！快滾遠點！」

那小童說完，上來揮手就趕人，田老三怕傷著閨女，忙將女兒藏在身後，一下退出泰康樓的範圍。

正在這時，門前停下一頂轎子，走出一位衣著華麗的貴婦，剛才還凶惡的小童，立馬換一副嘴臉，迎上貴婦，靦覥著臉笑道：「林夫人，這大熱天呢，趕緊進小店喝口茶，今兒想要什麼香料？」

那位林夫人瞥了他一眼，並不說話，由一個丫鬟攙扶著翩翩然進了店。

小童現在只打簾子，還沒資歷幫顧客介紹貨物，此刻放下了竹簾，臉色有些悵然……

田老三和田箏都有些灰心，真是出師不利。

泰康樓不僅賣香料，還有胭脂水粉、頭油面油之類的女性用品，這裡名目繁多，品種齊全，貨物品質好，泰和鎮有頭有臉的人家都只在這家置辦。若是錯過這家，對田箏他們來說，不是件好事。

他們離開幾步，田箏突然想到什麼，趕緊將自己的想法告訴爹爹，而田老三狠狠拍了一下自己的頭。「我閨女想得對，是該這麼試試。」

兩人去而複返，看門小童見此想要發火，田老三趕緊悄悄地往他手上塞了點東西。田老三嘴裡道：「麻煩小哥就幫我們通傳一聲，成與不成，不關小哥的事。」

那小童偷偷瞄一眼，見有五個銅板，於是迅速收進衣兜裡，還回頭四下掃了一遍，發現沒人瞧見，這才努嘴道：「既然你這麼懇求，我就幫你說一聲好了。我剛才說過，咱們掌櫃

注：泥腿子，舊時多用於對農民的蔑稱。

的不在，我找暫時主事的王管事過來。」

田老三只有點頭的分兒，連連道：「多謝……」

小童一溜煙進了店裡，須臾回來道：「王管事待會兒才有空，你們一直杵在門口不是事，就進來等吧。」

田老三和田箏求之不得，趕緊進了門，因為不是客人，小童只讓他們待在通道的拐角處，那兒有一條木凳子，應該是店裡夥計們休憩用的。

「你們慢慢等一會兒，我得去門口守著。」小童不能離開崗位太久，丟下話就急匆匆回門口去。

田箏和田老三兩人都有些忐忑，起初是站著，後來腿麻了，就改為坐在木凳子上。沒想到那小童一句慢慢等，竟是讓他們等了這麼久還不見人。一連等了一個多時辰，父女倆肚子餓得咕嚕響，田箏有些賭氣地對爹說：「爹，咱們換一家吧，這家待客太散漫，就是不買東西也不能這樣對人啊！」

等待那麼長時間沒見到人影，任誰都不高興，田箏自己還不是那種耐心很好的人呢。

就在兩人要打退堂鼓時，一位身著青衣袍子、蓄著鬍鬚的中年男子這才走過來，開口就問：「就是你們兩人找我？」

田老三站起來，躬身道：「是，您是王先生吧？」

王管事點頭道：「正是，請問二位是有什麼買賣要過來交涉？」

雖然用了請字，但言語中並無多少恭敬成分，大掌櫃的去金州市面見東家，王管事只暫管幾天事物，實際沒什麼權力，因為泰康樓的名聲，縣裡的高檔香料、女人用品幾乎是壟斷買賣，這無形中給了夥計們驕傲的底氣。

田老三不急著解釋，趕緊把自己帶來的肥皂呈現給對方看。「這是我無意中得來的物品，與香胰子同功用，王先生您請看看……」

王管事起初以為是糕點，還道鄉下來的不識字走錯鋪子，這會兒聽田老三的話，不由起了好奇心。他走近，然後用手指拿起一塊，仔細看了看，懷疑地問道：「你確定這東西跟香胰子同功用？」

田老三道：「千真萬確，家裡人已經使用過。」

若是真的跟香胰子一樣，倒不乏是個好物，這王管事還是有點見識，他想這些用在身上的東西哪裡有那麼簡單？第一個就得安全。他們的主顧都是些非富即貴的人家，尤其是女人，在這裡買了胭脂水粉，那張臉若是出了問題，是要追究責任的。

想到此，王管事就道：「你們用了多長時間？」

「昨兒剛用過。」見王管事面上嚴肅，田老三一緊張，不敢隱瞞就說了實話。

結果王管事啪的一聲把肥皂直接扔地上，怒道：「既沒試用過的東西，就敢拿來我們這兒糊弄人，你們好大的膽子呀！」

田箏一看不好，這管事不是好相處的人，心裡已打起退堂鼓。沒得東西沒賣出去，反而惹一身禍事。

田老三也意識到，連連求饒道：「王先生……先生……您請息怒，我們真確認過沒問題的，您相信我……」

泰康樓每日人來人往，日進斗金，其實並不差這一件新鮮的物件。而且作為鎮上獨一售香胰子的鋪子，庫房裡還有大量香胰子存貨，王管事認為沒必要多一件新品來代替，而且他暫代管事期間，為求穩妥，他不希望鋪子裡面有什麼變化。

想通了，王管事這時對田老三兩人就沒什麼好氣，道：「今日放過你們，哪裡來的就哪裡去吧。」

「叨擾了，我們這就走。」田老三被嚇得沒心思賣東西了，只想趕緊出了這間店，於是牽著閨女的手，匆匆要走。

田箏心頭火起，奈何形勢比人強，也不敢發作，臨走前見那塊被摔壞的肥皂躺在地上，順手就給撿起來收進兜裡。

她辛苦做出來的東西，絕對一點渣也不想留在不識貨的地面上。

出了泰康樓，連著轉了好幾個彎，繞過幾百米遠，田老三才停下來重重吐一口氣，此時臉上有些愁苦。

田箏也癟了，就似個氣球，吹得圓滾滾時，突然被哪個無良的傢伙扎個小洞，一下子就洩氣了。

父女兩個相對無語良久，田老三才道：「箏箏，咱們回家吧。」

「不！爹，我們還沒去其他鋪子試呢。」

爹要放棄，田箏反而生出一股氣，為什麼要放棄呢？她知道這個東西的好處，也知道它並沒有問題，為了怕鹼性過高，傷害皮膚，田箏預留一個多月才敢使用。這種天然冷製皂比後世那什麼化學肥皂好多了，為何一次打擊就放棄？

田箏道：「爹，你相信我，也要相信你自己，你用過這東西，它確實是好物，咱們再多試幾家，若是都不行，咱再回家去。」

田老三心想，好不容易出來一回，就多走幾趟吧，若是最後還不行，他們並不吃虧，只是要提防泰康樓那種情況發生。父女二人互相打氣，重整旗鼓，向其他鋪子出發。

他們先是去了幾間小胭脂鋪，老闆表示懷疑，無一例外都被拒絕。田箏的信心接連受到不小打擊。有時候掌櫃連貨也不看，便把他們趕出去，田箏很想大喊一聲坑爹；他們的行為其實跟後世的直銷沒分別，受點冷落是應該的，可是居然被冷落如斯，實在苦逼。

田箏一時由衷佩服那些直銷員，他們的臉皮、膽量真是大啊，給按讚！

下午申時，田老三父女準備進最後一家叫燕脂坊的鋪子。這家店面規模還行，算是除了泰康樓之外，父女見過檔次不錯的。

因客流量很少，店裡只有一名夥計正打瞌睡，聽聞腳步聲，他睜開眼睛，忙起身道：「客人需要點什麼？我們這兒口脂、面脂，各種香料都有。」

因連連受打擊，田老三見著這些夥計，姿態放得愈加低，忙道：「不敢煩勞小哥，在下這兒有些香胰子，想找你們家掌櫃的洽談一下。」

香胰子？夥計一下醒了神，立時道：「您請這邊坐，掌櫃的正在後院裡，小的馬上給您通傳一聲。」

待夥計進了後院，田箏兩人直接坐下來，夥計臨走時給沏了茶，他們實在渴，也不客氣端起來就喝。

還沒到半盞茶的工夫呢，後面的簾子打開，進來一個年過半百的男子，眉目瞧著很是和善，他捋了下鬍鬚，問道：「我正是燕脂坊的掌櫃，聽說兩位手裡有香胰子？」

田老三回道：「是的。東西在這兒，您請看。」

那掌櫃瞇著眼睛瞧了一會兒，然後也用手指撚起來仔細看，並聞了一下，就道：「你們是哪裡弄來的？」

肯定不能說是田箏製造的，這個先前家裡人都統一口徑過，田老三答道：「偶爾得來，效果跟香胰子一樣，先生覺得成不成？」

打擊太多，心中失望，田老三這話說起來就沒底氣。

「我們可以給您試用一下，您用過再答覆我們。」因掌櫃的臉色平靜，令人瞧不出心思，田箏管不得那麼多，接著又補充道：「您讓人打一盆水來，立刻能試出效果。」

掌櫃的低頭思索片刻，才道：「來福，去後院端一盆水來。」

見有人肯試試，田老三與田箏同時鬆了口氣。

「是。」店裡唯一的夥計來福手腳勤快，須臾就端來了水。

田箏把那塊摔壞的肥皂拿出，讓那掌櫃捲起袖子，建議他將手整個放進水盆裡打濕手，再遞給他肥皂，掌櫃拿在手裡隨意搓搓，他馬上覺察出有種滑膩感，並出現白色泡泡，恰巧他手掌上不小心沾了點墨汁，怎麼也洗不乾淨，這會兒奇了！手中竟找不到一點墨汁痕跡。

仔細打量白淨的手指，他忍不住稱讚道：「好物！」

田老三緬緊的神情，這才鬆懈些。田箏臉上也帶出笑容，嘴甜地道：「您可以放心，這種東西我們家人試用過很久，沒有問題才敢拿出來賣的。」

這不是睜眼說瞎話嘛！田老三不好阻止女兒，乾脆就閉上嘴巴。

「兩位請在這裡坐吧。」掌櫃請田老三他們回到紅木椅坐，又親手給兩人沏茶，之後連問了好些個關於肥皂的問題。

田老三一一回答，不清楚時，田箏會在一旁補充。

最後茶已經喝了幾杯時，那掌櫃才開口道：「忘記跟大兄弟說，我姓趙，人都稱我趙掌櫃，你們也這樣叫就行。你這東西瞧著是好物，只這價格怎麼打算？」

見對方有興趣，田老三打起精神。「趙掌櫃您也用了東西，如您所見它比香胰子更好，不僅沒有腥羶味，外形更是看著舒服。既然香胰子半兩銀子一塊，我們也是這個價。」

趙掌櫃道：「看大兄弟是實在人，實話說，你這跟香胰子比，分量還是差了些。若是半兩銀子收來，我這真不好出手。」

燕脂坊是泰和鎮的老鋪子，幾年前泰康樓沒開時也是縣裡數一數二的香料鋪，趙掌櫃在這裡經營幾十年，只是見著近年生意越發差勁，愁得多少個日夜不能成眠，他價格拚不過泰康樓，人家的貨物品質也不差，所以燕脂坊這兩年的客源幾乎流失殆盡。這段時間，鋪子蕭條得一天賣出十份東西，他就要偷笑了。

資金周轉本就困難，若是讓他再花個幾十兩收這些前途未卜的香胰子，趙掌櫃難免有些為難。

田老三道：「趙掌櫃，我也不為難您，我這是真心實意想跟您做這筆生意，要不這樣吧！您開個價，我能承受咱就應下來。」

爹這心理素質不行，輕輕鬆鬆就要露老底。田箏白了一眼老爹，不過也不能怪爹爹，畢竟是個莊稼漢，一輩子沒做過正經買賣。而且這場面由一個小孩子說話顯得不太合適，她就坐著靜待事態發展。

趙掌櫃捋了一把自己的鬍鬚，乾脆道：「每塊我一百文錢全收了如何？」

「爹，咱們的肥皂很難做成，一百文一塊太少了呀。」田箏生怕田老三立時答應了，顧不得那樣多，搶了話頭硬生生地開口，還滿眼天真無邪地盯著趙掌櫃。

趙掌櫃心細地觀察這兩人，如今一聽這話，再加上自己經商多年的判斷，即知這對父女握有此物的方子。此時，他面色有些尷尬，只好道：「實在是我這鋪子生意蕭索，多餘的錢我是出不起，大兄弟你自己看，半天了，店裡也沒一隻蚊子。」
趙掌櫃砍價太過厲害！
一百文一塊不符合田箏的預想，這賣東西不能一開始就賤賣，而且她自覺人工成本加起來，一塊肥皂耗費的心血滿多的。這時見田老三表情鬆動似乎很想答應，田箏也不再細想合不合適，連忙道：「我們不收您的錢，這些東西就放在您這兒寄賣，五五分帳，若是能把半兩的香胰子賣出一兩來，您五百文，我五百文。您也不需承受成本，東西賣完我們再收錢如何？」
趙掌櫃不由多看了一眼這小姑娘。法子很是可行，反正東西若賣不出去，他也不用承受成本。
田老三把閨女拉過來，訓斥道：「箏箏，別多話。」
照田老三的想法，有一百文錢也是很好了，現在一共三十九塊，能馬上收三兩九百文錢的入帳。
趙掌櫃想了下，道：「大兄弟我也不欺你，就按著小姑娘說的，白紙黑字我們簽訂了文書，我可以預付你二兩銀子，如何？」
能拿點訂金回來，再好不過。田箏心裡點頭，這趙掌櫃的人品看起來還不錯。
田老三也沒法，實際上今兒這結果已經是最好不過，他早就在心裡設想了各種被回絕的場面，這會兒還有二兩銀子拿，就是之後的錢收不回，也不吃虧，於是他也乾脆道：「就按趙掌櫃說的安排吧。」

文書是趙掌櫃自己寫的，田老三不識字，田箏雖認識字，可是她這身軀的原主沒學過，這會兒田箏才意識到自己還有個跟賺錢一樣重要的事做，得找機會學認字啊！要學字，立時便想起熊孩子魏小郎，一時有些囧。

田箏睜大眼睛反覆看過合約，發現沒什麼漏洞，就慫恿田老三按手指印。

事情辦妥，田箏突然道：「趙掌櫃，咱們這東西一定要跟香胰子區分開來，不如改了名字叫肥皂？」

換個名頭，區別競爭對手的貨品，這個法子好。趙掌櫃呵呵一笑，回道：「妳這姑娘想法好，不過肥皂聽著不大好聽，不如就叫香皂吧？」

神了！這是瞎碰上的吧？田箏瞪大眼。這掌櫃的好聰明，居然起了個跟現代一模一樣的名兒。

香胰子？香皂？田老三也覺得好，附和道：「香皂好！香皂聽起來好聽。」

再跟趙掌櫃、夥計來福說了些香皂的特點，詳細說明如何使用。大致歸結為客人買來擦澡也好，洗手也罷，洗衣裳也可行，就是洗頭都不錯，關鍵是看客人需求點，這個需要來福去抓客人的心思。

一切妥當，他們在鎮上採買完準備回家時，夜幕已開始降臨，幸好碰上羅姓車把式，原本羅把式的牛車上坐了兩個人，位置稍顯空蕩，田老三他們上去正好能坐下。

牛車一路慢悠悠的，倒不顯得太顛簸，因為筋疲力盡，田箏自然地睡著了，田老三怕她磕碰著，就把閨女抱在懷裡。

自己閨女一直是古靈精怪，田老三十分明白她的性子，可今天發生的一連串事情，他意識到自己對小女兒瞭解得不夠透澈。這丫頭片子腦筋是真靈活。若沒她，他這個當爹的，今兒還不一定賣出東西呢。不過閨女腦子靈活，性格潑辣點，田老三並不排斥，反而覺得是好事。

這天過程雖曲折，但結果還算滿意，周氏仔細詢問了白日發生的情況，等她聽到在泰康樓發生的事時，直撫摸著胸口，一臉後怕。

周氏還有其他隱憂，她與田箏盲目的自信不同，這東西放在別人鋪子裡，實在沒現錢保險，於是周氏清了清嗓子，道：「若是燕脂坊掌櫃不認帳，獨吞了咱們的酬勞，你兩個人不要去鬧，既有了二兩銀子，咱們就當東西賣完了。」

周氏的想法一大部分也是田老三想過的，於是他附和道：「阿琴說得也對，不過妳放心，咱們簽過約的呢。」

說著還把懷裡的合約掏出來，遞給媳婦看。

周氏瞪了他一眼，直白道：「咱家哪個識字?字認識我，我都不認識它呢。你給我看什麼，就這樣說好了，若是人家不給紅利，咱就當自認倒楣。」

自古民不與官鬥，窮人更惹不起富裕人家。田老三夫妻倆雖然是樸實的農民，但也懂得趨利避害。

田箏沒有他們想得那麼悲觀，這趙掌櫃肯花二兩銀子先付訂金，至少是看好香皂的潛力。

這個時代，田箏相信香皂只是缺少一個展示的機會而已。

第五章

正午時分太陽烘烤著地面，空氣都是熱風，因爹娘去整理荒地，田箏與田葉做完家務，一時沒事幹，她突然想起來還欠魏小郎一只荷包，這會兒正好可以做完它。

用手帕洗了把臉涼快了一些，田箏對田葉道：「姊，妳教我做個荷包吧？」

田葉聽聞妹妹要做荷包，有些吃驚地問：「怎突然想做荷包了？」

原本田箏只打算隨意做一個就行，可是現在對魏小郎有所求，這下也不能敷衍了事，一定得做出個漂漂亮亮的哄得他歡心才行，但她那一手見不得人的女紅……也就是縫兩顆鈕釦的水平，要拿出去見人，實在是貽笑大方，因此不能不求助姊姊。

她對田葉沒什麼可隱瞞，於是就將跟魏琅的恩怨說出，欠人東西要還，這太正常了。

田葉聽了嘆氣道：「妳以前跟小郎玩得那樣好，現在關係怎麼越來越差？小郎都好一陣子不來我們家了。」

田箏叫道：「我哪裡跟他玩得好？」

田葉不置可否道：「你們倆可是一塊兒長大的，以前兩小無猜呢。」

「長大了總要懂男女之別嘛……」田箏趕緊辯解一番。

田葉提起裝繡線的竹籃子，道：「咱們去村口那幾棵大榕樹下吧，那兒涼快著呢。」

暖風徐徐，她們頂著烈日來到榕樹下時，那兒石凳上已經坐滿來乘涼的村民，大房的黃氏、田紅還有二房的田麗、田芝都在。

這兒四處沒有障礙物，幾棵榕樹就像一朵朵巨大的蘑菇，聚攏在一起時，可以形成一大片陰影，比家裡面涼爽多了。

田葉在繡籃裡挑了幾塊碎布，都被田箏給否決了，最後田箏在大堂姊田紅那兒蹭了兩塊顏色鮮豔的布料。

田紅真是個挺大方的姑娘。

因自己手藝不佳，銜接處都是田葉幫忙縫的，田箏只需要縫些花樣，再搓好絲線，弄完扣鎖。按著魏琅的喜好，一定是喜歡些老虎、獅子等大型猛獸，可惜那難度過高，最後田箏繡了一隻可愛的史努比，靈感來源是他養的那隻七寶。

眾人都在這裡無所事事，很容易滋生些山村八卦，田箏默不作聲地忙著手頭事時，就聽到有人小聲向黃氏打聽事情。

那婦女看起來很是消瘦，穿著不算好，也不知道低調些說話，反而拉大嗓子大聲問：「田嫂子，前兒見妳家漢子去看過村頭那塊地，這麼說你們要建新房？」

在鄉村，建房子可是大事，這話一出，立刻引起了大家的好奇，都七嘴八舌詢問。

「這可是真的？就村頭那塊楊柳樹旁嗎？」

「哎喲，這可是件大喜事呀！不過建房子要費不少錢，你們分家也沒分到多少吧？」言語裡指著那錢的來源情況呢。

「建什麼樣的房子，別是青磚大瓦房吧？」

「恭喜恭喜啊……往後獨門獨院，妳這日子豈不瀟灑著呢！」

黃氏倒不急著回答別人的問題。這些時日，因著逼迫公婆分家這事，她沒少被村裡人嚼舌根，罵她什麼話都有，可是別人罵得再厲害，一旦面對她時，不一樣滿嘴的恭維還有羨慕嫉妒？

這就是世人的嘴臉。你要有錢有勢，哪怕你是做娼做妓，是地痞流氓，這些人當面還得奉承著你，對這些事，黃氏算是透澈了。

黃氏一直微笑聽著別人的言論，等大家問得差不多，才道：「建房子的事，都是他爹掌著呢，我可不管這些，我這眼下啊……只想讓我們紅丫頭體面地嫁出門，這才是要緊事。」

一句話落，又引得這些村民討論起田紅的親事，自然黃氏又受了一輪恭維，她的臉上非常春風得意。

田紅卻很不好意思，臉蛋都通紅了，那些村婦也沒放過她，紛紛打趣說，以後可要上宋家鋪子討茶喝，那時田紅可千萬別把她們這些窮親戚打出去才好。

田葉和田箏兩人坐得離焦點人物遠，田葉聽聞大伯家要建新房子，掩飾不住地羨慕道：「大伯家有新房子住，真好。」

田箏道：「姊，我們也會有的。到時候妳和我都可以有自己獨立的房間，想怎麼裝飾都行。」

田葉惆悵道：「還不知哪時候呢。」

見不得姊姊失落，田箏將快完工的荷包遞過去，道：「姊，妳幫我收最後一針吧。」

田葉依言接過，還是忍不住斥道：「這樣可算不得妳自己親手做的了。小郎若是知道，他會生氣的。」

田箏吐吐舌頭，心虛得不敢辯解。這只新做的荷包，除了那史努比的大致輪廓是由她繡出來，其他地方還真是田葉幫做的，唉……

田葉道：「往後空閒，妳要多做針線才行。咱們姑娘家可不能在這方面落後別人太多，不然傳出去不好嫁人。」

這太悲觀了，不會做針線就嫁不了好人家，田箏心想，乾脆找個不介意她針線活的吧。

縫完荷包後，估計魏琅在家，田箏才找上門。魏家屋子是一進的四合院，在村子裡算是數一數二的規模，魏秀才此時不在，因他同時擔任縣丞陳家公子的西席先生，每月裡有一段時間不在家。

魏秀才獨愛清靜，不喜熱鬧，其實並不想上門給人做夫子，然而陳家老太爺仰慕他的才華，一請再請，最後雙方妥協才達成一致，他只需每月教導上半月即可。

魏琅正蹲在院子的花圃邊，不知道找些什麼，見了田箏來，他很不客氣地指揮道：「快來幫我找下那隻老鼠跑哪裡去了。」

田箏見小黑狗七寶在花圃邊團團轉，直言道：「你家七寶抓老鼠不是很厲害嗎？」魏琅沒那樣多心思，聽不明白田箏的意思是笑話七寶曾經狗拿耗子呢，他略微煩躁地抓了下頭髮，口氣不是很好地道：「七寶本抓住了，可惜跑掉了！這壞老鼠偷吃我的花生，等我抓住牠，非得把牠摔個稀巴爛！」

這熊孩子殺戮心好重……

想了一下，這老鼠既然找這麼久，不見了肯定是跑了，這樣真是白白浪費精力，不過依她對魏琅的瞭解，這孩子就是一個順毛驢，不能逆著他來，田箏只好說：「那我跟你一塊兒找找吧。」

聽得肯定的答覆，魏琅仰著頭，咧嘴笑了，不過他還是提出疑問。「天真妹，妳來我家幹什麼？」

要知道，天真妹已經好幾個月不主動上他家門，他還偷偷鬱悶了好一會兒。本來攢了些乾果要留給她吃的，現在既然她不識相，就沒了。

田箏隨意道：「想你了，來看看你唄。」

魏琅心裡頓時開了一朵花，他暫時搞不懂這是什麼感覺，只臉上繃緊著，不屑道：「誰要妳想？欠了我的荷包拿出來，妳趕緊走人。」

「……」果然熊孩子就沒有可愛的時候。

田箏取出自己中午做的那史努比荷包，用了一條紅絲線做吊飾，她自我感覺挺良好的，於是道：「可是費了我很大功夫才做好的，你可不能隨便亂扔。」

魏琅一把從對方手裡拽過去，看都不看荷包一眼，隨手放進衣袖裡面，就急著揮手趕人道：「行了，我收了，妳快滾吧。」

只來得及瞄一眼，魏琅才不想當著她的面仔細瞧，若是不小心露出喜歡的神色，那得多掉面子啊。

田箏對於自己輕易送出定情信物一無所覺，反而嘿嘿笑著，滿臉阿諛道：「小郎哥，您如今讀了些什麼書？一定很厲害吧！」

還用問？魏琅哼哼兩聲。

田箏瞇著眼，繼續笑著奉承道：「您這樣厲害，往後教我識字行不？」

終於把目的講出來，倒是鬆了口氣。這年頭，要讀書識字並不容易，村裡人多數大字不識一個，魏秀才偶爾好心才教導男孩子寫幾個筆畫，只是他早就說過沒有收學生的心思。田箏並不是想跟魏琅學多少，她只是想要找個理由解釋她識字的原因。

前世田箏的老爸為培養出個淑女，小時候就幫她報名了書法班，她那手毛筆字還見得了人，因有基礎，她只要有個學字的機會就行。

魏琅雖然調皮了一點，對她還是很不錯的。說到底，她現在的行為，也是因為魏琅有利可圖，才接近對方，而這麼利用一個小孩子，田箏心裡有些過意不去，又放軟聲音道：「不用你特意花時間教我，你空閒就教兩個字也行。」

魏琅的眉頭擰起來，像打了結似的，他本來就長得胖，不僅身體圓潤，那臉蛋更是肥嘟嘟，好在唇紅齒白，繼承了魏娘子的相貌。這會兒他故意學大人擰著眉頭，不由添了幾分可愛。

魏琅道：「以前教妳，妳總是想法子逃掉，我才不要教妳了。」

啊……這她真的沒記憶了。田箏繼續涎著臉，道：「小郎哥，我以後保證用心學。」

魏琅背著手，來回走了幾圈，才道：「那我勉為其難收下妳這個學生吧！」

田箏趕緊拱手。「多謝啦。」

魏琅冷哼一聲，不滿道：「叫老師。」

田箏十分沒節操地改口，立刻喊道：「老師。」

雖然表面看不出什麼，魏琅心裡還是很竊喜，家裡爹爹和兄長學識都比自己高，每每他都受他們指點，這會兒他也有學生了，不由腰板挺直了。

魏琅真的是一個貪玩、虛榮心又強的單純孩子。因天色晚了，魏琅仔細瞭解過對方的空閒時間，這才定下每日學習的時間。他心裡還沒個章程，正要多想想怎樣展開教學，於是就煞有介事地吩咐田箏趕緊回家，明天再正式上課。

兩個孩子猶如過家家似的玩鬧，魏娘子是知情的，不過她原本就喜歡田箏，幾乎是當半個閨女般看待，對於小兒子聲稱收了個學生，還笑呵呵表揚道：「咱們小郎學問越發長進了，這才有學生自動求上門來。」

娘親的鼓勵極大膨脹了魏琅的自信心，更加強了他的幹勁。這不，還沒吃晚飯呢，他急匆匆地去翻找自己啟蒙那時學的書籍，打算做個正正經經的老師。

魏文傑近來一直在準備院試考，他學習時間已很緊迫，這段時間沒多大心思約束弟弟，此時見他雄心勃勃要為人師表，除了笑了笑，還把自己一些曾經的筆記拿出來。

魏文傑年長魏琅八歲，雖然有時對他很嚴肅，可兄長對弟弟的愛是不會少的。所以，田箏就用了個荷包，靠著自己那厚臉皮，得了個讀書識字的機會。因不知魏琅心底那點小心思，這麼算起來，還不知道是魏琅賺了，她虧了呢。

自從有香皂後，家人對洗澡都特別熱衷，田玉景以前那樣不配合，因用了香皂可以抹出很多泡泡來，每天都笑嘻嘻地洗澡。

上次賺的那二兩銀子，爹爹給了田箏二十文錢，說是等有貨郎上門時買糖吃，不過她不是小孩，這錢還是想用來做香皂。

因事情沒有聲張開，家裡的香皂只有三房知道，爹娘的意思是不告訴其他叔伯，家裡這個樣子，難保有人嘴不嚴實而洩漏方子，到時教給誰都裡外不是人。

趙掌櫃將肥皂改名香皂時，田箏就琢磨著弄出名副其實的香皂。鴨頭源村沒什麼人附庸風雅，蒔花養草的人較少，這會兒開最多的是漫山遍野的野菊花，村子裡也有茉莉花、玉蘭花和荷花等等。按香氣濃郁度，田箏選擇了玉蘭花和茉莉花兩種。玉蘭花擁有濃郁花香，摘下來放在房間中，味道可以充斥房間很長時間。

田箏足足摘了一竹籃，她把花朵曬乾，然後放進專門用來磨粉的小型石搗缽裡用錘子搗成細細的粉末。特意捧起來聞了一下，香味還是很濃。

田箏沒有設備提煉精油，只能用這樣的土法，不知道乾花瓣與新鮮花瓣效果哪種好，於是就決定兩種都試試。

新鮮花瓣也是搗碎成泥後再加入攪拌好的皂液裡面，均勻地拌好，最後才倒入木盒子中。

這次製作肥皂，除了田老三給的二十文錢，還有周氏又掏了五十文錢，一共七十文錢全部買了油，田箏又體會了一把口袋空空的滋味。

田箏做肥皂時，田葉已經能在一旁輔助，這會兒她見田箏又一次過濾很長時間的草木灰水，雖然戴了手套，可是田箏一雙手還是被燒紅了。

越是濃度高的草木灰水，含鹼量越高，這是對皮膚有傷害的，嚴重的話可能會大面積灼傷或者腐蝕皮膚。

田箏曾為田葉解說這知識，這會兒見了妹妹的狀況，田葉心疼道：「箏箏，一直這樣，妳的手會弄傷的。」

「姊，我有分寸的。」田箏答道，再一次過濾新的草木灰水，木桶裡已經裝滿，可是過濾得不夠透澈，裡面還有雜質。

田箏拿了個木桶過去，然後攤開那塊紗布，道：「姊，妳來幫我抓住紗布的兩個角。」

田葉依言接過，紗布下面放著新的木桶，這會兒再把已經濾成濃度很高的草木灰水過濾一遍，就可以使用了。

田葉想了想，突然想出一個辦法來，面上就掩飾不住喜色，忙對妹妹道：「箏箏，姊給妳做一個濾篩，篩子用竹條做圍邊，面上縫上紗布不就可以了嗎？以後只要把灰放在篩子上，往上面加水就行了。」

做這樣的東西，對田葉來說，不算什麼難事。

田箏聽了也覺得很好，她比田葉想得更遠，現在的草木灰，經常有燒得不完全的炭在裡面，那些雜物對皂化有影響。若是有篩子，在使用前，可以用篩子篩掉那些雜質，這樣剩下的粉末，不是含鹼量更高？

田箏恨不能抱著田葉狠狠親一把，大笑道：「姊，妳想得真不錯，咱們有空就把篩子做出來吧。」

受到鼓舞，田葉腦筋也動得快，又想到一個問題。「咱們去賣豆腐的嬸子家要一塊紗布吧，那種紗布濾口更大更合適。」

「嗯。」田箏重重點頭。

爹、娘，包括姊姊對放在燕脂坊的香皂都懷著期望，這會兒或多或少都會提供些支援，就連田玉景現在也能幫著田箏掩護，不讓人發現她在忙什麼呢。

當田箏一家忙得團團轉時，大房也是一團忙亂。

因是第一次嫁女兒，黃氏沒什麼經驗，而婆婆尹氏又不待見她，黃氏心裡就起了氣，心想，她就是不靠婆婆幫忙，也照樣能風風光光地把閨女嫁出去。

迎親當天需要的物品，黃氏跟娘家二嫂一起在鎮上採買好。陪嫁的嫁妝，黃氏心中很有數，得的那二十兩銀子，她騰出了五兩專門給女兒置辦嫁妝、衣裳、被子，還有新打的木櫃等等，當抬出去時，整個鴨頭源村的人都來瞧熱鬧。

村民們都說，黃氏這嫁女兒真是捨得下重本。在一定程度上，還洗刷了前段時間瘋傳黃氏為銀錢而賣閨女的嫌疑。

田箏第一次接觸古代的婚禮，身邊孩子們都歡呼著高興，因為今天能吃到瓜果，還有糖糕、喜餅。

田箏也跟著興奮，雖然預感堂姊夫有些渣，但也許人家是個好男人也不一定，她這時留在田紅的閨房，看著宋家專門請來的喜婆正給田紅化妝。

面上撲了厚厚的粉，只要田紅動一下，那粉真的是簌簌往下掉，品質太差勁了吧！田箏忍不住惡寒了一把，以後她要是嫁人了，可千萬別化這種妝。

在田箏眼裡，大堂姊原本俏生生的一張臉，硬是給折騰得比鬼還嚇人。

黃氏正在幫閨女梳最後一次頭，手不停，嘴裡喊道：「一梳梳到尾，二梳梳到白髮齊眉，三梳梳到兒孫滿地，四梳梳到四條銀筍盡標齊……」

說到最後聲音斷斷續續，田箏一瞧，大伯母這是忍不住哭了。

從此以後嫁出去的女兒如潑出去的水，到底是唯一的女兒，黃氏抽噎著把話說完，情深意切道：「我的閨女，往後跟大郎好好過日子……定要夫妻舉案齊眉，相敬如賓到終老。」

「娘……」田紅緊緊抓著母親的手，千言萬語化成了一聲呼喚。

在房間裡面圍觀的人，也受了感染，一時間都有些傷感起來，最後還是周氏出來打圓場。「大嫂、紅丫頭，哭什麼呢，大喜的日子該高興才對。」

「就是呢！大喜日子，紅丫頭可別紅眼眶，仔細妝花了。」劉氏心裡有些酸溜溜，雖然比田紅大一個輩分，但是哪個女人不奢望嫁個有錢有才又疼人的相公？

等到敲鑼打鼓聲近了，眾人都知道新郎來了。

在泰和鎮，窮人家婚嫁，男方一般也就是牽一頭騾子或者趕個牛車，再掛上大紅花，加上迎親隊伍跟著，這回宋大郎非常有心地抬了一頂大花轎來。

村子來湊熱鬧的人，紛紛七嘴八舌誇宋家十分闊綽，言語裡掩飾不住對田老大家的羨慕之情。

另一些到婚嫁年齡的姑娘，則望著那輛套著馬的大花轎，目光癡迷，想著農家姑娘若是嫁出去那日能坐上花轎，是很值得驕傲的事。

「紅丫頭，外面大郎可是抬了一頂大紅花轎來接妳呢。就是嬸子我看了，都要得紅眼病啦……」劉氏跨著小碎步急急走進閨房，還用帕子捂著嘴笑。

一句話又是把田紅羞得埋低頭。

田家的幾個妯娌招待女客，田家五兄弟則招待男客。這一回嫁女，黃氏出足了風頭，如她所願風風光光把田紅嫁出門。大家熱熱鬧鬧地吃一頓，等到太陽快下山時，新郎新娘拜別了高堂，這才正式出門。

古代信奉黃昏出門，才能討好彩頭。

三房只有田老三和田葉去送嫁，田箏這次被留在家裡。送親隊伍等新郎、新娘拜完堂後，還要連夜趕回，所以田家年齡小的孩子都沒有去送親。

當田箏還在感慨大堂姊婚禮現場的狀況，由衷希望田紅這門親是個好姻緣時，泰和鎮燕脂坊的趙掌櫃卻快急瘋了。

那日田老三父女兩人收了訂金，仔細說出香皂的用法及其特點後才回家，原本趙掌櫃對這種新品也不抱什麼期望，只隨意騰一個空櫃出來擺放。可他的夥計來福是個有心人，他非常用心聽完田箏的介紹，又在心裡潤飾一遍該如何對客人推廣產品。

加上那塊摔壞的香皂，田箏當時留了下來，來福向趙掌櫃討了恩典，拿回去試用，用了兩天對香皂也瞭解透澈了。

於是等客人上門時，他解說起香皂來遊刃有餘。

不過，香皂連續幾天無人問津，趙掌櫃都放棄了，但來福依然信心十足。他媳婦那張臉，毛孔粗大又很是油膩，這段時間每天拿香皂洗臉，突然驚奇地發現，媳婦的臉蛋比以前光滑了很多。

媳婦大喜過望，還央求來福繼續買香皂回家來。來福用夥計的身分，得了個優惠價兩百文錢買了一塊給他媳婦用。那效用果然不是曇花一現，媳婦不僅臉蛋變細膩，天生的油膩亦洗掉，且還不會顯得皮膚乾燥。

來福一直在等待機會。店裡客流量一日不如一日，雖然偶爾有人問起那香皂是什麼東西，待一聽說是香胰子，很快便不感興趣。

某一日，店裡進來一位衣著華麗的年輕男子。來福旁敲側擊打聽到對方居然是縣令家的親戚，這回是過來探親，因路上走得急，沒來得及置備上體面的禮物，所以他打算挑一些好用的脂粉送給幾個表妹。

幾位嬌小姐平時見多了場面，送些尋常東西哪裡入得了她們的眼？在泰康樓仔細挑選半天，也沒尋到滿意的。這會兒，只是走進燕脂坊打算隨便逛一圈，若是買不到合意的，只能送些金銀首飾給幾個表妹。

來福察言觀色，最後給對方推薦了香皂。那公子瞧著新奇，反正也不缺銀子，就給四位表妹每人帶了四塊。

趙掌櫃定了三百文錢一塊的價格，來福私自升到半兩銀子一塊。起初，他還擔心對方聽到這麼高的價格，那公子會後悔呢。結果，人家甩下八兩銀子就走了，實在夠乾脆！

趙掌櫃一直很喜歡來福的機靈，不然也不會鋪子經營不下去，好幾個夥計都辭退，卻剩下一個來福。這下子賣出去十六塊，扣除給田老三的訂金，淨賺了六兩。

趙掌櫃一高興，就打賞了來福兩百文錢。雙方皆大歡喜。

湊巧賺了一筆，趙掌櫃心裡還是覺得這就是僥倖而已，所以他根本就沒有料到接下來發展的事。

燕脂坊並不是老主顧全走光，來福接下來幾天陸陸續續在老主顧處賣出幾塊香皂。後來這兩個老主顧用著不錯，又打發僕從一次性買了七、八塊回家，有錢人家大多兒女、妻妾成群，你一塊，我一塊，這一分完，買的香皂也不覺得多。

好歹趙掌櫃是做一輩子買賣的人，他再遲鈍，也發現了香皂的商機，便想派人叫田老三繼續送貨過來。結果掏出那日簽訂的合約，這才發現了一個大問題。合約上只留下了雙方的姓名，根本就沒有留下對方的地址。

這可讓他往哪兒找人呀！

按理，趙掌櫃不是一個會犯這樣大錯誤的人，可那時對這事不大上心，想著反正是一錘子買賣而已，沒必要較真。

此時，趙掌櫃和來福都由巨大的喜悅，變成了巨大的失落。燕脂坊已經只剩下三塊香皂，那日沒什麼事做，來福在鋪子裡打盹，被人推醒來，整個人都暈暈乎乎。

「客官，您要點什麼？本店各式脂粉都齊全著呢。」

年輕公子道：「上次的香皂，給我來三十塊吧！」

一聽到香皂兩個字，來福的瞌睡蟲全跑光了。這幾日他正為這香皂傷神呢，腦子清醒後，這才看清楚眼前這位，可不是那日買了十六塊香皂的秦公子嘛！

來福撓撓頭，露出苦笑回道：「秦公子，實是對不住，這香皂目前還沒有貨來。」

年輕公子眉頭一挑，問：「沒有貨來是怎麼回事？」

這可是大顧客，還與縣令攀親帶故，來福哪裡敢得罪，只得陪著小心道：「我們燕脂坊的香皂工序講究，成品十分難得，目前存貨跟不上銷售量。秦公子若是方便，香皂出來了，我們燕脂坊派人送到府上如何？」

「哦？」秦公子倒沒有懷疑對方說話的可信度，普遍的香胰子也十分難得，而這個香皂瞅著外形討喜很多，表妹們使用過十分喜歡。他原本擔心沒法討到她們歡心，倒是沒想到，幾個表妹用過後，又使喚他來買，還表示多買些也無妨。

秦公子上次買回去的香皂全送了人，他自己未用過，這回還想著多買些留一塊自己嘗試一回。不巧店家沒貨，他倒也沒多大失望，左右不過是些新巧玩意兒，於是他指著櫃檯，又問：「你這兒還有多少？給我包起來吧。」

總共剩下三塊都給擺放在櫃檯，來福用盒子裝起來，心裡卻連連苦笑，這好不容易出了一筆生意，他卻反倒開心不起來。

秦公子走時，回頭對來福道：「若是有了貨品出來，直接到縣令府上，報名找秦公子，說明你是燕脂坊的夥計就行了。」

來福連忙點頭哈腰道：「秦公子您請放心，貨品到了，小的一定到府上知會您一聲。」

於是，燕脂坊正焦急地找田家呢。

田箏一家人都不知道燕脂坊發生的事，已過去一個多月，她想那批香皂居然一點反應也沒有，這不科學啊！

田箏近來馬不停蹄地攢錢，哪裡能弄到錢，就往哪裡跑，這樣子亂七八糟地折騰好幾回，才買油做了批香皂出來。這回還是一半帶香味，一半沒有香味的。

田家過著平靜的日子，哪裡知道趙掌櫃愁都愁死了，派出幾個人去打聽附近田姓的人家，奈何泰和縣內，田是個大姓，其他村子都有那麼幾戶田姓。

趙掌櫃五十好幾的人，這幾日深深愁白了好幾撮頭髮。

鴨頭源的習俗，出嫁女三朝那天要回門，田箏在大堂姊回門那日，吃了一頓飽肉。當天黃氏為接待女兒、女婿，宴席備置的酒菜很豐盛，足有八菜一湯，雞鴨魚肉全上齊，可見著黃氏非常上心。

不過，當天只有田紅一個人回來，沒見著宋大郎，田紅說鋪子裡缺了貨，他臨時趕外地進貨去了。至於她婚後過得好不好，除了大房之外，旁人是一概不知。

沒兩天，田家所有人都收到大房建房子的消息。

無論古今，建房子都是一件大事。正式打地基那一天，田老大請兄弟幾個吃了一頓飯，幾個人吃完，就去幫著挖泥。因為田老三做過泥瓦工，他的任務就是幫請來的老匠師打下手，製作土磚。

土磚的泥土選擇很緊要，老匠師早已經找到一塊土質好、黏性強的地塊。兩人每日裡就把麥稈之類混合了泥土，再和上水，填充進方塊狀的模具裡面。脫模之後還要晾乾，工作效率是一天能打幾十個磚塊。

田箏偶爾也會來湊熱鬧，對這些都感覺很新奇。後世都是鋼筋水泥，一層層往上面疊，鄰里關係卻越來越差，很多人住了幾年還面對不相識呢！

在鴨頭源村，雖也不能夜不閉戶，但是人與人之間關係都不錯。

請人建房子，要包一頓飯，田箏今天把大伯母準備給爹爹他們的飯送去後，就急匆匆地趕去魏家。

魏琅現在特別嚴厲，遲到一點點都不行，還裝模作樣地打人手心。這不是開玩笑的，田箏被那熊孩子打過手心，說出來都是淚。

田箏到魏家時，魏秀才也在家，他早就知道自家小兒收田箏做學生，倒不反對，見魏琅最近不出去撒潑，只在家鑽研功課，為盡為人師表的責任。魏琅可真的變了一個人，在魏秀才眼裡，這是往好的方向發展，值得鼓勵。於是見到田箏，他笑著問：「箏箏找小郎啊？他在書房呢。」

對著魏秀才，田箏還是有些拘謹，問好後才道：「魏伯伯，我去找小郎啦。」

魏家的書房分成兩間，大的那間屬於魏秀才專用，小的那間屬於魏文傑，平日魏小郎占用的就是他哥哥的，這會兒魏文傑也在書房裡。

田箏只得禮貌地打招呼。「文傑哥哥好。」

魏文傑點了點頭，便道：「你們好好學習吧，有不明白的就去房間找我。」

待魏文傑走了，魏琅瞪大眼睛盯著田箏，臉上氣鼓鼓的，她都可以看見他頭頂那熊熊燃燒的烈火了。

魏琅哼道：「雖未遲來，但妳不尊師重道，老師我照例要罰妳一板子！」

媽呀！這熊孩子太凶殘了。

田箏估摸猜到了他為什麼會生氣，剛才她向魏文傑問了好，卻沒對魏琅說，這熊孩子認為當著哥哥的面被恭敬地喊一聲老師，是一件很光榮的事，可田箏偏偏不夠上道。

田箏想明白這事，立刻狗腿道：「老師中午好，您午休睡得可好？」

魏琅心想遲了！於是馬上板著臉道：「把手伸直。」

這傢伙現在六親不認，都不知道從哪裡學來的陋習，該不是他小時候被親爹這麼揍，才把自己的痛苦加諸在她身上吧？熊孩子心裡多陰暗啊！

田箏不甘願地伸出手，魏琅執著教條，毫不客氣的兩隻手掌各抽一遍，雖然不是太痛，但田箏覺得很沒面子。她已經在考慮是不是提前結束學習的事？

魏琅的教材是從簡單易學的書籍開始，先是教了偏旁部首等字體組成的基礎，再組合成字。她現在已經順利地通過所有偏旁部首，接下來就是默寫簡單的字，她本來就假裝文盲，除了剛來時故意表現笨笨的，後面就加快了認字的進程，殊不知這給了魏琅無限大的壓力！

他的學生這樣迅速進入狀況，保不准他作為老師要輸給學生？於是魏琅這些日子就被田箏逼迫著努力學習。

由於紙張珍貴，她如今用的是魏家寫過字的廢紙，反正目前只是學著握筆的筆法，還有鍛鍊手勁，這些她從小就練過了。當年她主要臨摹了一位大家的字帖幾年，算是已經形成自己的寫字風格，沒有大毅力根本改不了手的習慣。

這不，剛寫完一張，魏琅又挑毛病了，他斜著眼道：「妳這筆法順序錯了！把這個字給我寫五十遍吧！」

「……」這熊孩子，好想揍他怎麼辦？

田箏一直有個壞習慣，她寫字偶爾會顛倒筆畫，比如「床」，她一般會先寫木，才在木上面加個广，沒想到被魏琅火眼金睛發現了，一時真是苦不堪言。

接著，除了田箏寫字發出的聲響和魏琅翻書的聲音，書房裡靜悄悄的，兩人互不打擾，無形中生出一股歲月靜好的韻味。

不過，田箏很快打破這份平靜，她舉起手，用標準狗腿的笑容，覥著臉道：「老師，我想請求歇息一刻。」

魏小郎頭也不抬，現在有幾句片語的寓意沒弄明白，他正糾結著，聽得此話，只道：

「不許。」

非得讓她把那一點遮羞布都揭開嗎？田箏苦笑道：「老師，人有三種急是忍不得的。」

魏琅這才明白對方歇息原因，圓臉飄起一朵紅暈，他故作一本正經道：「速去速回。」

等田箏風風火火地跑出書房，魏琅這才一臉嫌棄地把自己想說的粗俗言語講出來，那句話就是：「懶人屎尿多。」

田箏在魏家很是自在，魏娘子見她出了書房，忙道：「箏箏，來喝一碗嬸子才剛煮的綠豆湯。」

綠豆湯降火，這季節特別好吃，還能預防中暑呢。田箏乖乖地跟著魏娘子進廚房，熬好的綠豆湯裝在一個大木盆裡，擱在冷水中能快速降溫。

她的那碗已經分出來，綠豆燉得軟爛成沙狀，已經分不清顆粒，裡面放了些白糖，她喝完一口，頓覺真是無上美味。

魏娘子看她吃得滿足，眼睛裡笑得溫柔，道：「箏箏把小郎那碗給端進書房去吧。」

田箏吃飽喝足，很是爽快地用托盤盛一碗給魏琅，進去的時候，那孩子還保持著糾結如便秘的表情。

田箏笑道：「老師，先歇一會兒，喝一碗綠豆湯吧。」

其實魏琅早看到托盤裡的東西，用過腦後，肚子容易餓得快，他故作姿態不過是想讓天真妹主動招呼而已。

魏琅手指點點桌面，道：「放那兒。」

田箏噎住，深深感嘆這熊孩子裝模作樣的程度已經上升到另一個層次。明明都聽到他肚子咕嚕的叫聲了，田箏還是依言放在那個位置，之後就回了寫字的案桌。

過了大概三刻，魏琅保持一動不動，綠豆湯擺在他面前也一口沒吃。

洞察了他那點心思的田箏，只得起身道：「老師，我伺候你喝綠豆湯吧？」

本來「我餵你」三個字要出口，被田箏機靈地改成「我伺候你」四個字。

果然，魏琅偷偷地抿起嘴角，笑意已經藏不住，他說道：「那為師就勉為其難了。」

田箏舀出一勺伸到魏琅嘴巴邊，他立刻就張開嘴吞了下去。為了達到裝逼做作的極限，他竟然保持看書的姿勢。

一碗綠豆湯好不容易餵完，田箏大呼一口氣，深深感覺這孩子不好伺候啊。

待今天的學習結束，田箏回到家時，做完家務，就開始思考。她時不時想起自己寄存在燕脂坊的香皂，都過去一個半月還沒有一點音訊，實在覺得不科學，莫非趙掌櫃的還真獨吞了？想想倒不這麼認為，若是東西好賣，趙掌櫃一定不樂意做一次買賣。可奇怪就奇怪在沒有回音？

唉……田箏望著高空的太陽，被刺激地微眯起眼睛。

這片天地，那麼廣闊，什麼時候能自在地翱翔？沒銀子卻是一切免談。

想想現在手工皂的存貨量已經達到一百二十多塊了。可這一百二十多塊「金子」什麼時候發光？

晚上田老三到家時，還沒等到吃飯，田箏就迫不及待問道：「爹，上次我們去鎮上簽的那張合約，你放哪兒了？給我看看寫什麼唄。」

閨女跟著魏琅認字的事，田老三夫妻都同意的了。為此，周氏還特意做了幾份吃食給魏家送去。這會兒聽說女兒要看，田老三二話不說，立刻去找出裝重要物件的匣子，沒兩下就找到合約，他逗弄著閨女問：「來，我家箏箏好好給爹讀讀。」

田箏大致掃一遍，沒發現什麼問題。她不信邪，又逐字逐句地看一遍，還是沒發現問題，倒是聽田老三的，給他唸了一次。

周氏見父女倆的行為，有些奇怪地問道：「為何合約上不署名咱鴨頭源村呢？是不用寫嗎？」

一語驚醒夢中人，田箏這才恍然大悟問題出在哪裡。她立刻道：「爹，會不會趙掌櫃不知我們是哪村的人？按理過這麼久香皂應該賣了一點吧？不可能沒消息。」

田老三也認為很有道理，忙說：「趕明兒空閒了，我去鎮上問問。」

田箏道：「擇日不如撞日，爹，咱明天就去吧。」

焦急死人，再等個幾日，田箏覺得自己等不及啊！

田老三道：「妳大伯家明兒個房子還得上梁，怕是抽不開身。」

田老三今日幹活，衣袖破了個大口子，周氏才剛得空，就趁著還沒有熄滅油燈時撿起來縫補，見那父女倆意見不統一，她放下手中的針線，對田老三道：「他爹，大哥大嫂那兒你跟老四說一聲，跟他換一下吧。你明兒就去鎮上，況且家裡鹽巴沒有了，順道帶一些回家來。」

媳婦發話，田老三只得道：「那行，我跟老四說一聲。」

大房建屋子，田老三不用酬勞地幹了這樣多活兒，一個人被當兩人使喚，除了中午那一頓沒什麼油水的飯菜，並沒得到任何好處。這陣子，瞧著田老三曬成煤炭似的，每晚趴在床上便睡著，周氏看著都心疼。

田老二藉口地裡活兒多，只偶爾去幫一、兩次忙；而田老四，跟著劉氏回了趟娘家，說是計劃弄點什麼其他營生，這陣子沒空幫大房建屋。

雖然兄弟間理應互相幫助，沒必要計較一點利益，故而這段日子周氏沒多嘴說丈夫什麼，但今兒她還是提出讓丈夫去縣城，算是幫他躲躲清閒。

田老三敲了四房的門，把自己的想法跟田老四說了下，田老四雖說表情有些不樂意，但還是同意了。

劉氏躺在床上，披了件衣裳才問道：「孩子他爹，三哥剛才說什麼？」

田老四道：「說是有事去趟鎮上，讓明兒我去幫大哥上梁。」

劉氏低頭想了下，便道：「指不定三哥他們找了什麼好營生呢，他沒給你透露風聲？瞅著三房孩子們近來老是偷偷摸摸關著灶房弄什麼，一群小心眼，好吃的都要藏起來。」

劉氏倒沒多想其他的，只在無意中瞧見田箏幾次鬼鬼祟祟地關著灶房門，她以為三房在弄好吃的不想分享給別人，於是偷藏起來。

田老四不大耐煩聽這些小家子氣的話，就道：「就妳心思多。誰沒點私己事？咱倆計劃著做豆腐坊，不也沒跟家裡人說嗎？」

劉氏縮了下脖子，馬上不吱聲了。

前兒她回劉家莊娘家，磨了一通父兄，使得他們答應指導田老四做豆腐，所以這段時間丈夫三不五時去一趟劉家莊幫忙，主要也是在學手藝。

之所以不想現在把事情抖開，就是怕叔伯妯娌得了消息，想插一腳進來。劉氏辛苦一通，不想白給人作了嫁衣。父兄雖答應了，還是要田老四保證不跑劉氏兄弟常去的那幾個村落，田老四也爽快地應下來。

劉家莊與鴨頭源隔了好幾座山，走路也要一個多時辰，兩方的生意其實撞不到一處。

田老四夫妻倆各懷心思地睡去。

翌日，天色黑乎乎時，田老三就把田箏叫醒，因為上次跟閨女一塊兒去鎮上，所以田老三這次去問情況，田箏提出同去的請求，他沒多想便答應。

父女倆趁著夜色，摸黑往鎮上趕，到了泰和鎮時已天光大亮，田老三心疼閨女小小年紀跟著自己跋山涉水，決定在城外馬六的攤前休息一會。

田老三道：「箏箏，妳想吃餛飩麵還是上次的米粉？」

田箏瞅著那餛飩看起來晶瑩剔透，麵條也擀得一條條細絲般，很想嚐嚐，於是道：「爹，我要餛飩麵。」

「行。」田老三轉頭對馬六道：「來一碗餛飩麵，一碗素米粉。」

馬六是個爽朗的漢子，聽了笑道：「田三兄，今兒不整碗肉的嗎？」

田老三並不尷尬，只哈哈大笑道：「大清早，想吃些清淡的。」

這會兒來吃朝食的人不多，馬六道：「好嘞，馬上給你煮好。」

這個攤位有肉的麵、米粉都是四文錢，素菜的只要三文錢，田箏上次問過了價格，雖然老爹是個大老粗，沒什麼細心思，卻是能在平時的生活中，處處見到他對子女的愛護。

米粉只需在燒開的鍋裡燙一下，再加入高湯、配菜，很快就煮好，麵卻要煮個片刻才行。等田箏的餛飩麵上桌時，田老三早就呼嚕幾口吃完了米粉。

一碗麵裡只有五顆餛飩，田箏挾了一個入口，餛飩皮擀得很勁道，而且裡面的餡料調得非常鮮美，她挾了兩顆放進爹爹的碗裡，道：「爹，這味道我不愛吃，你吃兩個吧。」

田老三一愣，立刻挾起一顆入口，咀嚼了一下，奇怪道：「還是那個味，不難吃啊？」

田箏噘嘴道：「反正我不喜歡吃，爹你就幫我吃嘛。」

說了田老三這方面是個大老粗，沒明白女兒的意思，她給了他幾顆，他就把餛飩吃完了，不過田箏也不在意老爹的反應。

吃飽喝足，帶著緊張又期待的心情，田老三和田箏兩個人循著走過一遍的路，很容易就找到了燕脂坊鋪子。

燕脂坊的牌匾上三個龍飛鳳舞的大字看起來很有年頭，字體上面鑲著的金箔都有些剝落了，門口兩側分別懸掛著四個大紅燈籠。與泰康樓不同，燕脂坊大門兩側卻是設置了臥櫺窗（注），倒是能通風透氣，樣式也典雅，只不過看起來都有些老舊。

田老三正要進門，迎面撞上了夥計來福。來福剛好送一位客官出門，他立時瞪大眼，那張臉閃現驚喜之情，瞅著空，低聲道：「田老哥，您趕緊裡面請，我去去就來。」

來福熱情的態度，稍微緩解了田老三的擔憂。

田老三和田箏兩人進了燕脂坊，趙掌櫃的不見人影，沒有人招呼，鋪子這樣大，田老三顯得有些侷促，倒不敢隨意走動。

田箏還算個孩子就沒這顧忌。她四下仔細找了一遍，並沒發現上次那批香皂，聯結夥計待人的態度，心裡隱隱有了猜想。

過了一會兒，來福回來，他略微誇張地苦著臉，用手擦擦汗道：「田老哥，您可曉得上門了。這陣子找你找得好苦啊……」

一句好苦，道盡了這些時日的辛酸。

田老三一時不知該如何作答，只能吶吶道：「小哥這是……」

注：臥櫺窗，百葉窗的原始式樣。

來福道：「田老哥，快別多說，這會兒你們有帶香皂來嗎？」

見田老三揹了個大背簍，看不清裡面是些啥東西，來福提著心，連茶都沒來得及泡上，就問出了心中的擔憂來。

田老三道：「這段時間，是有出了一批，正巧帶來了。」

聽罷，來福高興得拍大腿，道：「那敢情好！您這邊坐，我喚掌櫃出來。」

趙掌櫃正整理帳目，聽來福說田老三到來，立刻丟下手頭的筆，似乎生怕人不見似的，匆匆來到大廳。

田老三站起來，搓著手道：「趙掌櫃……」

趙掌櫃趕緊拉住他的手，把他壓在座位上，說道：「咱們兄弟兩個，何須客氣什麼？來，吃茶吃茶……」見這茶不是頂好，便招手喊夥計上來，道：「來福，去換一壺上好的毛尖來。」

來福點頭道：「好嘞。」

趙掌櫃的態度變化，田老三感受得到，心裡真是高興，估摸著上批貨賣了個好價。只此刻也不好表露興奮之情，他見趙掌櫃要親自給他倒茶，趕緊按住茶壺，恐慌道：「趙掌櫃，您不用忙，我自己來就可。」

趙掌櫃道：「按理，我年紀長你很多，就托大叫你一聲田老弟。」

田老三道：「不妨事，應該這麼叫的。」

田箏一直沒有出聲，只靜靜坐在一旁，但別人沒冷落她，來福見她是小孩子，特意端了一碟炒香的花生出來給她吃。

稍微敘了一會兒舊，趙掌櫃道：「我也不遮遮掩掩了，直接開門見山吧！田老弟這次來，可帶了多少塊香皂？」

田老三馬上將背簍提過去，把這次帶來的五十塊香皂展示出來，趙掌櫃的見了，心嘆這樣少，不過還是道：「這些你只管留下，還有上批的貨款，我待會兒就給你結了數。」

雖預料到，但聽聞趙掌櫃親口說出，田老三和田箏都露出驚喜表情。田箏心想，這趙掌櫃的確是個老實人，歷經千辛萬苦找到這樣的人合作，算是塞翁失馬焉知非福吧。

結款的事，暫時不用那麼快，因為這批皂有小部分放了花瓣進去，現在聞著還有些淡淡的清香，田老三解釋道：「這二十塊含了香料，您可以聞一下。」

「是玉蘭花香味？」趙掌櫃拿起一塊聞了聞，確是如此，腦子裡面立刻就知道富含香味意味著什麼，他可以打出什麼樣的噱頭，只這顏色瞅著沒有乳白色的討喜。

另外還有幾塊香皂變了色，那色澤比本地的香胰子雖好看不少，卻頗為奇怪，不過勉強都過得去。

田老三點頭。「確是玉蘭花。」

想要肥皂含有香味，在現代是添加各種花的精油或香精。精油對皮膚好，是天然護膚聖品。可是香精麼，多數都是日用化學品香精，對手工皂來說，已經失去它純天然的性質，故而私人做皂不會用。

以前田箏做皂時，是買了玫瑰花精油，所以成品的色澤和品質都在預料中，可是她沒有想到這次直接把花瓣搗碎了放入皂液裡面，卻起了一些化學反應，表面就變了顏色，成皂也沒那麼好看。不過好在看起來賣相不是太差，這倒是給她提醒，她可以做出各種顏色的皂，相信一定比單一的乳白色更討人歡心吧。

趙掌櫃道：「田老弟你這法子不錯，添加香味定更有市場。」

幾個人把東西交接完，趙掌櫃也不隱瞞，直接把上次的款，按照合約簽訂的分成比例，給了田老三一共七兩七百五十文錢。並道：「香皂我賣半兩銀子一塊，你我五五分成，每人分得九兩七百五十文錢。除卻二兩訂金，我再付七兩七百五十文，往後你有了成品一定得早早送來。」

因香皂有成熟時間，為了店裡香皂生意的穩定著想，雙方確定每月十五日固定時間交貨，這樣總好過散亂不定的時間。

田老三幾乎是顫抖著手地接過銀子，這麼大筆的錢，簡直出乎他的預料！他用力捏了下銀子，十分懷疑現在是在作美夢。

上次的合約，田老三也一併帶來，因為沒有具名地址，就一同作廢了，這天又重新簽訂合約，條件還是跟上次一樣，不過卻限定了期限一年內。

如一年後，有什麼變動，雙方商量後再重新簽訂。

田箏看了很多陰謀小說，難免就把人想得黑暗了點，她見到趙掌櫃對香皂這樣重視，卻沒提出買斷做法的要求，還繼續選擇合作，雖然心裡有隱憂，也只得放在一邊。

田箏並沒有打算靠香皂走天下，若是別人提出買方子，待價而沽後，她是沒什麼負擔就可以賣給別人。反正當初也只是想著做出來，改善家裡的狀況，能賺一筆快錢，也是十分不錯。若是趙掌櫃人厚道，賣了他也是個好主意。

殊不知，趙掌櫃哪裡不想著買方子，只是店裡狀況不佳，沒見他連小廝夥計都請不起了嘛！每日的現金都流入了貨品上，這時倒不如與田老三繼續合作，反正是貨品收了款後再結帳的。

以後，香皂得到市場認可，再買了來也不遲。

第六章

兩個人走到胡同巷，田老三激動地一把抱起田箏，大笑道：「箏箏，妳可真是爹娘的小財神。」

他在燕脂坊忍耐了很久，直到離開才無所顧忌表現出自己的喜悅之情。田箏被爹爹抱著轉了幾圈，轉得頭暈眼花，她很想吐槽：爹爹，為什麼你一高興就把閨女舉起來轉圈啊？很暈的，好不？

父女倆心情都極好。在鎮上買完周氏交代的鹽巴，還多買了白糖、紅糖及各種調味料等等，田老三甚至打算去扯一塊布給全家做一身衣裳。

田箏忙制止爹爹的買布行為，若是買這樣多的東西，不明擺著告訴別人，他們在什麼地方發了一筆財嗎？

財不露白是安身立命的資本，絕對不可過於張揚。

好在田老三很快想通，雖然他有些大老粗，可並不是心思不通透的人，不然他也不會自己在外面做活時偷偷藏點私房錢。

今次，算是滿載而歸。

賺了錢，田老三剛到家就想跟媳婦分享喜悅，放下東西便拿了一把鋤頭飛快地往荒地跑。他走近時，周氏正用鋤頭把泥土堆成一排排長條的小土堆，夕陽將要西下，殘留的陽光落在周氏瘦弱的身軀上，她額頭還布滿細密的汗珠。田老三本來想高聲笑著報喜，突然就啞聲了。

媳婦嫁給他那時，是一個嬌滴滴的姑娘，原本青蔥白嫩的人兒，這些年跟著他黑了一圈，她身子本就瘦弱，成親第二天起卻馬上跟著做活，可以說他幾乎沒給過媳婦順心日子。想了想，不由心酸，若是閨女沒有得到做香皂的機緣，若是香皂賣不出去，他們以後的日子能有多大變化？

總之，是他這為人夫、為人父的失責。可是今日這賣香皂的銀子，就似平白得來一般，總讓田老三心裡有些許不安。

其實這種患得患失的心態，是一種很尋常的心理。一輩子只跟土地打交道的農戶，若讓他去經商賺錢，他肯定沒有自信，並認為自己做不來，即使偶爾成功了一、兩次，也會深深懷疑是憑著運氣，並不相信是自己的能力。

田老三這一瞬間，突然開始琢磨以後銀錢攢得多了該怎麼用。他想：還是實實在在的土地有安全感，以後錢財便拿來買地買田。

周氏一抬頭，發現自己丈夫來了，問道：「他爹，你怎來了也不出聲？」

田老三接過媳婦手中的鋤頭，道：「接下來，我來就行。阿琴妳去樹蔭下歇息一會兒。」

周氏沒有拒絕，拿出水袋喝一口水，就去了樹蔭下坐著。田老三是個幹活的好手，周氏處理一條泥土堆花費的時間，他只需要一半就行。本來剩下的活兒也不多，半個時辰後，一畝地都已經弄好。

田老三突然道：「我這段時間跟著那位老匠師打土磚，那塊地泥土十分好。哥他們需要的磚已經夠用，趁著家什還沒有撤走前，我跟匠師說一聲，順道把咱們家建房需要的土磚打出來吧。」

咱們家建房？周氏睜大眼，狐疑地看著丈夫，才問：「你哪來的銀錢？」

田老三撓了下頭，拿著閨女賺來的錢建房終究有些不好意思，他道：「咱閨女做的香皂，賣了有七兩多銀子。」

周氏驚訝。「這樣多？」

自家做的東西能得到富貴人家喜愛，田老三免不得有些飄飄然，他興奮道：「這還是跟那趙掌櫃五五分成的呢。」

周氏感覺十分不真實，只得問：「那掌櫃沒為難人吧？」

女人看待問題的視角始終跟男人有偏差，比如田老三只想到這樣多錢，往後也能源源不斷。而周氏卻在擔心，這樣多錢，那掌櫃家怎就那麼輕易與人分？所謂無奸不成商，把人想壞點準沒什麼錯。

田老三道：「趙掌櫃這個人還是厚道的。咱們又重新簽訂了合約，這樣的分成法先簽一年，至於一年後，到時再看吧。」

聽完，周氏暫時放下懸著的心，她想起什麼忙道：「這賺來的錢，暫時對外說是從我娘家借來的吧。」

這並不是周氏自家發財不想著兄嫂弟妹，而是不知該如何解釋銀錢的來路。還有，若說了，少不得要把方子教一下。這是自己女兒想出來，就是她這個娘親，也要尊重閨女的意見才行。

田老三也是這樣打算的，夫妻倆一拍即合，回家的途中又商定完一些其他事情。

想到要建自己的房子，周氏心裡如抹了蜜一般甜。盼了這些年，馬上就要有自己的屋子，再由自己作主，他們一家人才算有了真正的家。

天色慢慢變黑，田葉已經把晚飯煮好，當田老三與周氏到家時，直接洗手就上桌吃飯。女兒這樣懂事，兩人都感覺很欣慰。

隔天，田箏清晨起床後，周氏已經熬好一鍋粥，粳米粥裡面加了菜葉，再搭上爽脆的小菜，這種早飯在天熱時十分開胃。

飯後，田老三繼續幫大房建屋，田箏姊弟三人跟著周氏去荒地種紅薯苗，工作內容很簡單：把剪好枝條的紅薯苗插進土壤裡，再澆水便搞定。

田葉按著一定的間距，手上飛快地插好苗，弟弟田玉景也不閒著，他跟在田葉的屁股後面，插完一條便澆上水。

擔水這種重活，全是周氏去遠一點的溪流裡面挑上來。大家齊力合作，這一畝多的地，不到正午時分已全部種完。

太陽漸漸昇高，已經種下去的紅薯苗葉子被陽光曬得萎靡不振，田箏著急道：「娘，葉子要是枯萎，咱們的紅薯會活下來嗎？」

周氏笑了笑，指著枝杈的地方道：「咱不靠那葉子，妳看這裡有個芽苗，只要按時澆水施肥，就可以活下來的。」

包括田玉景在內，聽了娘親的話，都誇張地鬆口氣。

周氏心情亦十分好，趁著還未到中午，便帶著幾個孩子在山間找了幾種野菜出來，其中就有馬齒莧、掃帚菜、蒲公英、魚腥草等等，既做活，又兼顧玩樂，姊弟三人都十分盡興。

既然採了這麼多野菜，周氏少不得在孩子前露了一手。像這馬齒莧，單單炒來吃或者涼拌都行，周氏卻不打算這樣做。她洗乾淨了馬齒莧，摘成一小段一小段，把它們泡在水裡一刻，然後剁幾個蒜頭剁碎，加入辣椒粉、鹽巴調和在一起。

周氏見三個孩子睜大眼盯著自己，忍不住笑著道：「今兒娘就給你們露一手絕活。好好看著吧！」

周氏的父親在世時，周家家境並不差，田箏的外祖母很愛帶著孩子們弄些小吃食。長年跟著母親薰陶下來，周氏的水平的確鍛鍊得非常不錯，如此，她變成整個田家公認燒菜最好吃的人也不出奇。

泡好的馬齒莧已經瀝乾水，用一個木盆裝著，她撒上麵粉，又撒入鹽巴，攪拌均勻後，熱鍋裡面刷一層油，便開始烙餅。

這烙餅很講究對火候的把握，周氏做多了已經很嫻熟，馬齒莧餅皮煎得兩面金黃，香噴噴的，看著就很有食慾。周氏將鍋子刷乾淨，又重新架上鍋，轉過頭看著早已流口水的三個孩子，道：「這醬料，一定要現燒現吃，香味才夠濃。」

燒熱油後，周氏立刻起鍋把油澆入調好的蒜泥辣椒粉中，弄好一碗紅得油亮亮的醬料，大蒜與辛辣的香氣撲面而來……

周氏這才准許三姊弟拿碗筷，挖一勺子蒜泥醬放在馬齒莧餅中，再捲起來吃，那味道香辣中又有馬齒莧的酸酸滑膩，著實好吃呀。

周氏又做了粉蒸掃帚菜、涼拌魚腥草、涼拌蒲公英，除了魚腥草，田箏敬謝不敏外，她是吃得滿嘴流油，不停打嗝，實在撐不下才停嘴。她從來不知道用來餵豬的野菜，煮了給人吃，也是那般美味。

田箏在這裡所享受到的美食實在不多，不過窺見一斑即知全貌，這個大鳳朝，確實是個飲食發達的朝代。

田箏相信，市井小民能琢磨出這樣多的吃食，就說明她穿越的朝代是比較平穩的。她可不希望在戰亂、民不聊生的時空討生活，那可真的太苦了。

轉眼間，田老大的新屋已落成。新建的房子很寬敞，與田家的祖屋格局差不多，共四間房圍成堂屋，左右各兩間房，夫妻倆住正屋，兩個兒子就各住右邊房，還剩下一間則當作客房。

挨著正屋旁的是廚房及洗漱間，而後面又建了一排四間低矮茅屋，用以做牲口房、堆雜物、廁所、茅草房。

新房既通風又透氣，田家二十幾口人都繞著打轉，嘴裡讚不絕口。

新屋入住是個大事，要選定黃道吉日才行，故而大房目前沒急著搬出去。大房還沒搬，三房即將建房的消息便已經傳開，其他房得到消息後，皆很不是滋味，特別是二房胡氏瞧見三房的人時更覺心氣很不順。

一日，田玉景與二房的田玉興在堂屋玩耍，田玉興想要堂哥手中的彈弓，但田玉景捨不得給他，於是田玉興就哭鬧起來。

田玉景被哭鬧得煩躁，望著手中的彈弓，眼裡是濃濃不捨，糾結地想著這可是爹爹買來的，他都沒玩幾下呢，還打算與魏琅哥哥一起去打麻雀。

恰好二伯母胡氏見了，嗤笑道：「喲，阿景，你家裡建大房子，就瞧不起我們這些窮親戚了呀？不過是個木頭玩意兒，如今便捨不得給你弟玩耍一下呢？」

田玉景聽了這話，想著自己作為哥哥是得讓著幼弟，只是，真的好不想給啊！連著抬了幾次手想遞給田玉興，都沒下定決心。
滾在地上哭著的田玉興，見堂哥表情鬆動，他用衣袖抹一把鼻涕，哽咽道：「景哥哥，我就玩幾下……你給我吧……」
田玉興這話傻子也不相信。田玉景可是吃了好幾次虧，每次說給他玩兩下，那東西到他手上就沒有還回來的時候，去向他要，他就哭，喊他娘、姊姊們來幫忙，撒潑、打滾……小孩子能鬧騰的，他沒一件落下。
田玉景思考良久，還是道：「阿興，我帶著你玩吧，給了你，你也不會打麻雀。」
田玉興一聽，嘴巴一癟立刻哭嚎起來，嚎得撕心裂肺，把家裡幾個大人孩子都吸引來了，胡氏瞪一眼小氣的田玉景，上前一巴掌揮向自己兒子，罵道：「哭！你哭什麼哭？那是別人的，與你有何關係？你有能耐就自己造。」
二房的田芝，因家裡最小的兩個弟妹一直都是她帶著，見娘親又打弟弟，趕忙上去抱田玉興起來，埋怨道：「娘，妳打弟弟幹啥？打了，人家也不一定把東西給妳。」
她表露的意思還是在埋怨田玉景不讓一下自家弟弟。
田玉景給也不是，不給也不是，小小的身子眼看就要急哭，他被周氏教導兄弟姊妹之間要團結友愛，當他即將忍痛把自己的彈弓交出去時，田箏趕緊走進堂屋。
田箏手裡拿著一串葡萄，剛剛洗乾淨，紫紅的果皮上泛著水珠，看起來可口誘人，這大熱天吃上一串，嘖嘖……

田箏誘哄道：「阿興，你若是不哭，箏箏姊就給你一串。」

說完，她摘一顆葡萄扔進嘴巴，誇張地做出很好吃的樣子。

引得田玉興立刻停止哭泣，好奇地轉過頭看著田箏手裡的葡萄，他晃著小腦袋努力思考著要不要聽話時，田箏故意又摘一顆放進嘴巴裡，並說：「你再不要的話，我可要吃光了。」

田玉興大叫道：「給我！快給我！是我的葡萄。」

田箏給自己弟弟使眼色，好在田玉景孺子可教，收到二姊的暗示，迅速抱著自己的彈弓溜出家門去。

田箏笑嘻嘻地將葡萄交給眼淚鼻涕糊了一臉的小堂弟，轉頭大方道：「二伯母，我爹買了葡萄，我娘在水井那兒洗呢，等會兒給你們送一些。」

田箏出現得突然，田玉景跑得又快，胡氏也沒辦法抓著姪女胡罵，只得道：「喲，原來你們還想著我們啊，這葡萄我可要嚐嚐看。」

胡氏說完，就從兒子手上摘了一顆，咕嚕一聲吞進嘴裡，惹得田玉興哭著道：「娘，這是我的，不讓妳吃。」

胡氏擰眉，罵道：「小兔崽子，我是你老娘！你的還不是我的。」

田箏看著這鬧劇，心裡直搖頭，二伯父和二伯母也就是外表精明，實則糊塗，不然怎麼把孩子教導得一個個不是心高氣傲，就是小裡小氣老想著占便宜？

對二房這一家心裡嘆口氣，田箏也不多想，反正又不關自己的事。隨後，她與田葉兩人將爹爹買回的葡萄分成幾份，祖父母那兒還有幾個叔伯家都送了一份。

因村子裡很少有人種葡萄，且味道酸酸甜甜，送去給魏家估計他們一定喜歡。田箏把它用竹籃裝好，蓋了一層樹葉在上面，免得半途被別的村民討來吃。就這麼點分量，到時你一串，他一串，還有得剩嗎？

魏家大門是打開的，田箏進了門，在庭院裡就看到魏琅與田玉景兩人抱著彈弓對著天空胡亂地彈，歡笑聲不絕於耳。

田箏道：「老師，我給你帶了葡萄。」

每次叫魏琅老師時，她就有一種很玄妙且說不清、道不明的複雜心情。

魏琅迅速放下手裡的玩具，他拍掉手中泥土，故作深沈地說：「妳有心了，放進堂屋去吧。」

這熊孩子，為人師表時不要太正經啊！田箏內心吐槽的口水都快淹死自己了。

魏琅長得圓滾滾，裝作一本正經時，既滑稽又覺得這傻孩子真可愛呢！所以，每次田箏腹誹歸腹誹，還是很沒下限地喜歡著魏琅。

魏秀才與魏文傑都在家裡，魏娘子把葡萄分給他們，然後又洗乾淨自家的梨讓田箏姊弟吃。

魏娘子對待自己的態度，田箏有時偶爾會想，自己該不會是她親生的吧？因為她實在是太好了，每次都給很多吃的，就算與魏琅吵嘴，魏娘子都是罵他，而縱容著自己。要知道，魏娘子雖然待人和氣，可並不是對每個小孩都熱情的人。難道因周氏哺乳過魏琅幾個月，破例對待嗎？

想不透，不過人家對待自己好，不是壞事啊。田箏就沒多想。

三個小孩在魏家大廳裡，歡快地吃著葡萄和梨時，魏琅咳了咳，然後拿手指點著几案，道：「田箏，把妳前幾日背的千字文唸一遍。」

唯一慶幸的是，魏琅如今不叫她天真妹了。

田箏剛好咬下一塊梨，還沒吞進肚子裡去呢，頓時噎住。那些文言文的文章，雖然只四個字的句子，她也背不出呀，而且還是這種突擊檢查。

魏琅既然讓她背，就一定要背的，田箏不由一陣暗自叫苦連連……

田箏暗暗給自己打氣，張口道：「天地玄黃，宇宙洪荒，日月盈昃，辰宿列張，寒來暑往……」

說到半途，田箏還是沒背全。

魏琅沈著臉，好一會兒沒講一句話。

田箏內心嘔血，她居然被這麼一個毛孩子的低氣壓，弄得活似面對學校老師批評時一樣緊張。

見此狀況，田玉景拿著梨，一邊吃，一邊抬頭好奇問：「小郎哥，我箏箏姊犯錯誤了嗎？」

魏琅憋不住笑了，語氣歡快道：「你箏箏姊是個笨蛋，這麼簡易的文章也背不出來。咱不理她，等你吃完，我帶你去外面打麻雀。」

田箏滿頭黑線，頗有種頭上飛過萬隻麻雀的既視感（注）。

魏琅卻回頭，板著臉道：「諒妳這幾日有事耽擱，可是以後別只顧著玩耍，回去多背幾遍，後日我要查核。」

還要背誦，再沒比這更加悲劇的事了！

田玉景對魏琅的話十分信從，吃完梨一蹦一跳跟著出去玩。

田箏留下幫忙整理果皮殘骸，聽魏娘子說著家常，她也理解自家兒子委實調皮，便安撫道：「箏箏啊，小郎教學時嚴肅了點，妳可別放在心上。」

魏娘子親眼見小兒子打過田箏好幾次板子，生怕田箏受不了跟他鬧翻，她是很希望兩個孩子友好相處。

田箏才不會跟魏琅計較呢，於是毫不吝嗇稱讚道：「伯母，小郎哥教導得可好了，我如今認得好多字。」

魏娘子笑笑，又問：「妳娘在忙些什麼？妳回家時，讓她得空找我一起說說話。」

魏娘子與周氏不同，她不用忙活田地上的事，只伺候一家大小的瑣事就行。而魏秀才雖然是個秀才老爺，但他不是那種「兩耳不聞窗外事，一心唯讀聖賢書」的迂腐書生，魏家擁有的田地比老田家還多幾倍呢。

這些田地不只在鴨頭源，還有一部分在別的村落，都是交給佃戶打理，而他們每年收租。既不用操心生計，也不用忙農活，所以魏娘子一天到晚沒什麼事，她又是那種誰都可以聊得來的人，但交好的只有周氏幾個。田家人口多，她每次上田家，都沒法跟周氏好好說話，平日大多是周氏上魏家找她。

田箏對這些很明白，便道：「伯母，我娘近來忙田裡的事呢，家裡又準備蓋房子，待她得空，定會自己來找妳閒聊。」

魏娘子早就收到田箏家要蓋屋的消息，這時也不吃驚，笑道：「那可真好，你們以後有獨立房子，伯母我也可以隨時去串門子。」

田箏道：「我娘一定高興極了。」

魏娘子故作黑臉。「難道箏箏不樂意？」

田箏嘿嘿笑著撓撓頭。「伯母不樂意來，我綁也要綁妳來啊。」

魏娘子露出一抹欣慰的笑容，伸手摸摸田箏的小腦袋瓜，柔聲道：「貧嘴……快回家去吧。」

從魏家出來，在田野間撞見魏琅與田玉景兩個，田箏把弟弟給喊回去，因為待會兒還得去荒地那兒給紅薯苗澆水，最好是姊弟一塊兒去。

注：既視感，似曾相識之意。

兩個小男孩沒有打到麻雀，但是玩得十分開心。魏琅本來也想跟著去，後來記起爹要考校自己的功課，便掃興地作罷，帶著小狗七寶回去了。

憶起弟弟在堂屋發生的事，田箏很想找個機會訓斥一頓田玉景，很嚴肅地問道：「阿景，我問你，你為何要將爹爹買的彈弓拿到阿興面前炫耀？」

田玉景見姊姊臉色、語氣皆十分嚴厲，他垂著頭，喃喃道：「我想拿出來玩……」

田箏道：「難道你不知阿興看見什麼都要搶到自己手上嗎？」

田玉景哪裡不知道，可是他忍不住想拿出來給別人瞧一眼，似乎明白自己做錯，低頭道：「箏箏姊，我以後不這樣了。」

田箏也不想多訓斥弟弟，可是這些道理還是要跟他說的，便放軟了口氣，頗有些語重心長地問：「阿景拿出來之前，有沒有想到弟弟們會討要了去？」

田玉景回道：「我想過阿興會霸占過去。」

田箏又問：「像今天這般，長輩在一旁看著，阿興又是年紀小的弟弟，他向你要，你給是不給？」

想到那種後果，田玉景很無精打采，萎靡道：「……給。」

田箏問道：「給得心甘情願嗎？」

田玉景立刻道：「不願意。」

田箏一步一步讓田玉景去深思，接著拋出另外的問題。「那你今日跟小郎哥一起打麻雀開心嗎？要知道你給了阿興，就不能與小郎哥玩了。你不想把彈弓給阿興，又該怎麼辦？」

田玉景最愛跟在魏琅身後跑，哪裡會不開心，他與阿興那毛孩子才不好玩呢，便道：「自己收著不讓阿興看見，跟著魏琅哥哥才好玩。」

聽到想要的答案，田箏這才綻開笑容。「阿景有喜愛的東西，又不想與人分享，一定要有把握自己有能力不被搶走，才能拿出來與人玩，懂嗎？」

田玉景雖然聽得似懂非懂，但還是點點頭，抿著嘴道：「嗯，我曉得了。」

田箏摸摸弟弟柔軟的頭髮，瞧著他那可愛的臉蛋，這麼乖巧聽話的萌正太是她的親弟弟，哎喲……簡直萌得捶牆啊！

她不是想把田玉景教導成自私自利、小氣不與人分享的性格。但喜愛的玩具一次又一次被奪走，卻無力反抗，這樣逆來順受可不行，所以必須得讓他清楚，一個人連守護自己心愛玩具的本事都沒有時，就勿拿出來惹人眼紅。

田玉景一路上心情有些低落，悄無聲息地把木製的彈弓收到衣袖中，他心裡明白二姊的話很有道理。

成年男性村民若是想建房，選定的闢宅地要經過大部分村民同意，然後再去里正那裡繳一定的銀錢，里正會去縣衙裡上契。有了土地契之類的，往後這塊地才屬於那戶人。總之，申辦手續沒有什麼麻煩的，審批也很容易，但是建一棟房子少則八、九兩，多則幾十兩，花費的銀錢太多，故而雖然審核容易，建的村民卻不多。

田箏不由得想到：後世一土難求，開發商、大量的炒房客哄抬起房價，導致很多普通人買一棟房幾乎花費一輩子的積蓄，還有更多的人買不起房。因房而引起的衝突、矛盾比比皆是，想想就令人唏噓不已。

值得高興的是，田老三很快在村頭一座小山腳下選定了闢宅基地，那片土地離老宅大約要走一刻，遠是遠了點，可是離著村裡的大道很近，外出非常方便。山腳下還有一條小溪流，取水亦非常便利。

田老漢本來不放心，看過後也覺得位置不錯。

半個月後，田老三再帶一批香皂上泰和鎮。此時燕脂坊的香皂生意已經開始好轉，購買的顧客都是些大戶人家，大多由縣令家的幾位千金小姐帶來，趙掌櫃也不著急，這種供不應求的東西，銷量是不愁的。

等結掉帳目，走出燕脂坊，田老三捂著放在胸口的錢，心裡依然怦怦跳，這每回來就有幾兩銀子進帳，實在是太刺激他的神經。

這次到鎮上，田老三特意雇了羅把式的牛車，購置建房需要的物件，而且馬上就要收稻子，爹娘讓他順帶買農忙時用的東西，所以雇牛車方便拉回家去。

農忙時節，稻子要及早收，趁著日頭好迅速曬乾，就怕遇上雨水天氣稻穀發芽，那損失可老大。收完水稻，就要馬上種下紅薯或者冬小麥，不然趕不上時節，莊稼會欠收。

田老漢分家前已說過，這季一塊兒收穫完，往後幾房就各種各的地。

正式迎來秋收時，一家大小飯後一窩蜂地前往田地，田家幾個媳婦挑著籮筐、幾個兒子揹著各式工具。眾人來到稻田邊，一眼望去金黃色一片，田裡已經沒有水，泥土依然是潮濕的。黃氏、胡氏、周氏和劉氏領著孩子們紮緊褲腿就下田割稻，由於是常幹活的人，手腳功夫都很厲害，唰唰的鐮刀割鋸聲一響，不一會兒就割出一片空地。

田老大、田老二兩人則在一旁裝載脫穀機。田箏觀察了一下，家裡脫穀粒用的是稻桶，很傳統的工具，哪怕是在現代偶爾也能見到它的蹤跡，她以前在鄉下外祖家就見人用過。田家用的這種形狀上有些不同，作用卻類似。稻桶用結實的木塊組合成方形或者圓形，高度到成年人的臀部左右，桶的三面用竹篾編織的罩子圍成屏，以防止摔打稻穗時，穀粒飛落到地上。

田老大和田老二組裝好，摟一把稻禾試著摔打幾下，見可以用後，才放下這個稻桶，繼續擺弄下一個。一個稻桶只要有兩人輪流就行，田家一共有兩個稻桶，這一次都抬來了，家裡勞動力多，不愁沒人幹活。

田老三幫著女人們割完一片便加入脫穀的隊伍。脫穀要一直使勁地摔打，把穀粒甩進稻桶裡，這個一直重複機械似的活兒，很費力氣，沒兩下，田老三就熱得滿頭大汗。

幾個月的勤勞耕作，禁不起一點浪費。摔打完的稻禾並不是馬上就扔掉，田老五帶著田玉福、田玉程，三人在田地裡鋪開一張大的麻布，這些人力沒有打下來的穀粒就靠雙手搓下來。

每當稻桶裡面的稻子即將滿倉，男人們就把稻穀分裝進籮筐裡面，所有籮筐裝滿後，再挑兩擔回家去，即便是人人都分工合作，把這一畝地弄乾淨，也花費了一天的時間。

田箏起初還覺得挺有趣，可是經過一個多時辰不間斷地彎著腰，她那還沒發育的細胳膊細腿就開始承受不住。一直到正午，太陽越來越毒辣，身上汗珠一顆顆滾落，幸好來之前，周氏給了三姊弟每人一張帕子擦汗。

田箏擦完汗，看著自己小腿、胳膊、脖子處被稻穗刮出來的細小紅痕，雖然不疼，卻麻癢癢，非常難受，令她忍不住用手抓一下，卻反而更覺癢。

田箏很想叫苦，可是見別人都沒反應，只得咬牙忍著。

老天爺似乎覺得田箏這娃兒太可憐了，便給了她一點賞賜。當她再次彎低腰，用手拽著稻禾，準備下刀時，眼前突然出現一大團捲起的細碎茅草的鳥窩，她好奇地扒拉開來一看：圓溜溜的，居然是幾顆雞蛋！

田箏瞪大眼，不敢相信地數了數，一共有八顆雞蛋。田箏捂著嘴大叫道：「娘！這裡有八顆雞蛋！快來看看啊！」

「什麼？」反應最快的是大堂哥田玉華，他立刻丟下手中的稻禾跑過來，沒等田箏說話，馬上就扒開稻稈把那個窩弄出來。

田玉華咧開嘴笑道：「箏箏小傻子，這不是雞蛋，這可是野雞蛋！」

田箏一窘，她還沒見過野雞蛋呢！這種蛋個頭雖然比一般雞蛋小，但跟小鳥蛋比起來也非常大了，她就兀自認為是雞蛋，還以為是哪家的雞偷偷跑到田裡來下蛋呢。

很快幾個孩子都圍過來，紛紛用手摸一把那幾個野雞蛋，七嘴八舌地討論該怎麼吃。

田老五摸摸田箏的頭，笑道：「咱箏箏手氣真不錯，等回家時，順手割一把韭菜回去煎雞蛋吃。」

田老五說完，把野雞蛋撿起來不讓孩子們再玩，怕他們一不小心打碎了，於是收在一旁放著，又道：「晚上想吃雞蛋的人，就別玩了啊，誰要再動，就不給他吃了。」

一句話，瞬間讓圍攏在一起的孩子們分散。

田箏瞄了瞄那八顆暗褐色的野雞蛋，心裡十分得意。開玩笑呢，別人撿不到，偏偏她撿到？說明她這人品真不是蓋的啊！

田箏心裡激動，本來割累了想打個盹的瞌睡蟲全跑光，她磨刀霍霍地再一次振作精神，一邊割稻子，一邊目光不斷四下掃射，甚至田間旮旯處都不放過，希望再一次運氣爆棚，再來一窩野雞蛋。

可惜好運用完了，一直到割完整畝田，再沒找到另一窩野雞蛋。

日落西山時，田老漢才讓收工回家。

長年與老天打交道的農戶多多少少能摸清楚一點氣候變化，田老漢選定的收割日就很好，一連做了一個禮拜多的活兒，天氣一直很晴朗，沒有下過半點雨。

鴨頭源背靠大山，山林裡有很多竹子，每家每戶都會編織竹筐、竹蓆等等物品，田箏沒有見過曬稻穀的場地，之前一直好奇這些穀粒要在哪裡曬乾呢。

她之前看祖父母在拼接竹蓆，還猜測用來做什麼，原來是用來曬穀粒。田家的院埕，門口邊上的空地，此刻都鋪滿了大小不一的竹蓆，金黃的穀粒攤開曬在太陽底下，只需再曝曬幾天就可以收進倉庫。

家裡長輩們每天臉上都顯露疲態，可他們眉目舒展顯得心情十分好，可見今年是個豐收年。緊趕慢趕，田家的十幾畝地、租種周地主家的十畝田，全部收穫完畢時，一共耗費了半個月。

短短十幾日，幹活的人都黑瘦了一圈。田箏瞧著母親周氏還好，她本來就纖瘦，此時除了黑些，倒瞧不出多大變化，可田老三原本高高壯壯的小夥子，竟然變得鬍子蓬亂，眼窩深陷，看起來邋遢極了。若是沒有親身經歷過，田箏一定會吐槽她爹太沒形象，現在只有深深的理解，每日裡起早貪黑，真的是連透口氣的時間也無，更別說整理自己的儀容。

田葉、田箏與田玉景三姊弟在差不多收割完的前幾日，尹氏就安排他們做曬稻穀這種輕巧活。村子裡所有稍微平整一點的地方，都被拿來曬穀子，一眼瞧過去，整個村子似乎披了一身金黃鎧甲。

稻穀每曬一段時間，就需要翻一翻，目的是為了讓穀粒均勻曬乾，因為家裡不夠地方曬，所以就把離家近的一畝地也挪來用。

田箏帶著田玉景兩個坐在附近還不到成人身高的一棵樹下躲避太陽。樹蔭不夠茂盛，田箏特意折了一些枝葉繁茂的樹枝搭在那棵樹上，雖然看起來有些醜，只依稀能瞧出像個傘形，不過遮陽效果非常不錯。

曬稻穀除了定時翻一翻，還要留意天氣變化，若是下雨，就趕緊收起來。再者，每個村子裡都有些偷偷摸摸的人，若是沒人專門看著，難免會有些人摸一些到自家的竹蓆裡去。

見田玉景昏昏欲睡，腦袋像小雞啄米似的點著頭，田箏道：「阿景，你睡吧！姊姊看著就行。」

田玉景抬起頭，揉著眼道：「那我睡了……若是下雨，箏箏姊再叫我起來。」

田箏柔聲回道：「嗯，快睡吧。」

家裡有一床草蓆，出門時田箏一塊兒帶來了，原本只打算放在樹蔭下拿來坐的，這會兒鋪開了正好能睡覺。

田玉景躺上去，須臾便進入酣睡。小孩兒原本圓潤的臉蛋清瘦了很多，睡覺時不自覺會嘟著嘴，小嘴紅通通的，細嫩的皮膚上還有被稻草刮傷已經結痂的痕跡……

田箏剛來那會兒，就對這軟萌長得好看的小正太相當喜歡，她這個弟弟偶爾天真無邪，偶爾調皮搗蛋，但是更多時候卻很聽話懂事。雖是家中唯一的男孩，爹娘對弟弟一點也不嬌縱，他這個年紀該幹的活，一點也不會少，田玉景居然也沒有一點怨言。

田箏時常感慨地想，她真的很幸運，穿越到田家三房，父母明理，姊姊友愛，弟弟乖巧，若是讓她變成二嬸胡氏的女兒，那可真的會叫苦連天啊！

秋收後馬上要耕種，田老三與大房商量兩家一起幹活，用了幾天便把地全種上，一切事情妥當才真的能歇一口氣。

田箏這段時間廚藝飛漲，已經能獨自做幾道簡單的飯食。爹娘為了鍛鍊她，常會讓她在家裡做飯。像今日去挖地基，周氏就讓田箏留在家裡做家務。

家裡正式開工建房，闢宅基地那邊已經理出一片空地，事前已經勘察過地質，丈量出地方，又用石灰標出線，這才開挖。沒有現代的機械設備，全是靠人力挖，秋日的太陽被比作秋老虎也不是蓋的，所有幹活的人都滿頭大汗。

田葉領著弟弟田玉景在一旁撿細碎的小石頭，把妨礙工程的石塊扔掉。

周氏也在幫著擔泥沙，疲憊的臉上是舒心的笑容。家裡錢是足夠的，再說房子是住一輩子的地方，所以夫妻倆準備把房子建好一點，地基打牢固，照如今的進度看來，入冬之前他們就能住上新屋。

周氏抬頭望了一眼天空中的太陽，估摸著時間差不多時才放下擔子，對大女兒說道：「葉丫頭，帶著妳弟弟等天黑了就回家去吧。」

「嗯。娘，我曉得了。」田葉乖巧地回道。

本來要留田葉在家做家務，可這小姑娘對新房子的熱情空前高漲，周氏不忍讓她掃興，就把小閨女留在家裡。

小閨女幹活畢竟沒大閨女仔細，她有時候還毛毛躁躁，周氏不放心，況且是要做一大家子人的飯菜，也怕田箏做不來，所以周氏現在必須提前回去置辦。

周氏進家門時，田箏正在給鴨子拌食，菜葉剁碎後拌些米糠就是最好的鴨食。他們家幾隻大灰鴨餵養得毛色光亮，下蛋非常勤快，現在又孵出一窩小鴨子，黃黃的小鴨子一顛一顛的走路模樣，看著真可愛。

周氏問：「今天咱們要餵豬，豬食拌了嗎？」

田箏道：「早就剁好啦，祖母說晚上再餵。」想了想，她不確定地問道：「娘，妳今天要殺掉一隻鴨子嗎？」

打地基的第一天，要請幫忙的人吃一頓飯食，所以周氏與田老三早上就說乾脆殺一隻鴨子來待客。田箏剛好聽到，望著那幾隻從分家後被姊弟三人精心餵養的大灰鴨，一段時間下來，早就養出了感情，她實在不忍心爹娘把牠們之中任何一隻殺了。

周氏點頭道：「妳爹讓殺一隻，晚上的菜洗好了嗎？」

「菜也洗好啦。」田箏待在家裡除了一些瑣事，主要是把晚上要用的碗筷洗乾淨、要煮的菜提前切好洗好，等周氏回來就可以直接上鍋炒。

田箏緊鎖眉頭道：「娘，妳就別殺大灰、二灰牠們行不行？阿景要是知道，肯定會哭鬧。」

田箏不得不搬出田玉景來。這幾隻鴨子的名字還是田玉景取的呢，他可是護到心肝上，真殺了一隻，小屁孩鐵定哭紅鼻子。

周氏笑了。「折騰什麼名字，鴨子不就用來吃的嗎？」

田箏搖了搖頭，想出一個辦法來。「娘，去張嬸家買一隻嘛！她家鴨子肯定樂意賣。總之妳別殺咱們家鴨子行不？」

被女兒的苦求逼得沒辦法，周氏只好順從了。張胖嬸家離得近，現在去抓鴨子也方便得很，於是周氏拿了一些銅板，讓田箏去打一壺酒，再去張屠戶家買幾根骨頭。

田箏先是去了張屠戶家，秋收這段時間，張家除了收自家的糧食，也沒耽誤賣豬肉，因張家有四個兒子，幹活勞力多，所以還兼顧得來。

田箏自己也有些私房錢了，除了按吩咐買下幾根骨頭，又買了半副豬肝、一副粉腸，這些下水炒一下還是很好吃的。

她內心得意地笑了。現在已經混到想吃豬肝，眼也不眨就買的地步啦，以後的日子能不好？

把東西都裝進竹籃裡，她就繞道去田老酒家打酒，一路走，見到地上落葉紛紛、草木枯黃，村莊在秋收後進入了蕭條的景色中。

「汪汪……」

魏琅的小狗七寶胡亂圍著她打轉，田箏只得停下來，心想這七寶不會聞到肉味了吧？便在自己竹籃子裡挑挑揀揀，準備選一根小點的骨頭給牠吃。

還在不遠處的魏琅喚道：「七寶，回來。」

七寶又跑回去，田箏提著籃子向魏琅走去，魏琅今日也沒胡亂地玩耍，他看書有些累，便出來透口氣。

田箏笑道：「小郎哥，你肚子餓不餓啊？去我家吃飯吧？」

周嬸的菜煮得超好吃，可不想看到天真妹怎麼辦？魏琅暗暗地思考，心中做不出取捨直拿手去撓頭。上一次，他再度考校田箏的功課，魏琅被她氣壞了，他從來沒見過一個人背一篇簡短的文章居然用這麼長時間，真真是愚不可教！他早已經發誓不再理對方。

可是，真的好想去田箏家吃飯呀！魏琅很是糾結。

田箏繼續道：「我娘今日還要做一道你喜歡吃的子薑燜鴨呢，還有其他好吃的。」她用一種很期待的語氣道：「老師一定要來吃喔。」

「妳別叫我老師！」魏琅擺擺手，顯得十分抗拒。若是被人知道他有這麼愚笨的學生，他真的很羞愧的。

田箏語噎，滿頭的黑線。混蛋！她這是被老師除名了嗎？混到她這種地步，實在沒臉抬頭啊！

田箏有些小小的憂傷，畢竟跟著魏琅學了兩個多月的字，她嘆口氣，只好道：「小郎哥，要不我娘燒好菜，我端一碗去你家吧？」

魏琅紅著臉勉強道：「那行吧。太晚就不要送過來了。」

田箏已經有好幾天沒去魏家上課，雖然他曾一時惱火說讓她別再來，沒想到天真妹居然就真的不來了！這種學習一旦受挫就自我墮落的樣子，看得魏琅更加來氣。

虧他在家裡巴巴等了這麼些天，為了讓她更容易理解還用心寫了好多注解，只等著田箏上門後甩給她學習。

今天他心煩意亂只得出來透透氣，還想上田箏家去瞅瞅，因臉皮薄，過不了心裡那一關，只好在田家附近這幾條路徘徊。

田箏哪裡懂得魏琅心裡想什麼，她不去魏家也是因為最近實在忙，本來已經打算過幾天就向他賠禮道歉的呢！畢竟她不能跟一個小孩子計較，是不？

兩人說完，魏琅準備走時，田箏追問道：「小郎哥，魏伯伯與文傑哥哥去了縣裡還沒回來嗎？文傑哥哥學問那樣好，一定能考中秀才的。」

那還用說！

魏琅對自己哥哥的才學一點也不懷疑，卻只道：「過幾日他們就回來了。」

在縣裡考完後，沒有那麼快知道結果，很多學子趁此時機以文會友，互相交流學問，這是縣裡的風氣，也是整個大鳳朝的風氣。

這些田箏當然不懂，她還以為考完就各回各家呢！

兩人說完後，田箏打完酒回到家時，周氏正支開一個木桶，裡面裝滿了熱開水，把從張胖嬸家買來且已經殺死的鴨子放進滾燙幾次，燙完就可以拔毛了。

拔毛是一個細緻活，田箏做不來，又被指使著去菜地裡挖一塊薑，子薑燜鴨是一道很下飯的菜，用到的薑也是嫩薑，田家菜地裡剛好有種。

周氏處理完鴨子，田箏也把配料洗淨。她幫著生火，坐在旁邊看著灶，周氏就開始動手做菜。

「娘，咱們家房子什麼時候建好啊？」田箏心裡激動，忍不住問道。

周氏拍了幾顆蒜頭進鍋子裡與鴨肉塊翻炒，便笑著道：「快著呢，下個月就可以建好了。」

土磚、木材、器具之類的早一步就已備好，又過了農忙時節來幫手的人多，緊趕慢趕下個月初就能建好。

田老三與周氏答應給田箏特意弄一間房，專門擺放香皂，還去木匠家特意打了幾個架子來擺放成熟的香皂。到那時，獨門獨院，離著村子也遠，不用受太多束縛，她就可以多做一些。

錢財真如流水，前幾次他們賺的幾兩銀子，這會兒已經所剩不多。

晚飯擺出來時，大家都圍攏成一圈，尹氏見飯桌上豐盛的飯菜，忍不住直皺眉頭，既然殺了鴨子，何必又買骨頭熬湯？把鴨子分一半出來熬湯不就得了？既然買了豬骨頭，卻還花錢去買豬肝、粉腸？

這老三家的手裡真是太散漫了！

尹氏不想在這種喜慶的日子裡掃大家的興，便趁著周氏獨自在灶房時，逮著她好一通說教，最後才道：「你們自己當家了，我本就不該多說的，可是手裡握著再多錢，也不該這麼花。」

周氏連連點頭，她殺一隻鴨子本來也不打算再買骨頭，不過後來考慮著一家大小都喜歡吃子薑燜鴨，乾脆就全部一道煮了，讓他們吃個盡興。

只這豬肝、豬粉腸卻是田箏自己掏的錢，不過這個事，周氏沒法對婆婆解釋，只能自己承擔了。

尹氏見周氏回答得痛快，很懷疑她根本沒有聽進去，便道：「你們是沒有經歷過苦難的時代，當年饑荒引起動亂，多少人家活活餓死了。就是手裡攢著銀錢也不一定買得到糧食。唉！每回跟你們說，你們都是不能理解的啊……」

偶爾，尹氏會跟孫子孫女們回憶那段難忘的歲月，那還是尹氏四、五歲時發生的事，她印象很深刻，自己有個剛出生不久的妹妹就是活活餓死的。

一家人行李都來不及收拾就匆匆躲在深山老林裡面，拔草根、嚼野菜餬口，這朝不保夕的日子過了有大半年，後來見形勢沒那麼壞了，才敢回家找些糧食種子帶進深山種植。一直到尹氏十一歲，天下太平時，家裡人才敢從深山搬回原來的村落，所以造就了她那種什麼食物都儘量節儉的性子。

打個比方，若是一家人需要煮一竹筒米，尹氏就能在下米時挪一把出來。秤了半斤肥豬肉，她醃製好後，每次做菜只放一、兩片肥肉進去炒素菜，這半斤肉能吃半個月那麼久……凡此種種，不一一詳述。直到孩子們長大了，能賺錢幹活了，尹氏才放鬆了自己繃緊的神經。

周氏深諳自家婆婆的性子，由得她說了很多，也不敢反駁。

尹氏知道自己說再多話也得對方聽進去，聽了還得放心裡後照著做才行。這三兒媳婦除了有些縱容兒女外，其他行事都很有分寸，她基本上是放心的，便不再多說。

三房的伙食著實讓一堆來幹活的人驚訝。一群粗糙漢子只顧著埋頭苦吃，不時連連讚嘆幾句。本來幫忙建房包一餐飯，大多人家給的就是沒油水的粗茶淡飯，對三房的慷慨行為，這些人心想：光這飯食，不要工錢白幹活都樂意。

當田老三一家人興高采烈地建房時，鎮上最大的香料鋪泰康樓裡，大掌櫃與兩個副手正點著燭光連夜核對帳目。

泰和縣的泰康樓只是其中的一處分號，總鋪設在金州市。金州市區管轄了永和縣、永林縣、泰和縣及其他幾個縣鎮，因是丘陵地帶山路多，交通不便，故而經濟在整個大鳳朝來說，算不得繁榮。

每兩個月，各個分號的泰康樓大掌櫃就需要去金州市總鋪，把兩月的收益帳目交給東家，因東家很少到這邊來，所以泰和縣的大掌櫃算是最高領導。

那掌櫃與之前田箏他們接觸過的王管事有些七彎八拐的親戚關係，稱為黎掌櫃，是個五十歲上下的男子。

此刻，黎掌櫃核對了幾遍，還是覺得奇怪，便問：「這香胰子的銷量怎少了兩百多塊？」

兩百多塊香胰子的銷量算不得多少，可因為這是消耗品，每月都有基本數量，這突然比之前少了，黎掌櫃做事向來謹慎，少不得要問問。

另外一副手，除了王管事外，還有一位陳管事，他揉了下眼睛，確定道：「掌櫃的，這帳目您已經看過了，的確少了兩百多塊。」

問題是陳管事首先發現的，黎掌櫃點點頭，就轉頭對王管事道：「你怎麼說？」

數月前，黎掌櫃帶著陳管事去了趟金州市，店裡的事物一概由王管事接手，要問出了什麼問題，他該是明白的。

王管事抹著額頭並不存在的汗珠，心裡十分忐忑，因這數額比較小，他真的還未發現過，好不容易能獨當一面了，不承想又被抓了點小紕漏。

王管事道：「許是有些客官家裡囤積了一部分沒用完，於是不須再另外購置了。」他想來想去，也只能找到這個原因。

黎掌櫃哼了一聲，顯然對這個回答很不滿意，道：「王管事對自己的分內事還當加強一下。」

王管事連忙認錯。「是我的疏忽，這個月我一定留意。」

索性也就那一點錢而已，既然交代了王管事專門留意，黎掌櫃便沒有特意放在心上，又繼續挑燈夜戰看帳本。

泰康樓琳琅滿目的品項，很多都比香胰子價格高，銷售量好，因此這事提了一提，很快就被幾人拋諸腦後。只有陳管事心裡鬱結，這泰康樓中，他的名分說來好聽是二把手，可因為黎掌櫃的緣故，他的地位還不如王管事，所以他趁著機會好不容易找到對方一點紕漏，結果卻被黎掌櫃不輕不重地敲打了一下就放過了。

陳管事只恨自己不理智，不該這般衝動，搞不好這姓王的日後要給自己穿小鞋，他該當防著些才是。

泰康樓裡的恩恩怨怨亦不少，有人的地方就有鬥爭，人活於世，實在無法避免各種鬥爭。

第七章

突降一場秋雨，淅淅瀝瀝的小雨拍打著地面，田老三趕忙跟幾個漢子飛快在屋頂蓋上之前準備的茅草棚。幸好趕得及時，沒造成什麼損失，不過田箏心心念念的新房要等天晴後再繼續動工。在家躲雨時，她就與田葉兩個人做做針線。

勤能補拙是真理，在好幾次不小心扎痛了手指後，田箏也能有模有樣繡出一朵難看的小花，如今縫縫補補之類的活兒基本沒什麼問題。

她雖然不能完全融入這個社會，可也不敢太出格。女孩子基本要學的東西，她都試著學習，心裡並不排斥掌握這些技能。無論哪個時代，社會都是很殘酷的，人需要不斷進取。

見田箏的針法又錯了，田葉無奈指出，道：「箏箏，做針線要專心。妳在想什麼呢？」

「啊？沒什麼。」田箏恍惚道，生活一旦安逸，她不免想到上一世的家人，心裡就很惆悵，抓不住、摸不著的無力感使她情緒低落。

田葉露出一個笑容。「妳也別太心急，姊當初學針線時也常常出錯呢。」

田箏跟著露出笑容來，擺手道：「姊這麼聰慧的人都出錯，那我也算不得什麼。我才不會心急呢。」

田葉無奈笑笑，妹妹真是會給自己搭臺階下。

房間大門敞開，下雨不出去幹活，三堂姊田麗端著個小板凳過來，門也不敲，直接走進田箏姊妹房裡。

「妳們兩個繡什麼呢？」田麗坐下後就問。

田麗手裡拿著一個繡繃，繡的是一朵出水芙蓉，上邊還立著一隻展翅的蜻蜓，那花朵瞧著栩栩如生。

鴨頭源村這地界，只有魏秀才家種著一大片荷花。田箏瞧著，心裡不由想堂姊該是觀察了多久才繡得這麼傳神啊。

田葉笑道：「不就跟麗姊姊一般，胡亂繡些帕子。」

「來，讓我看看繡的啥花樣。」田麗道，說完就伸手去接田葉手上的繡繃，見只是一些尋常的花草，且這帕子顏色老舊，應該是三嬸的箱底翻出來的，一時沒了興趣。

田箏跟著道：「我們哪裡學得來麗姊姊的女紅啊。」

「貧嘴吧妳。」田麗捂嘴笑了笑，又道：「讓我看看箏箏的手藝。」

「才不給妳看。」田箏立馬把自己手上的帕子藏到身後，田麗作勢要過來搶，又被田箏繞了幾個彎才奪到手中瞧。

「嘖……」田麗感嘆了一聲，道：「箏箏手藝長進不少呢。就是這種紅絲該拉緊一些，效果會更好。」

田箏知她說的是實情，這絲線拉緊了會更好看，花朵的形狀便不會軟趴趴的。

三人玩笑了一陣後，田麗突然一本正經道：「箏箏，明天妳幫我將這塊帕子送去給魏文傑吧。」

田箏手一抖，險些扎了自己一針。

將近十二歲的田麗一張瓜子臉逐漸有了女人的輪廓，二房中最漂亮的姑娘非田麗莫屬，可她情竇初開得也太早了吧？

田箏扭捏著不肯答應。開玩笑！有過一次被雷劈的經歷已經夠難忘了，她還要幫送這種意味不明的私人物品？自己的手帕除了丈夫或者已經訂親的對象外，其他人可是不能隨便給的。

三堂姊，妳坑妹子不要太頻繁啊！

田麗當然聽不到田箏內心的咆哮，她喜孜孜地擺弄著繡帕，既然魏秀才這樣愛荷花，那魏文傑應該也喜歡吧？

田箏想了想，還是拒絕道：「我不去。」

田麗笑容一僵，臉上不敢相信，她轉過頭來看向田葉，期望田葉幫忙說句話。

田葉尷尬道：「箏箏不想去就算了吧。」

「不行。」田麗道，現在多少雙眼睛盯著魏文傑啊！他考上秀才的喜報已經傳回村裡，鴨頭源一門兩名秀才，實在是羨煞旁人。

得了消息的人家，這幾天快把魏家的門檻踩破，個個都想目睹一下少年秀才的風采，村裡哪個懷春的少女不妄想嫁給魏文傑，在心上人的光芒如此萬眾矚目之下，田麗的危機感大增！她心知自己不一定被魏家看上，可也怕魏文傑看上了哪個姑娘。

田箏無奈道：「麗姊姊還是別去送帕子，這不該是我們做的事。」

「妳不說，我不說，誰能知道？」田麗反問道，這些私密事沒有人捅出來，誰閒飯吃多去追究呢？

鄉下村子，男女老少都會外出幹活，互相之間來往頻繁，並沒有富貴人家那麼講究男女大防。偶爾年輕的小夥子和姑娘看對眼了，偷偷遞點小物件，只要沒被發現，或者沒有人抖出來，就沒什麼大礙。

田箏的內心嘔血！敢情妳自己不願意去丟臉，就讓她去啊？

於是田箏堅決地表明立場，道：「我不去。」

田麗眼神一黯，低落道：「妳跟小郎好，就幫忙遞遞吧。」

田麗並不是不想自己親自上門，只是她與魏家不熟，之前去了趟魏家，魏娘子面上不冷不熱，即便這樣，她也沒見到魏文傑的面，如何親手交給他？

田麗不得已才出此下策，讓田箏幫忙的啊。

沈浸在自我的幻想中，有時候也是件可怕的事，田箏不忍見三堂姊一直執迷不悟，只好扮黑臉，道：「文傑哥哥將來是有造化的人，今後的妻子也不會是咱們這種沒權沒勢的人家，麗姊姊還是不要想那樣多吧。」

田箏自認為話很殘忍，可那就是事實，人不能老作夢啊。但田箏還是低估了思春小姑娘的理智程度，將田麗那根脆弱的神經輕輕折斷。

她何嘗不知？只是怎麼樣也想自我粉飾成假象，夢就這麼被無情戳破，她心裡難受極了，田麗一時掩面大哭起來……

那哭泣完全不是小姑娘低聲的啜泣，而是嚎啕大哭！哭聲震耳，爆發力十足，把田葉、田箏都嚇壞了。

田箏抖著手把針線裝進繡籃子，因為不收起來，她真怕自己受不了扎自己一針。誰叫自己嘴賤啊！別人都不說的事，自己出頭說個什麼？好了、好了，把人弄哭了吧！

田葉望著一直很注重形象的三堂姊，此刻眼淚鼻涕都糊了一臉，她於心不忍，忙從自己袖中拿出手帕遞過去，輕聲道：「麗姊姊……別哭了……」

田麗自知在堂妹們面前丟臉了，沒有拒絕地接過帕子，胡亂地擦了一下臉，可淚珠還是控制不住地落下來。此時精巧白淨的瓜子臉因竭力哭泣而染得通紅，眼淚還源源不斷湧出來，瞧著真是可憐，田箏一時有些心軟……

田葉先軟了心腸，好生勸解一番，還是沒讓田麗停止哭泣，便對田箏道：「箏箏，妳就幫麗姊姊一次吧？」

田箏別開臉，硬著心腸道：「就是我願意幫，文傑哥哥都不一定領情。想送他帕子的姑娘還少嗎？妳們見他哪次收了？」

於是田葉也糾結起來，不是很確定地問道：「就不能試試？」

田箏何嘗要壞別人好事？可她不能一直縱容田麗明知無望還繼續下去的行為，因為田麗若是單純的暗戀就罷了，可她記憶中幫忙遞東西不是一次、兩次了，若是這次幫忙了，下一次就無止境了。

田箏何其無辜，她也很累好嗎？

「我可以遞，但是文傑哥哥一定不會接！若是我表明是麗姊姊給的，他更是會拒絕，說不定還會遠著我們。而且，魏伯伯他們為何要培養文傑哥哥讀書考科舉？所謂門當戶對，他本身前途遠大，會娶一個與他毫無益處的妻子？」

田麗身子突然僵硬，哭聲停了一會兒，然後啞聲道：「箏箏，妳幫我遞最後一次。」她忍不住哽咽了一聲，似下了決心道：「妳就說是我給的，他若不接，那……那我認了，以後也不再麻煩妳。」

見堂姊說得可憐，田葉受不住，道：「箏箏，答應麗姊姊吧。」

田麗亦眼巴巴地望著她。

田箏扶額，嘆息道：「說好了，再沒有下一次。」

田麗心一鬆，破涕為笑的同時很不好意思地捲起衣袖擦擦臉，然後十分小心地把自己已經繡好的那條帕子取下來，像交代珍寶似的摺疊好，才遞給田箏，原有很多話想說，可最後只簡潔道：「多謝箏箏了。」

看田箏收起了手帕，田麗既忐忑又惆悵，她心底隱隱有一個聲音告訴自己，是不是作的癡夢，該醒了？

魏文傑身上那麼多優點，他身世好、相貌佳，才學亦好，為人謙和，能看上他的人，首先都是被這些吸引吧。可誰也不知道，田麗只是單純心悅魏文傑這個人。

八歲那年，她在外割豬草時，突然下起了瓢潑大雨，田麗只得冒著雨奔跑回家，經過魏家時，不小心撞到了魏文傑，豬草撒了他一身，他不但沒有惱怒，還進屋借了她一把雨傘。

那一刻，雨水從頭頂流進脖子裡，凍得人渾身打抖，可她的心坎被一股突然而至的火苗燃燒起來。

自那以後，田麗就禁不住時常偷偷留意對方的動態，見證尚青澀的男孩逐步成長，一直到她需要仰望的地步。偶爾，田麗也會在內心祈禱，魏文傑能普通一點，或者他別考上秀才，也許他們之間還有一點希望。

目送著田麗回自己家的房間，田箏與田葉都鬆了一口氣。

田箏十分為難地看著攤在手中載滿濃濃愛意的帕子，腦子裡很是糾結。

混蛋啊！她該怎麼找個理由給魏文傑啊？

因為魏文傑考上秀才，鴨頭源村裡氣氛著實熱鬧了好一陣子，一直到魏秀才與魏文傑回來一週後，才稍微緩和一點。

魏家沒有擺宴席，但鄉親們還是備了一些家常禮物送去，田老三與周氏也跟著送了賀喜禮，魏秀才與魏娘子夫妻沒有拒絕村裡人的好意，凡送禮來的，都回了一份好禮。

田箏趁著熱度降下來時，才去了趟魏家，魏家的大門虛掩著，田箏磨磨蹭蹭好一會兒才提起勇氣推開門。

一入門，正見到魏琅在院中讀書。

書桌是按著他的身高請木匠特意打製，旁邊還擺了張矮几案，筆墨紙硯都齊全，還有一盤吃剩的點心。

魏琅聽見開門聲，抬頭與田箏相顧一望。他眼睛一亮，故作姿態地問道：「妳來幹什麼？」

田箏十分心虛地低下頭，不敢正面回答，打著哈哈問：「你在讀什麼書啊？」

魏琅哼道：「妳學不來的書。」

中槍了！田箏臉色驀地飄出一絲緋紅，心裡十分汗顏，她不就沒背出一篇文章嗎？天天抓著此事打擊她，要不要這麼凶殘啊？

田箏已經十分知錯地背誦了幾十遍，如今可是能倒背如流，倒是給她一個表現的機會嘛。她只得呵呵一笑，覥顏誇讚道：「小郎哥好厲害！」

魏琅的臉詭異地紅了，嘴硬道：「妳到底來幹麼？」

田箏顧左右而言他，道：「伯母不在家嗎？」

魏琅狐疑地盯著她看了一眼，要找他娘，直接去房裡或者灶房看看不就行了？以前不也十分坦然地直接進去嗎？

憑著直覺，魏琅仔細地觀察了一番，他懷疑田箏鬼鬼祟祟地想幹什麼不好的事，於是厲聲喝道：「手裡藏著什麼？還不交出來！」

田箏嚇一跳，因心裡有鬼，慌慌張張地把手往身後躲，可恨她上輩子老爸老媽管得嚴，讀書時嚴防死守不讓她做出早戀的事。後來上了大學又暗戀學長失敗，於是真的兩輩子沒談過戀愛，她從來沒做過這種偷偷摸摸遞信物的事。

不出意外，她中了魏琅的計策，魏琅站起來，走到田箏身邊來，他身材雖然比她矮，但氣勢驚人，逼迫她不得不往後退。

魏琅蹙眉道：「妳做了什麼虧心事？」

田箏臉一紅，強辯道：「你想多了，我像是做壞事的人嗎？」

正當田箏還想反駁時，魏琅出其不意迅速捉住她的手，一把就扯過了田麗那條帕子，他也沒問直接就打開了。

明媚的陽光照耀下，那朵綻放的荷花顯得越發嬌豔，引得蜻蜓義無反顧地停駐在花枝上，真是好一片蘊藏深遠的手帕。

魏琅心一顫，趕緊把手帕收起來，只以為田箏想送他手帕，又抹不開面子，這才顯得鬼崇，他的嘴角不經意地翹起來。

這段時間，他深深反思過，田箏基礎差，難免學得慢，他不該再對她這樣嚴厲，以免打擊對方信心。而且自從那一天偶然得出夫為妻綱的結論後，魏琅暗暗比對了自己爹娘，發現確實如此，娘親從未反對過爹爹，且一旦爹爹說要吃什麼，娘當即著手準備，可不是夫為妻綱嘛！

田箏若是能聽到魏琅的心聲，一定會無奈苦笑。這魏小郎也太膚淺了，琢磨了這麼久的夫為妻綱，就琢磨出這點子簡單的東西嗎？可惜，她聽不到。

魏琅後來想想當時的決定很草率，一度很後悔。可人就是這樣，一旦認定這是自己的東西、自己的人，雖起初瞧著厭煩，但厭煩著厭煩著就習慣了。

於是魏琅很坦然地收下手帕，並道：「妳餓了沒？桌上的栗子糕妳要吃嗎？」

田箏瞄了一眼几案，色澤金黃的幾塊栗子糕，外表鬆軟，光是瞧著就覺得香甜可口。已經好幾天沒吃過什麼好東西，田箏吞嚥下口水，提點自己不能掉節操，反正以後有錢了，也能吃上。

於是，田箏小聲道：「小郎哥，那……那條帕子你能幫我交給文傑哥哥嗎？」

終於把話說出口，田箏趕緊擦了擦額頭的汗。

一瞬間，田箏覺得周圍氣壓突然降低，她抬起頭一看，果然瞧見魏琅黑著臉，圓潤的臉上竟然繃緊出了青筋。

這孩子氣壞啦！可到底氣什麼呀？田箏如丈二金剛摸不著頭腦。

魏琅扯出手帕，一把甩在田箏身上，十分冷酷道：「都說了，我哥哥不會喜歡妳的！」

田箏蹲下身撿起掉在地上的手帕，仔細抖掉泥沙，幸好沒弄髒，聽聞魏琅又誤會了，很是無奈道：「你怎麼知道我喜歡文傑哥哥啊？我還喜歡你呢。」

「你……」魏琅抖著手指，實在說不出話來。一女侍二夫的事，她居然也敢想！

算了！田箏想，伸頭一刀，縮頭也是一刀，她就自己把帕子交給魏文傑，然後表明實情，隨魏文傑怎麼想呢。

於是，田箏不再理會魏琅，直接轉過身往魏文傑的書房去。

魏家的院子大，因此顯得靜悄悄，穿過正屋，來到書房時，見門是虛掩著，田箏偷偷瞄了一眼，看到裡面有人影，才伸手敲敲門。

裡面的魏文傑聽到敲門聲，道：「進來吧。」

田箏開門進去，魏文傑見是她，眼裡有些疑惑，問道：「箏箏，妳有什麼事嗎？小郎在院子裡溫書啊。」

田箏窘迫道：「我是來找文傑哥哥。」

魏文傑笑道：「是書上有什麼疑問小郎講解不清楚嗎？」

「不不不……」田箏趕緊搖頭，這時節依然蚊蟲多，因而房屋中點著熏香，聞著香味，田箏頭腦反而清醒了，便無聲地打量了一番魏文傑。

魏文傑自從中了秀才後，整個人越發清俊，眉目中有一種從容的自信，這年紀的男孩身高如雨後春筍節節攀升，只半年時間他又長高了一截，整個人丰神俊朗。

田箏從以前的書中經常看到很多書生信奉「萬般皆下品，唯有讀書高」，難能可貴的是魏文傑氣質出塵，卻待人與魏秀才一般很是誠懇。她暗暗想三堂姊還是很有品味的。

見對方疑惑地盯著她，田箏眼睛一閉，拿出手帕遞過去，想想還是睜開眼睛，果然瞧到魏文傑眸子裡的錯愕之色。

田箏道：「我三姊田麗給你的。」

魏文傑看也不看那手帕一眼，擺正身形，嚴肅道：「君子不可私相授受，妳且拿回去吧！」

雖然不出所料，田箏還是問道：「文傑哥哥，你記得我麗姊姊嗎？是我家二伯的第二個女兒。」

魏文傑不像魏琅經常在村子裡轉悠，亦不會跟小姑娘玩鬧，哪裡記得清楚田麗是誰，他當即搖了搖頭。

田箏默默地收起手帕，想想還是道：「文傑哥哥，今日之事，請你幫忙保密吧。」

她可不敢去問魏文傑喜歡什麼樣的女子，自古婚姻大事，全憑父母之命、媒妁之言，田箏一個小姑娘打聽這些是很傷禮教風化的。

為了田麗的名聲著想，請對方保守秘密，當然能忘記此事最好。

倒是沒想到小小年紀的姑娘家，懂得維護姊妹的名聲，魏文傑又哪裡不同意，爽快點頭道：「自然的。箏箏無須想那麼多，快去找小郎玩吧。」

又是找小郎玩……田箏心裡有些窘迫，幸好別人都只當自己是個孩子，不會對自己的行為起什麼異議。

田箏剛打開書房門的一條細縫就瞥見一團月白色的衣料一閃而過，那不是魏小郎今日穿的衣服顏色嗎？這熊孩子還來聽牆腳啊？一時間她滿頭的黑線。

田箏十分貼心地放緩腳步，磨磨蹭蹭地來到庭院中時，魏琅已經正襟危坐地捧著書在朗誦呢。

田箏也不揭穿他，打算打個招呼就回去，只道：「小郎哥……我走了。」

魏琅表情十分不耐煩地轉身，他把書放下，道：「妳有時間就繼續過來讀書吧。」

發了這莫名其妙的火，突然就被原諒了嗎？熊孩子的心思你別猜嗎？

田箏很是不解，忙問道：「小郎哥，你不生我的氣了嗎？」

魏琅重重拍了下几案，瞪著眼道：「誰耐煩生妳這傻子的氣？還有，別叫我哥，學了這麼久，還沒學會尊師重道嗎？」

田箏撓撓頭，她真的有想過順手推舟拒了讀書的事啊，反正她已經認字了，又不能考科舉，學那麼多幹麼？可讀書的事就算能推拒了，還是必須要好好賠禮道歉，重新打理好跟魏琅的關係。

田箏嘿嘿喊道：「老師。」

魏琅指著桌上的一本書，道：「把這個拿回去仔細研讀一遍。不懂就來問我，事情忙完就繼續上課吧。」

那本書他弄了很多注解，相信田箏看了應該明白。

田箏拿過書，稍微瞄了一眼，心裡突然一暖，這傢伙真是嘴硬的熊孩子。思量一番，還是把懷裡那個從頭到尾都是自己一針一線，扎破了好幾次手指頭才繡好的荷包拿出來。這本來也是她準備拿來給魏琅賠禮道歉的，畢竟因為背書的事，他氣得不輕。

魏琅這次沒有急著收進懷裡，而是仔細瞅了瞅，他心想：繡工真是難看死了，可上面的小狗崽子挺滑稽的，算是合他心意啦。

心情好了，魏琅臉上也多雲轉晴，最後道：「把栗子糕帶回去給阿景吃吧。」

田箏十分沒骨氣地接受魏琅的好意，端著栗子糕回家。

田麗在家裡等著田箏的消息，心裡忐忑不安，見田箏回來了，欲言又止好幾次，還是開不了口。

瞅著沒人的空檔，田箏把手帕交還給她。

田麗愣了好一會兒，才哆嗦著手接過帕子，捂著臉一言不發地匆匆跑進了房間，房門砰的一聲響，把經過的胡氏嚇了一跳，嘴裡罵道：「跑什麼，身後是有惡鬼追趕啊！門要是撞壞了，把妳賣了都值不了幾個錢。」

胡氏對著自己的兒女，嘴裡就沒有乾淨的時候。

田箏側耳聽了聽，依稀聽聞到一點壓抑的抽泣聲。她嘆口氣，突然物傷其類，想起當年暗戀的學長與一名溫柔可人的學姊戀愛後，自己不也偷偷哭了好長時間，後來振作了、淡忘了，可再也找不到讓自己心動的男人了。

田麗始終要經過這個過程，才會成長起來吧，何況這時代，也少有先愛後婚的婚姻。年紀到了，父母看好人家，匆匆一時嫁人，一輩子也就這樣了，爹娘們不都是這樣過來的嗎？

雖然明白，可田箏一想到未來，便覺得惆悵極了。

幾日秋雨過後，迎來晴天。

田老三家的新房在田箏三姊弟的千盼萬盼之下，終於建成。因資金足夠，房子用土磚圈成了圍牆，在坐北朝南方向開了一扇大門，這樣以後把圍牆那大門一關，一家人可以安安靜靜過日子，想做點什麼也不用怕。

房子周圍堆著一些碎石、碎木尚待整理，田葉、田箏帶著田玉景跨過這些雜物堆來到屋子邊上。特意按照大門尺寸打的新門都刷上了桐油，大門還沒有上鎖，田玉景首先迫不及待地推開門，一蹦一跳跑進去，田箏與田葉也跟著進去。

堂屋的面積比如今住的祖屋要大一些，兩側各有三間房，除了主臥更寬敞之外，其他房間差不多大小。

田玉景又推開一間房門，回過頭來，他眨著眼睛笑道：「葉葉姊、箏箏姊，妳們快進來看看。」

田葉眼睛亮晶晶地左右觀察著屋子，聽到弟弟叫喚也跟著進去，如今還沒有任何物品放進來，所有房間都是空的，連角落裡的塵土都一覽無遺。

「這間房離爹娘的房間遠，我就住這間吧。」田玉景雙手放在背後，邁著步子邊走邊看，還故作嚴肅地點點頭，煞有介事地對兩個姊姊道。

房間離爹娘遠，就可以避免被他們掌控，比如早上不用老早被娘親逼迫著洗臉，晚上不想洗澡就可以爬上床睡覺。田玉景的小腦袋瓜裡，也只是計算著這類好處。

田箏開懷地大笑道：「喲，阿景，你還怕我們跟你搶啊。」

田葉在屋裡轉了一圈，然後走到木窗向外面望了望，便道：「從這裡還可以看到那邊的山頂呢。」她調轉頭，笑嘻嘻地問道：「阿景，這間房我也想要怎麼辦？」

一聽，田玉景焦躁地撓撓頭，半晌苦著臉道：「葉葉姊……妳換一間不行嗎？爹娘房對面那間很大的，我剛才看過了。」

田玉景那可憐巴巴的樣兒，逗得田葉與田箏兩個人都哈哈大笑起來。

因沒有分家前，孩子們的稱呼都是由大排行算的，大姊是田紅，大哥是田玉華，家中孩子多，為了區分，互相間稱呼時習慣帶上對方的名兒，所以分家後，大家還是沒有改變以前的叫法。

田玉景目前還叫自家兩個姊姊為「葉葉姊」、「箏箏姊」就不奇怪啦。

三姊弟繼續興沖沖地參觀自家的新房，把後面那一排的灶房、雜物房，還有圍牆左側的牲口房等等都遊覽一遍，那股興奮勁才稍微降溫。

田箏見離著屋子最遠有片二十幾方空地，專門留著以後開墾成菜地，將來可種些小蔥、蒜苗之類的，她心中十分滿意。

三姊弟看完後，回到祖屋的房間時，田老三正與周氏算這次建房的花費，兩人的眉頭緊鎖，似乎遇到難題一般。

田箏就問：「爹，怎麼了？咱們家還差錢？」

按理不會啊，幾次香皂的收入加起來已經五十幾兩，他們家房子的規模只比大伯家大一點而已。大伯家才花費了十二、三兩左右呢，自家不可能超過很多錢。

「沒有的事，小姑娘家問那樣多做什麼。」田老三回道。

兩個人皺著眉頭，只是因為最近不差銀子，手裡一時鬆散，結果置辦了些不需再費錢的物件，夫妻倆正自責呢，可在兒女們面前，也不好多說什麼。

銀錢已經算完，田老三讓媳婦把東西都收拾好，便走過去把兒子給抱起來，笑著問道：「兒子呀，咱們家新房子好看嗎？」

田玉景亮著眼道：「好看。」

田老三又問道：「那咱兒子選好住哪間屋了嗎？」

田玉景得意地把自己挑好的房間告訴爹爹，父子倆有來有往地嬉笑著，周氏理好了東西，對田老三道：「你還不去辦自己的事，過兩日還得請我大哥、二哥他們來呢。」

田老漢請了風水師幫三兒子挑好遷入新屋的黃道吉日，就在四天後。因時間比較趕，還有好些東西沒有置備，得趕緊買回來，另外也要請親朋好友吃一頓飯。屆時，周家大舅與二舅會過來，周家小姨因家住較遠，便傳口信拒絕了。

田箏至今沒有見過面的大姑姑、二姑姑也因為嫁得遠，只託人送了禮，人卻沒回來。但離得近的三姑姑一家，肯定會一起過來賀喜。

想到客人會很多，周氏對三個兒女叮嚀道：「過幾日人多，你們姊弟幾個人要聽話一點，懂嗎？」

潛臺詞是告訴兒女要好好與那些同年齡表哥、表妹相處啊，不要起爭執什麼的，三姊弟也紛紛點頭表示明白。

第二日，田家幾房人幫著一起把家具之類的先搬進去，搬完後，田老三夫妻倆帶著三個孩子去新屋打掃。這掃除是從頭到尾都要清理一遍，打掃得乾乾淨淨，弄完後就鎖上門，只等著吉日遷入那一天才開門迎接親友。

田箏擦擦額頭的汗，真的好累，她從來不知道搬家也這麼多講究，除了建房之初祭拜了好幾次神明、祖先啊，還有好多她弄不明白的事。

好不容易，終於等來了喬遷這一天。

田箏剛醒來沒多久，周家大舅、二舅還有大表哥便趕著一輛牛車送來賀禮。

周大舅送的是一張新打的雕花木床，周二舅送了一張精緻的八仙桌和八張椅子。雖然用材是些普通木料，不過從做工上可以窺見費了一筆錢，總之這禮物很是拿得出手。

田老三笑呵呵地與兩位舅子上去抬東西，周氏端出了茶水請哥哥們與姪兒喝，她心裡還是感動得微微酸澀，明白娘家一直想著自己。

連尹氏也對這禮物連連點頭，至於大伯母黃氏、二伯母胡氏還有四嬸劉氏心裡怎麼想的就不得而知。昨天田老漢已經下了命令，大喜日子不允許為一點雞毛蒜皮起爭執、吵鬧。

黃氏見三房屋子比她家好，心裡有比對，當然有些不快活，可她不敢惹事，於是全程都保持著笑臉幫忙；而胡氏這個嘴巴欠收拾的，除了擺著棺材臉，沒必要時都不會多講一句話；劉氏笑容有些僵硬，說來四個妯娌裡面，她娘家條件算是最好的，這些年沒少覺得腰桿子硬，可眼見著大房、三房都一一搬出去，自家還要守著祖屋，與公公婆婆還有胡氏這個二愣子擠在一起住，如何不揪心？

劉氏打探了一遍，知道是周氏向娘家借了錢，今日又見周家大舅們抬來的禮物，加上早就得知周大舅這幾年做買賣著實賺了不少錢，她肚裡不斷泛酸水。自己娘家光嘴上說得好，可她求了這樣久，也沒摳出幾分錢來。

劉氏的娘家，幾個嫂子每次都防著她，譏笑她愛打秋風，劉氏靠著臉皮厚，還是替丈夫求得跟著做豆腐，想想他們四房也得加緊腳步。

劉氏心思轉了一圈，重新擺出一副笑容滿面的模樣。她嘴皮子本來就利索，幫著招呼一群女客很是得心應手。

田葉與田箏一早就起來幫娘親，早飯只需要煮田家一大家的分量，已經煮好一大鍋的菜粥，正準備開罈子挖些醬菜出來搭配著吃。

周氏走進灶房道：「葉丫頭，妳去房裡把那掛麵拿出來，再撿三顆雞蛋過來，我給妳們舅舅做碗麵條吃。」

周氏也沒想到自己哥哥們會這樣早來，之前都沒準備他們的早飯，這會兒特意把最好的飯食弄來招待了。

掛麵跟後世的掛麵是一樣的東西，全是用白麵製作的，價格高，一般清苦人家都吃不起。家裡買了些，都是專門用來招待客人的。

一家大小吃完朝食，太陽已經昇了起來，之後陸陸續續來了些有親眷關係的村民，送些能力所及的禮物，像交好的魏秀才家，魏娘子也帶著魏琅過來。

魏琅一進老田家，幾乎所有人都圍著他打轉，把孩子高高地捧起來。

田箏心裡哼哼了幾聲，沒辦法啊，人家是秀才的兒子和秀才的弟弟，待遇能不高嗎？

魏琅臉上正是要不耐煩時，瞥見了田箏。

見魏琅的目光看過來，田箏十分識相地走過去，輕聲問道：「小郎哥，我們家做了糖糕，你要不要吃一點？」

在外頭不用叫魏琅老師，只喊哥哥就行。

「我自己去拿吧。」魏琅點點頭，說完就跟著田箏走進灶房。

大人都在外面忙，做宴席用的仍是祖屋的大灶房，所以三房後來另闢的灶房裡此時並沒什麼人。

魏琅逮著機會，抱怨似地說：「妳三姊又問我大哥的事，煩不煩啊？」

在魏琅的思想裡，一個姑娘家纏著小夥子是種很不要臉的行為。

田箏窘著臉，問道：「她問了什麼？沒讓你遞東西吧？」

可千萬別啊！在田箏面前丟臉沒什麼，若是直接求著對方弟弟幫忙傳遞物品，那真的太讓人無語了。

魏琅哼了一聲，道：「沒有。只問了我哥哥今日吃了什麼，喝了什麼，穿什麼衣裳。」

唉……田箏嘆一口氣，田麗自從被拒絕後，除了開始那兩天精神很不好外，一段時間下來看著都很正常，田箏以為她已經徹底放下了，沒想到心裡還是想不開，估計還要過段時間吧。

田箏只好道：「你不要理會就行了。」

魏琅道：「算不得什麼，還有比她更不要臉皮的人呢。」

村子裡的大嬸小姑娘們，誰沒纏著他問過哥哥的事呢，只是被問多了，魏琅心裡難免煩躁而已，能開口對著田箏抱怨出來，就是心裡已經把田箏當成自己人了。

「等等，我端點東西給你吃。」

田箏說完，去了大灶房，用一個碗裝了幾塊糖糕，這糖糕就是大鳳朝平民百姓宴席專門待客用的。幾乎每個年輕小媳婦都要學，周氏的手藝更是一絕。她做出來的不僅蓬鬆可口，入口更有一股稻米的清香。

魏琅剛吃了幾口，眼睛瞬間亮起來，問道：「這個，妳會做嗎？」

田箏道：「我不會。」

周氏還沒開始教姊妹倆呢，這種食物很考驗功底，而且要下力氣揉麵團，若是揉得不好，發糕時就蒸不出蓬鬆感。

魏琅再咬了一口糖糕吞進肚子裡，最後嚴肅道：「不會怎麼行？妳今後要好好學著做。」

田箏無語地看著他，心想：自己會不會關他什麼事啊？

魏琅享受般吃完後，轉頭對田箏道：「我還想吃。」

吃貨！田箏默默吐槽，進了灶房再給他拿了兩塊，魏琅一接手就津津有味地狼吞虎嚥起來。

遷入新屋是大事，老田家的人便都來幫忙，田三妹一家三口都來賀喜，十分熱鬧地幹活。媳婦們幫著刷碗、洗鍋、揀菜等，兄弟們等會兒要跟著主持遷入的儀式過程搬東西。

閒下後，院子裡女人們圍著田三妹說笑。

「娘，妳看瑞哥兒這小臉多嫩，這小胳膊、小腿也真結實。」是劉氏的笑聲。

田三妹微笑道：「他啊，每日光知道吃了睡、睡了吃，眼看著越來越圓潤，我都著急以後變成個小胖子怎麼辦呢。」

祖母尹氏聽得小女兒的話，故意呵斥道：「渾說什麼？不睡覺，他四個月大點的毛孩子還能上山砍柴，下河摸魚不成？妳小時候比瑞哥兒還愛睡覺呢。」

田三妹嗔道：「娘，只妳一個說，我沒記憶，可是不認的啊。」

尹氏轉過頭，對著外孫兒唐瑞，無奈地說：「咱們瑞哥兒生得像娘親，但你往後可別學了你娘一身的潑皮勁兒。」

言語裡笑意濃濃，好不溫馨。

黃氏望著襁褓裡的孩子，就伸出手去抱，劉氏將孩子遞給她，黃氏抱著搖一搖，也跟著笑道：「真是一天一個樣兒，咱瑞哥兒模樣這麼水靈了。你們別說，當年我生了紅丫頭，她也是愛睡，我揹著她在田間做一下午活兒，就睡了一下午。」

田三妹見了黃氏，馬上道：「大嫂，正好妳來了，紅丫頭打發一個婆子到我們家門上說，今日就不回來了，讓我和瑞哥兒他爹給妳帶了些東西，等會兒拿給妳。」

黃氏笑容驀地一僵，問道：「她沒說個原由？」

上次自家大房遷入新居便沒回，當時說新嫁娘不好常往娘家跑，這理由還說得過去，怎麼這次又不回來？宋大郎也真是的，媳婦不能來，做丈夫的也不回來一趟？

同住在鎮上，可唐家與宋家來往不多，內情怎麼樣，田三妹還真說不出來，道：「聽那婆子的意思，近幾日身上不大爽利，便在家歇息。」

黃氏憋著心裡的不高興，道：「三妹離得近，往後還得請妳沒事多去瞧一瞧她。我們離得遠，想關心也沒處使力氣。」

這些田三妹哪裡不懂？因只比田紅大三歲，她倆雖是姑姪，但平日裡玩得像姊妹似的，田紅剛嫁到鎮上沒幾日，她就讓丈夫唐有才去宋家請田紅來說說話，田紅說是婆婆在立規矩不便來，往後又去請了幾次，對方也未到。田三妹就暫時歇了心思，至於田紅過得好不好，還真不清楚。

田三妹道：「等過幾日，我帶著瑞哥兒去看看她。」

聽田三妹這麼說，黃氏好歹放了心。

一群媳婦們便圍繞著唐瑞這個孩童說起了很多育兒方面的事情，滿堂歡笑聲不斷。田箏偶爾也會過去添茶倒水，跟著興起抱了抱唐瑞這個最小的表弟。

時間真是很神奇，幾個月前唐瑞還是紅撲撲的醜孩子，如今那皮膚白嫩得彷彿能掐出水來，這麼多人抱來抱去，他自睡自個兒的，偶爾驚醒了他，唐瑞只會睜開眼睛看一眼，抱著搖一搖很快又睡著。

真是個淡定的孩子啊！

見唐瑞醒來，睜大一雙琉璃般黑亮的眼眸，田箏也湊趣道：「阿瑞真可愛，還吐泡泡了呢。」

魏琅剛好在旁邊，挨過去瞅了一眼，見小屁孩流著口水還啃著自己的手指，頓時升起一股惡寒，瞥了一眼旁邊的田箏，心想：別人家的孩子有什麼可愛的？將來他們會生個更可愛的孩子。

三房喬遷新居的喜事過後，周氏把二舅家的女兒周欣，還有一同來賀喜的同村姑娘周春草留下作客，原由便是尹氏託周氏為田老五作媒，要聘娶春草，而春草一家也同意了這樁婚事。

田箏心想，娘這舉動估計是想讓即將訂婚的小青年提前接觸一番，刷下好感度什麼的，因此她近距離圍觀了一場小夥子和姑娘談戀愛戲。

田老五知道這叫春草的姑娘以後便是自己媳婦，逮著機會偷偷瞧了幾眼，心裡覺得可以，於是上了心，有事沒事就愛在田老三家裡瞎晃蕩一圈，展現存在感。

後來被尹氏訓斥，他就不敢再隨便跑過來。田老五那腦袋瓜不開竅，某日田箏再次撞見自家五叔做賊似的躲在屋簷下，不經意地對他吐槽道：「五叔，你這樣人家又不知道你來了，還不如送點什麼過來呢。」

田老五茅塞頓開，瞬間如打開新世界大門一樣，一天一個花樣送東西來。天知道，田箏只是想吐吐槽而已，可沒有想指使兩位還沒訂親的年輕人互送禮物啊。

第一天，田老五採摘了一把油菜花，悄悄遞給田箏，讓她幫忙送，田箏捂著臉，很想說：五叔，你居然摘油菜花，就是摘點月季花、薔薇花都好過油菜花啊。真是太有才華了！吐槽無力。

結果田箏抱著一捧油菜花進入屋子裡，田葉見後奇怪問：「箏箏，妳採這麼老的菜花幹麼？這麼老可不能做菜吃。」

田箏心裡默默地為五叔點一枝蠟燭。

而五叔這個活寶，知道自己第一次送的禮物不夠大氣，惹了笑話，便開始絞盡腦汁地想，該送什麼、能送什麼？因他身上一分錢也無，全是尹氏幫忙管著，自然拿不出錢買首飾。

也不知道腦子是不是開了竅門，第二天，田老五就送了一簍活蹦亂跳的泥鰍。

田箏見總算像樣，問道：「五叔，我要對春草姨說什麼？」

田老五窘迫著臉，擺手道：「隨妳怎麼說吧。」

田箏立時起了捉弄的心思，便只告訴家裡人說，有傻子扔一竹簍泥鰍在他們家，周氏他們都是知道內情的，紛紛笑著看春草的反應，春草紅著臉道：「泥鰍做湯來喝，那味道很不錯……」

田老五得了春草一句「不錯」，那股興奮勁兒停不下來，昨天跟著一幫小夥子往山裡去，費了好大功夫抓了一隻野雞回來。那野雞被一箭刺穿了脖子，血淋淋地就提到三房來，好歹是送給姑娘家的東西，咱別弄得那麼血腥好不？田箏是既好氣又好笑啊。

今天，田箏在新家的小溪流旁邊洗衣裳，大老遠見田老五提著一個竹筐過來時，田箏笑著打趣問：「五叔，你筐子裡又藏了啥好東西？」

被姪女取笑，田老五有些不好意思，脾氣一著急只把竹筐子扔在地上，人很快跑走了。

田箏走近拆開筐子瞧，見是一隻灰兔子，趕緊大叫道：「五叔，今兒我該說什麼？這笨兔子自己跑到家裡來了？」

田老五哪裡顧得回答，早害臊得跑沒影兒啦。

田箏用力地提了一提，發現這兔子還挺重的，心想：好啊，五叔！之前都沒發現你還有這種能力，那她饞肉饞得要死時，怎不去獵兔子呢？

待田箏提著兔子進了屋，田葉就問：「妳手上是什麼？」

田箏給姊姊努嘴，瞅著春草道：「我們家門口，又來了個傻子，他不僅掉了一隻兔子，連竹筐都給扔了。姊，妳說，這人傻不傻？」

一旁的表姊周欣年歲大一點，且是藉著周欣的名目，讓春草一塊兒陪著在這裡作客的，她也是明白這事，立刻會意那傻子是誰，她噗哧一聲笑道：「世上還有這種人？」

田葉心思單純，不知個中原由，她疑惑地望著田箏，奇怪道：「最近咱們家怎麼來那麼多傻子啊？又是魚又是雞，今兒又掉了兔子？」

田箏捂著肚子，忍不住了。「哈哈哈……」

春草也覺得頭上被雷劈了似的，還是紅著臉走過去，接過田箏手上的兔子，便道：「我來處理一下，誰要是再笑話，待會兒做成菜，就不讓她來吃。」

天大地大，吃飯最大！為了吃，田箏拚命忍住不敢再笑這一對。

尹氏是個行動派，她既然已經安排好，待時間一到，就上周春草家提親，雙方都有準備，於訂親當日和樂融融，很愉快地商定好成親的日子。

來年春天，杏花盛開的時節，田箏將會有一位五嬸。

不過這可苦了田老五，一段時間下來，兩個年輕人在一家人插科打諢之下，竟生出深厚的感情，春草突然回家去，田老五感覺很不適應，一想還要再過幾個月才能把媳婦娶回家來，頓覺等待真是一件抓心撓肝的事情。

見此，尹氏倒是放心不少。因春草年紀比老五大，她還怕遭到老五反彈，而春草行事大方穩重，老五自己也喜歡，待老五明年滿十六歲，成完親，有人在旁邊扶持著，總會慢慢成長起來。

了卻一樁心事，又不大管兒孫的事情後，田老漢、尹氏兩人的身子倒養得越來越好，不僅如此，他們還發現，各房的狀況全都開始往好的方面發展。

大房黃氏自從鬧得一家散夥分家，便一直夾著尾巴做人，加上田紅嫁到鎮上，現在終於傳來懷孕的好消息，黃氏忙著張羅閨女的事，就不大愛在妯娌面前掐尖要強了。

至於二房胡氏，在某日田箏一家吃晚飯時，笑意盈盈地登門拜訪。

進門時，胡氏嘴裡直接道：「吃什麼呢？聞著味道怪香的。」

周氏趕緊站起來，準備去給胡氏拿碗筷，往常胡氏一定會順勢坐下來蹭吃，此時她擺手阻止道：「三弟妹，別忙活，家裡正好煮著飯呢，回去再吃也不遲。我今日來是有正經事要與你們說。」

田老三與周氏心裡都納悶，能有什麼正經事？

周氏笑道：「什麼正事那樣急？妳就坐下來隨便吃一口吧。」

田葉剛才收到娘親的眼色，她很及時去灶房找了一副碗筷來，胡氏見碗筷齊全，便意思意思挾一筷子進嘴巴裡，順便稱讚道：「今兒飯菜是葉丫頭做的吧？味道真好吃。」

哼哼……田箏表示抗議，今日飯菜是她做的啊！難得她練就拿得出手的一桌菜，二伯母為什麼總用過往眼光看事情？

連吃幾口菜，胡氏直言道：「上回你們不是說祖屋那邊的房子騰出來，誰想要就拿五百文錢嗎？你二哥讓我把錢帶來了，你們數數吧。」

胡氏從衣袖中掏出錢袋，一臉肉痛地把銅板倒桌上。

田老三與周氏兩人都感到不可思議，面面相覷地看著對方。說實在的，他們兩人已經做好把房子白送給二房的心理準備，若是等著二房胡攪蠻纏地把房子要過去，還不如直接送人算了，也免得傷情分。

胡氏心裡亦搞不明白，明明可以直接占了三房的那間房，為何丈夫偏偏要自己用錢買？其實只是田老二心虛，因田老二最近惹了一樁事，把爹娘氣得半死，如今他們夾著尾巴做人都來不及了呢，何必再惹是生非？只能忍著心痛拿錢買。

尷尬了一小會兒，周氏綻開笑容道：「那話自然是真的，本來就想問問二哥二嫂還要不要呢。」

周氏也沒有真的去數錢，而是直接把桌上的銅板收起來，說：「還用數什麼數，我們難道還不相信二嫂的為人？妳等著，我馬上給妳拿鑰匙。」

很快，周氏拿來自家在祖屋的鑰匙遞給了胡氏，胡氏也沒久待，事情一完就急匆匆地回祖屋。

周氏嘆氣道：「看來二哥是不打算建新房。」

田老三咀嚼一口菜，抹嘴道：「若我是二哥，就拿十兩銀子出來蓋個簡陋一點的房子，也不知道他怎想的！」

田箏聽了，自己琢磨一會兒，覺得沒啥好奇怪的，二伯不建房，估計是打祖屋的主意呢！

而四房這一家，眼見其他兄嫂建了房，不想讓自家日子落於人後，劉氏與田老四加快了建造豆腐坊的事宜。劉氏善於巴結黃氏，幾句話就用同樣的五百文錢，買下大房在祖屋的舊房，豆腐坊首要的場地問題，很容易便解決了。

至於石磨、模具、大鍋等一系列工具有些從鎮上買來，有些是劉氏直接從娘家順手拿回來。石磨請工匠打造，這樣七拼八湊，四房花了有二兩多銀子。場地是用以前田老大住的那間屋子，足夠寬敞，動起手來時也方便。

田老四學藝有段時間，加上岳父也親自過來指點，折騰個幾天，做成一排豆腐成品，分別送給自己爹娘與其他房品嚐。

田箏覺得很好吃，豆腐味道很濃，就是壓得比較老不夠嫩。

村子裡本來已有一家專門的豆腐坊，田老四與劉氏的行為等於搶生意，於是那家人言語裡對田老四一家很不滿。

可劉氏是誰啊？那是你打她一巴掌，只要有好處，她就能忍住，然後笑著把另一邊臉伸過去讓你再打一巴掌的人。

既然打算做豆腐坊得罪別人了，何必去在乎那家人的態度？

劉氏嘴巴利索，搬弄是非的能力與搞人際交往的能力一樣強悍，起初連賣帶送，很快把村裡一部分人的生意搶過來。劉氏自己忙著開展村裡的生意，而田老四就弄個小拉車，推著往周邊的村子賣，薄利多銷的情況下，每日裡做的豆腐都能賣完。

田箏看著四房一系列的變化，心裡隱隱還挺佩服四嬸呀，這雷厲風行的做事能力挺強嘛！

由於四房忙碌起來，照顧不到田玉坤和田園兩個小孩。憑著一張巧嘴，劉氏託付給尹氏照顧，而田老漢夫妻倆雖然打算不再管事，但兒子的豆腐坊剛剛運作，也不可能真不管。劉氏送米、送菜給尹氏，請婆婆幫忙照看兩個小孩子，後來乾脆一日三餐直接跟爹娘一起吃，田老漢還時常幫著磨豆子。

四房夫妻倆的算盤十分精巧，沒花一分錢，就有了田老漢與尹氏的助力。

其他房眼見著，如何不心知肚明？不過，劉氏用的理由正當，其他人能有什麼意見，反正就是四房與爹娘同住在一個屋簷下，混合著一起吃飯，幫忙幹一點能力所及的活兒有什麼不可？

大房與三房分開住，便睜一隻眼閉一隻眼，而表達不滿的，也只有田老二夫妻倆。

胡氏就慫恿著田明、田玉興兩個小孩每到吃飯時間就去祖父母那兒蹭吃，理由同樣是無法照顧到兩個年幼孩子，既然劉氏能行，她胡氏也得一樣。一段時間下來，弄得田老漢與尹氏很辛苦。

田老三看不過去，對周氏說：「妳把爹娘接咱們這兒住一段時間吧。」

將父母遷到三房住，也不用兩個老人家幹活，反正田葉、田箏姊妹倆都能把家務打理好，田玉景也聽祖父母的話。再說，孝順公婆本來就天經地義的，這些年來，尹氏也沒苛待過自己，周氏沒什麼不樂意，當下同意了丈夫的決定。

不過當周氏把這打算一說出來，尹氏嘆氣道：「你們有心，我們兩個老傢伙就很欣慰了，只是妳四弟他們豆腐坊剛開始，妳爹是沒法放心的，他樂意做便讓他做吧，我每日裡只煮些飯菜倒也算不得辛苦。」

見爹娘不願意，周氏跟著嘆氣道：「娘，妳勸著爹，他那身體也禁不住每日裡做這麼多活兒了，妳讓他磨豆子別太晚。」

磨豆子這活兒，是真的辛苦，起早貪黑乃家常便飯，時間沒趕上，就耽誤賣豆腐。田老三得知爹娘不樂意來，就特意找了田老四談話，讓他注意爹娘的身子，別把重活推給父母做。好在田老四還是懂孝道的人，往後就把辛苦活兒自己做，只讓田老漢做些輕省的事。

轉眼間冬去春來，田老五也娶了周春草過門，且夫妻恩愛甚篤。

眼見五個兒子各自成家立業，田老漢和尹氏總算放寬了心，總之，各房的日子都逐步地蒸蒸日上。

第八章

田箏家的香皂每月能穩定供應一定批量後，燕脂坊的生意便逐漸興隆，這種外形比普通香胰子討巧的新興香皂很快打入上層階級中，以一傳十，甚至一時造成供不應求的局面。

說起來，泰和縣說大不大，可也不小，生活富足的人家還是有很多，有錢人可不願意與人共用一塊香皂，這種私物往往是每人一塊，而縣裡一個月消耗幾百塊香皂是很容易的事。

燕脂坊的香皂根本不愁賣，歡喜得趙掌櫃摸黑在燈下記錄帳目時，連連撫摸著鬍鬚直點頭。

漸漸地，燕脂坊香皂的名聲在大戶人家裡一傳十、十傳百地散布開來，很多從未用過的人，聽聞這東西好用，便會吩咐僕從去買一塊試試。

此長彼消，當泰康樓每月裡查帳時，就發現帳目上香胰子的銷量越來越少，開始只是少一、二百，逐漸少二、三百等等，而這個月已經減少到六百多塊的銷量，問題不能不再被提出來檢視。

黎掌櫃與兩個管事待在帳房裡面，他的臉色很不好看，陰著臉盯著陳管事與王管事，嘴巴也緊閉一言不發。

很快就要再上金州市總鋪報帳，香胰子的銷量落下這些數，幾個月之間已經將近二千兩銀子，雖數目不大，可東家是個心細的，搞不好會懷疑自己私吞了。影響到自己聲譽的事，黎掌櫃如何肯白白認下來？

房間安靜了半晌，黎掌櫃才出聲道：「王管事，上次讓你留意香胰子，你查到什麼情況了嗎？」

被點名的王管事一時緊張，他忍不住擦了下額頭的汗，其實他當初認為香胰子的銷量沒大礙，便大意了，只找到幾個店裡夥計打聽了下近來哪些固定人家沒來購置，那幾個夥計的回答都沒什麼異常。

王管事以為這只是暫時的，就沒留意了，像那些花水、花露等等名貴的產品才該是自己心裡的重中之重，那些賣得既快價格又高，他年底得到的封賞也高。

王管事小聲道：「上次沒有查出異常，我便放在一邊了。」

黎掌櫃瞪了對方一眼，皺緊眉頭，這個表親虧自己培養了這樣久，可還是上不了檯面！每日裡只顧著跟姓陳的鬥，該他管的事也不上心，本職工作都做不好。

黎掌櫃知道自己必須要狠狠敲打王管事了，訓斥道：「既然沒有異常，何來月月都減少量？你根本沒有放在心上。」

陳管事見王管事被訓斥，偷偷地拍手叫好，這段時日，這姓王的只顧著想方設法給自己穿小鞋折騰自己，他心思一歪，果然就忘記這事了。

陳管事哪裡沒有發現香胰子銷量流失，其實心裡對這狀況喜聞樂見呢，只恨不得銷量再減一減，出了事，看黎掌櫃還如何偏袒對方。

王管事被訓得無言以對，只把頭低著。

黎掌櫃不經意地瞥了一眼陳管事，見對方隱隱露出笑意來，大聲說道：「店面的事務，不只是王管事一人的事，我們身為泰康樓的一分子，人人皆有擔當的責任。既然王管事沒注意到，我想問問陳管事，你對這事有何見解？」

點火最忌諱燒上身，陳管事當然不會讓這事牽連到自己身上，他輕咳一聲，正色道：「回大掌櫃，因是王管事負責的事，我怎麼可能不放心？當初自己無意中發現了這個問題，開始我本著對王管事的信任，就沒有提出來。」

陳管事停頓一下，端起茶杯抿一口，又道：「可後來幾個月都出現了同樣的問題，我也向王管事徵詢過，他說沒有問題，我便放心了。」

「哼……」黎掌櫃顯然對兩個人的不作為很不滿意。

陳掌櫃繼續端著茶杯，對黎掌櫃的反應不以為意，淡然自如地接著道：「然而我心裡憂心，還是私下查了一番，發現了一個問題。」

兩人不出聲，只等著陳管事把問題說出來。

王管事握緊了拳頭，意識到自己這些日子的不作為，讓那奸人鑽了空子。他勸著自己無須上火，這年歲該當能忍氣吞聲。

陳管事道：「如今有一種東西叫香皂，功用與咱們的香胰子相似，不過外形、效果都比香胰子好，你們看……」

說完把自己準備的一塊香皂擺出來，問道：「換成大掌櫃或者王管事，兩相選擇，你們會取哪一種用？我先說，我會選香皂。」

東西一拿出來，王管事瞳孔猛地一縮，心想：這不是幾個月前，那山野村夫帶著小女孩一塊兒來咱們店裡賣的嗎？

因做工別緻，王管事還有記憶。可他不敢把事情講出來，本來就擔責任，再添一樁，只有壞處。王管事立刻決定把這事吞進肚子裡掩藏起來，他腦子裡面飛快地思索還有誰記得這事？

似乎當日只有一個迎門的小童吧！以他的地位，隨便找個理由便能把那小童輕而易舉打發走人，王管事稍微寬了心。

黎掌櫃把桌上的香皂拿起來仔細看一遍，點頭道：「的確很不錯。陳管事你有心了，可發現這東西在哪兒有售？」

陳管事道：「燕脂坊，原本被咱們打壓得快關門的那一間，近來靠這香皂勉強維持著鋪子的體面罷了。」

泰康樓在泰和縣能把生意做這樣大，除了產品好、後臺強，跟東家與掌櫃們的行事謹慎也很有關係。

黎掌櫃當即拍板道：「查一下他們哪裡入的貨，看看能不能把對方拉入我們這裡。」

因為燕脂坊保密工作很到位，陳管事也只打聽到一點皮毛而已，利用這一點狠狠地打壓了王管事一回已相當足夠。

王管事吃了排頭，心裡很不高興，可他是知道一點內情的，悔不當初地懊惱好一會兒，心裡頓時有了一個主意。

總之，什麼東西都不如自己掌握著源頭，這樣才有主動權。他就不相信自己不能亡羊補牢，且也能藉著把事情辦好再打個漂亮的勝仗。

幾個人心思各異，把這不大不小的事情商議完才離開。

隨著燕脂坊的生意穩固上升，而田箏一家做的香皂也越來越多，如今田葉、周氏都會幫忙一起做，只要把門道摸清楚，她們倆做出來的品質比田箏做得還要好。

銷路打開後，來探聽情報的人也漸漸增多，趙掌櫃深思熟慮，早一步將交易的場所改在縣城郊區的一棟房子裡。每次都得拐幾道彎，目前都沒人發現香皂是從田老三家裡出來的。

便是這麼一個偏差，把泰康樓王管事的計劃全打亂了，因他找不到人，連續幾個月來過得委實不好，於是王管事心裡漸漸對那父女倆產生了怨恨，只待找到人就要給他們好看。

田箏可不知道有人已經對他們恨得牙癢癢，現在每個月家裡有一筆不小的收入，日子十分舒心。

今日田老三到家，他將包裹的銀錢倒在床上，一家人例行數著這一趟賺了多少，田老三首先數一遍，周氏複核一遍。

田老三道：「今次總共是四十三兩，其中有五百文錢是香皂盒子賺的。」略停頓，又道：「趙掌櫃見咱們送來的盒子，很是喜歡，當即就把今日送去的盒子全要完。」

田箏問道：「爹，那盒子算多少錢？」

田箏剛開始做香皂時，為了省錢，也因為張木匠家的張二郎小時候與田葉要好，就拜託他幫忙做模具，那張二郎一直都沒有收過一分錢，自家賺了錢，田箏越想越不好意思，於是讓張二郎用木料做出現代那種放香皂的盒子來。

目前做的都是簡易的，沒有蓋子，只是一個長方形，底下有漏孔的木盒，對於張二郎來說很容易，所以就一文錢一個收來。

田老三撓撓頭，很不好意思道：「一文錢一個。」

實在是這東西做工簡單，田老三自己若是琢磨一下，也能做出來，所以他覺得趙掌櫃肯收下已經很厚道了。

那就是不虧不賺，總不能指責自己爹爹，反正田箏也只是希望給那張二郎創造一點掙錢的機會，田箏道：「那也很好呀。」

田老三道：「趙掌櫃買這盒子，也不求著賺錢，而是有人買兩塊以上，就免費贈送給顧客，他還說，若是有做工更為精巧的，那時候再賣給顧客更好。」

說完這事，周氏眼也不眨地把銀子收起來，道：「行了，都去睡覺吧。」

田老三夫妻躺床上，兩人都在琢磨，有了銀錢，是要先買幾畝地還是做其他打算？依周氏所想，買水田最合適。可這次，田老三有不同意見，他想買下村尾那一片小山坡。為此，夫妻倆意見不合，鬧了點小矛盾。

田箏發現一直恩愛有加的爹娘居然在吵架，實在是太出乎意料，簡直驚掉下巴。

一連幾天，周氏對著田老三始終是陰陽怪氣，而田老三的嘴巴閉得比蚌殼還緊，敲都敲不開，任憑周氏如何挑釁，他就是一句話也不回應。

晚間，田老三揹著鋤頭回來見了二閨女，道：「箏箏，給爹打盆熱水來。」

田箏應道：「欸！爹，你等著。」

剛好周氏站在旁邊擺飯，聽了便道：「打什麼熱水？他那皮粗肉糙的臉，用幾十年的寒冰都凍不壞，去打盆冷水就行了。」

於是，田箏霎時變得裡外不是人，她很糾結地看著爹娘，實在不知該聽哪一位的話。

周氏狠狠瞪一眼自己丈夫，咄咄逼人地問：「箏箏，妳不聽娘的話？」

田箏小心地給親爹露出無可奈何的眼色，只好執行周氏的話，不過在打水時，還是悄悄給加了瓢熱水進去。

吃晚飯時，戰鬥升級了。

一家五口人分別坐好，往常爹娘都是挨著一起坐，田老三吃完一碗飯，順手把碗遞給周氏，周氏就會主動給他添飯，而今周氏坐在哪兒，田老三卻是自覺挑個離她最遠的位置。

盛飯時，田老三將碗遞給大閨女田葉，田葉正要站起來，周氏突然發飆地大聲道：「盛什麼飯！給妳爹打碗水來就行了。」

田葉停頓在飯鍋旁，手足無措地看著爹娘。

今天挖了一天的地，肚子餓得咕嚕叫，每天田老三至少要吃三碗才會覺得飽，而他剛才只吃了一碗紅薯飯。

田老三無聲地抬頭，與自家媳婦銳利的眼神撞在一起，他趕緊低下頭去，小聲道：「我不吃了。」

說完，立即站起來，一路往家門外走。

三姊弟都用奇怪的眼神，不可思議地看著自家娘親，周氏被盯得煩躁，扒了一口飯後，扔下筷子，道：「奇怪什麼？你們爹那種人，光喝水也能飽的。」

田玉景還不明白什麼，只覺得這幾日爹娘兩人不好好說話，火氣很濃，他擔心自己的爹，就扔了碗筷跑出去。

沒一會兒，田玉景氣喘吁吁地跑回來，嘴裡叫道：「咱爹坐在小溪邊的大石塊上，叫他也不應我。」

田箏腦補了下那個畫面，自家爹這種爽朗的漢子也被逼迫得憂傷了，唉……

田箏忍不住替爹說句話，對著周氏道：「娘，妳怎麼能逼著爹喝水呢？他今天做了一天體力活呢。」

見有人敢質疑自己的話語權，周氏蹙眉道：「妳要是心疼妳爹，不如跟著他一起喝水吧。」

周氏發起性子，也真是不可理喻。

田箏把筷子放下，直接道：「娘，妳過分了啊！哪裡有人光喝水就能飽？」

田玉景非常認同，點頭跟著道：「喝水肚子可餓了。娘，妳不讓爹吃飯，妳也喝水好了。」

周氏心裡本來已經很鬱卒，聽聞兒女兩人的話，唰一聲站起來，頭也不回地走進房間去，最後只聽得一陣反鎖門閂的聲音。

三姊弟面面相覷……

田玉景以為自己捅了樓子，沮喪地低著頭懺悔，他剛才的確是對娘惡言相向了，可娘怎麼能讓爹光喝水呢？那很餓的，於是他覺得讓娘自己喝過就明白有多餓了。

此時房間裡的周氏不脫衣裳翻身上床，扯過被子把自己整個人都蒙住，心裡卻是越想越委屈，思緒停不住，鼻子酸澀得難受。

大多時候周氏都很支持田老三的決定，夫妻倆多有商量，一直沒發生什麼大矛盾，處得時間越久，感情愈加深厚，特別是有了三個孩子後，彼此越發有默契。

可田老三寵孩子，偶爾太過時，周氏只能自己扮黑臉了，導致三個孩子無形中都更親近爹爹。像這幾天發生的事情，孩子們只覺得娘在無理取鬧，言行中都不自覺維護起爹爹來，一個、兩個都有意向自己表達對她狠心的不滿。

然而，周氏自覺她是為一家大小操心，竟然沒有人理解她，且丈夫那種幾棍子都打不出一個悶哼的沈默樣，只把她氣得牙癢癢！想跟丈夫吵架，怎麼也沒法吵起來，這種無力憋屈感，真的不提也罷！

周氏深深地認為，哪怕丈夫大聲地反駁自己，也比這種無聲的抗議好很多，至少她能狠狠地罵他一頓，發洩一番火氣。

爹娘鬧矛盾，作為長姊的田葉，便帶著弟妹們收拾一番，把桌椅碗筷、灶臺之類的打掃乾淨，然後燒了熱水，讓田玉景洗完澡先去睡覺。

爹娘都沒有吃幾口飯，只得把剩下的飯菜放在灶臺的大鍋裡面，隔著一層熱水溫著，等他們都氣消了，再勸爹娘吃。

田葉幫田箏打好熱水，說：「箏箏，妳先去洗澡，洗完就睡覺吧。」

田箏鬱悶地問道：「姊，妳知不知道爹娘為何吵架啊？」

太奇怪了，無聲無息地就突然鬧僵。

「我也不知道呢。」田葉也不明白。

很多時候，因三姊弟的年歲小，田老三與周氏不會當著他們的面商量事情，更不會徵求他們的意見。

田箏洗完澡躺在床上，翻來覆去地滾動，住進新家最好的地方就是一個人霸占整張床，不用跟姊弟們搶被子什麼的。
此時已經戌時末，沒有電視、網路或其他的娛樂活動，每天基本上戌時左右就準時睡覺了。初春的夜晚會結很多露水，爹爹一個人坐在外面，肯定很涼，田箏禁不住擔心，還有娘不知什麼時候會氣消？
想了想，田箏乾脆坐起來，翻下床穿鞋子，打算把爹給叫回來，正當她打開房門，剛好聽見有人推開堂屋門的聲音。
漆黑的夜晚伸手不見五指，憑著感覺也猜到是自家爹爹，她就問：「爹，你回來啦？」
田老三頓住，然後道：「箏箏還沒有睡啊？快去睡吧。」
田箏很想叫爹娘別冷戰了，但話到嘴邊，還是改口道：「爹，飯還在鍋裡熱著，我們在灶裡添了柴火。你快去吃一點吧。」
田老三愛憐地摸了一把閨女的頭，心裡已經作了決定，笑著道：「我知道了，小孩子家的別太晚睡，快去睡。」
田箏聽話，踏著步子噠噠噠地往自己床上去。
田老三猶豫再三，還是來到主臥房門邊，輕敲了下，問道：「阿琴，妳醒著嗎？」
裡面無人應聲。
田老三接著喊了幾聲，周氏只顧著悶在被子裡，不想理會對方。
見狀，田老三只得低聲道：「我知妳醒著。我……我不跟妳僵著了，妳想買水田就買水田吧，我想過了，還是買水田好。」

買了水田，只要不遇到天災人禍，一家人勤奮幹活，每年都可以收成不少糧食，吃不完也能賣出去，日子一定能平平穩穩地過。而買那幾座小荒山，銀錢花出去，就是種上果樹還得好幾年才能有收穫，結了果子也不一定能賣出去，十分沒保障。

田老三幼年跟著田老漢在鄰縣一大戶人家的莊子上幫著做活過，那莊子裡滿山的桃子曾讓他很嘴饞，心裡隱隱地羨慕，從那以後他一直有個夢想，往後有錢了，他也要買座山頭，種滿桃樹，想吃多少就吃多少。

在溪水邊坐了一個多時辰，想想自己妻兒，田老三知道他不能自私地讓妻兒繼續過著朝不保夕的日子，畢竟買山頭種果樹的風險太大了。

不值當，真不值當！儘管心裡無限遺憾，但已經作了決定，把話說出來後，田老三就感覺自己是徹底放下了兒時的夢想。

裡面依然無回應，可田老三依稀聽到一點聲音，起初不確定，側耳聽了聽，真的是媳婦兒在哭。

田老三一急切，顧不得什麼，伸手去推門，結果門輕輕一推就打開了。

之前周氏的確是反鎖了門，心想反正房間這樣多，丈夫也不會淪落到睡地上，再不濟，他還能跟兒女們擠一起睡。

可嘔氣歸嘔氣，夫妻倆從來沒分開睡過，周氏心裡隱約又很期待著丈夫能跟自己服軟，因此聽了丈夫的話，既委屈又感動，那股心疼丈夫的想法不斷地冒出來，她比誰都知道，田老三有多想種一山的果樹。這些年來，丈夫話裡話外都說了好幾次對那果園的傾慕之情。

田老三躡手躡腳地靠近床鋪。一感覺到腳步聲，周氏羞愧地用被子裹緊自己，抽泣聲卻控制不住。

田老三拉扯了一下把被子掀開，看著媳婦因哭泣而聳動的身子，無奈地嘆氣道：「我不是答應妳了，怎麼還哭？」

周氏倔強道：「我……我哭我的，關你什麼事！」

「妳是我媳婦，怎不關我事？」田老三坐在床沿，伸手就想把周氏摟進懷裡，周氏心裡彆扭，哪裡肯，掙扎著脫離對方的束縛。

田老三乾脆站起來，道：「我把油燈點上，要好好看清楚妳這無賴樣兒。」

周氏可不想讓丈夫見自己哭得雙目腫脹、鼻涕眼淚一把的醜樣子，急切道：「行了，我不哭行了吧！」

周氏掏出帕子，胡亂地給自己擦臉。

鬧了這樣久，田老三自己也很彆扭，夫妻倆一時無言以對地相望著，最後還是周氏出聲道：「肚子餓了吧？我給你重新煮碗麵疙瘩。」

說完就打算起身，田老三乘機摟著媳婦，往她的嘴巴狠狠地吻了一口，然後道：「不是讓我喝水飽嗎？」

見丈夫拿話擠兌自己，周氏不滿地掐了一下他的肉，罵：「混蛋！」

夫妻兩人以其中一方妥協，正式宣告和好。周氏麻利地做了一碗麵疙瘩，加了青菜進去煮，然後拌了點醬料，若是不夠味，可以再添進去。

剛好田老三洗完澡，兩人都吃了一碗，再把晚餐留的剩飯也吃了，吃飽後，紛紛上床睡覺。

放下了夢想，田老三總覺得心裡空蕩蕩的，就是睡不著覺，周氏枕在田老三的手臂上，閉著眼睛亦在假裝熟睡。

聽著彼此的心跳聲，田老三以為媳婦睡著了，為了驅趕掉心中的落寞感，把手伸進了周氏的胸口，小心翼翼地解開對方的衣裳。

周氏一動不敢動，可見丈夫解了幾次還沒把帶子解開，惱怒地哼了一聲，自己爬起來迅速脫了衣服，在田老三震驚時，撲向了丈夫。

老夫老妻還怕個什麼羞。

事後，可能是身體累了，兩人很快就睡著。

第二日，三姊弟起床後，突然發現爹娘又和好了，他們如丈二金剛摸不著頭腦，不過管他呢，能和好就行。

吃完朝食，田老三準備出去幹活，周氏把他給叫進房間，桌子上放著一段時間攢下來的銀子。

周氏指著銀子道：「他爹，我想清楚了。咱們的銀子應該能買下你想買的山頭，也能買幾畝水田。反正如今水田沒幾個人肯賣掉，就買個三、四畝算了。」

田老三無措地望著媳婦嫣然的笑臉，一時說不出話來。

周氏瞪了丈夫一眼，哼道：「你不樂意嗎？」

如今一家五口人種的田地，繳完稅後還是能吃飽飯，若再加上三、四畝水田，已經足夠一家人生活了。丈夫想要折騰著種山，家裡有條件支持，周氏也不想他委屈地成全自己，這樣皆大歡喜豈不更好？

田老三生怕媳婦反悔，連連道：「樂意！當然樂意！我媳婦最是賢慧了。」

聽習慣丈夫一高興，就滿嘴胡話不要錢似的倒出來，周氏不理這話，只道：「咱們要好好想一想，要買幾座山頭才行。」

田老三看中村尾那片小山頭，周氏前幾天特意去繞了一圈，綿延的小山坡一共有五座，離著村子最遠的那座山中間有一條溪流，為了用水方便，肯定是先買這座山。而五個山坡折合下來，應該差不多有一百多畝地，全買下至少要三百來兩銀子，花這麼多值得嗎？

而且買下來後，種果樹不能不豎立圍牆。用竹子圍牆根本起不到作用，可用磚塊來圍，那銀子就得嘩啦啦地流出去，這也是周氏一直不同意買山的原因。

田老三想趁著開春還未耕種時，盡快將事情定下來，那片山頭他反覆走過場，自己用步子挨著計算了一遍面積，若是五座山頭全部買了，家裡恐怕負擔不起，便道：「咱們就把緊挨著溪流的那座山買了吧？」

那山面積不大，只有三十來畝，種上樹苗，也夠一家人忙活一陣子。

周氏想了想，道：「隔壁那座大致有二十來畝，不如一起買了？」

田老三低頭略思索，兩座山頭加起來五十多畝地，如今山地的市價為每畝二兩銀子，光是土地的花費就需一百三十多兩銀子，這麼一大筆錢突然拿出來，估計會驚嚇到兄嫂們。

田老三夫妻倆至今還沒有商量好以何種理由、合情合理地把銀錢拿出來使用，攢了共有五百多兩銀子在家中，兩個人每日都覺得心慌而不踏實，不拿出來買田買地，真的會不安心啊。

田老三道：「先買一座吧，以後情形好了，再買不遲。」

周氏一想也是，貪多嚼不爛，三十多畝山地想要整理完，也得好幾個月才行。便道：「那這地，咱們還得繳納三成的稅，加上些雜七雜八的花費，也得留一百兩銀子出來。」

大鳳朝的土地制度，人民若想建房，戶籍所在地的男性村民可以依法低價取得一塊土地為建宅用，另外，父死子繼的房屋田地，那些賦稅就會自動承載到兒子身上。除此之外，想要擁有更多田地，可以自己去開墾，開墾完後得入冊登記，當年就要向朝廷繳稅。

而類似荒山這種無法有豐富產出的土地，農戶想要私有化，按土地等級需要向朝廷繳納三至五成不等的稅金，之後，這片土地就不用再年年繳稅。不過，能真正擁有私人土地的農戶沒幾個，由於私有土地大多掌握在豪門富賈、王公貴族手中，進一步導致了貧富差距加大。

像周全福這種土地主，就用了不正當手段將很多土地變成他的私有財產，村裡人想種地得負擔比朝廷更多的租稅，可為了多一口飯吃，村裡人還是不得不租種他家的地。

田老三與周氏當然想把山地私有化，這樣想怎麼打理就怎麼打理，他們也能留一份不錯的家底，以後孩子們大了結婚生子、兒孫滿堂時，不用過以前那種苦日子。

田老三道：「足夠了。我今後去找找哪兒有大棵的果樹苗賣，先把樹苗種下再說。」

春耕時育種的秧苗還在發芽階段，等能栽種也得半個月後，另外家裡的幾畝地，田老三已經打理好，算下來，他能騰出時間去尋找。

周氏也有隱憂。「你準備如何跟爹娘說咱們的錢哪裡來？」

一說起這個，田老三也很煩心，只能道：「買地時，跟爹娘直說吧，至於大哥、二哥、老四、老五那裡，還是先瞞著好。」

倒不怕兄弟們頻繁借錢，只怕嫂子們會惹出事端。

田老三以前想過，若是趙掌櫃那兒的生意需求量很大，也可以讓哥嫂們一塊兒幫著做香皂，可知曉的人一多，這又牽涉到方子是否會洩漏的問題。說到底，還是對別人不放心。

夫妻倆想到這裡，都同時沈默起來。

沒承想，他們還沒想出個好的章程來，之後家裡又出了一樁大事。

這日，田箏在魏家學習，因魏琅教導得認真，一段時間下來，除了不習慣古文沒有標點符號外，她對文言文的理解能力總算進了一步。

魏琅亦頗感欣慰，今日心情一好，就問：「妳待會兒要做什麼？」

田箏每日裡便是打理家務，跟著去田地除除草、澆菜之類，想了想，就告訴對方自己的安排。「去我家菜地澆菜。」

魏琅站起來道：「我也跟著去看看，一塊兒走吧。」

學業進步後，魏琅的思想逐步昇華，已經不屑於滿田野裡走雞遛狗的玩耍了，既為人師表，當做出良好的表率。

魏琅當然知道田箏家的菜地在哪兒，一馬當先走過去，田箏也趕緊小跑步跟上對方。

太陽掛在天空中，地面上的影子映出兩人的身形。

魏琅無意中一瞥，他突然停下，腦子裡又想起去年被田箏壓著打的事情，頓時眼皮子突跳，他不由自主地捏了捏自己略顯肥胖的胳膊肘，一時惱怒起自己，便道：「田箏，妳別挨著我那麼近，退後幾步吧。」

田箏狐疑地盯著魏琅的臉，搞不明白對方是為何又生氣了，想想估計是提前中二病了吧，只得退後幾步。

魏琅呼出一口氣。他明明已經那麼努力吃飯了，為什麼光長肉不長個頭呢？眼看著過完年，田箏長高一截，自己還是矮子一個，不能不氣惱，魏琅心裡隱隱地憂慮，自己該不會以後都比田箏矮吧？對他而言，簡直是噩夢。

兩個人都已經滿了八歲，魏琅不知男孩子進入成長期大多是從十三、四歲後，個子才會迅速增長，所以他這是操心過早。

田埂上枯黃的野草中間冒出一撮綠芽，偶爾也見到一小簇馬蘭頭之類的野菜，由於身上沒有帶籃子，田箏採摘後，只好用衣角邊包裹起來。

魏琅見了，哼道：「這麼一點，夠吃嗎？」

田箏呵呵笑道：「待會兒再去找找看還有沒有嘛，摘夠炒一盤菜的分量就行。」

如今蔬菜多吃的是大白菜，她也好久沒嚐過野菜了。

魏琅道：「我勉為其難去妳家吃飯吧。」

想去就去唄，何必要在前面加個勉為其難？田箏在心裡撇嘴吐槽，嘴上卻道：「小郎哥想來就來吧，我娘煮菜可好吃了。」

田箏家的菜地是從田家原本的那一大塊分出來的，菜地旁邊有水渠，澆水很方便，長年也放置了水瓢在這裡。

田箏找出兩個水瓢，遞了一個給他，叮囑道：「你澆那邊的豆角苗吧，記得不要澆太多水啊。」

魏琅皺著眉頭接過來，便彎腰去溝渠裡打水澆菜。

田箏小心地扒開自己種的那幾株南瓜苗，南瓜屬葫蘆科，長到一階段時要牽藤，所以田箏把南瓜苗引到菜地的籬笆圍牆上，以後可以讓它們圍著籬笆自由成長。

親手埋下種子，再看著它們出芽、長苗、開花、結果，真是很有成就感，田箏特別喜愛這項工作，她還在新家的空地上種了月季花與茉莉花呢！如今家裡的月季花已經生出新的花苞，而茉莉花長勢也喜人。

生活平靜，頗有種歲月靜好的氛圍，與其快快長大，然後面臨談婚論嫁的煩惱，田箏希望時間不要走得太快，停在這一刻也很好。

「啊……」魏琅的一聲驚呼突然打斷了田箏的思路。

田箏順著望過去，菜地裡突然出現了兩名陌生男子，魏琅就是被其中一人敲暈那刻而疼痛地驚呼了一聲。

一看那兩人面貌不善，來勢洶洶，田箏的心怦怦跳，她僵直著身體，努力勸戒自己保持冷靜。由於菜地挨著山腳下，一時沒有別的村民在這裡，若是大聲呼叫，不但喊不來人，反而會惹怒歹徒。

該怎麼辦？該如何處理？

魏小郎應該沒事吧？田箏腦袋轟轟隆隆忍不住想著這些事，為什麼突然襲擊他們？

見魏琅被那兩人挾持抓走，強烈的危機感驅使田箏悄悄地解下自己的荷包踩在腳下，試著開口道：「兩位大叔，你們……」

話未說完，田箏身後突然竄出一個人來，等她反應過來時，對方迅速地往她身上敲下去，這夥人應該是老手，經驗老道一擊就把人敲暈。

田箏很想大罵一聲：混蛋啊！簡直痛得慘絕人寰啊！

暈倒前，她很擔憂自己要被敲成傻子了。

這三個人中，其中一人打了個手勢，另外兩人抱著兩個小孩，迅速往山林裡面竄進去，沒跑一刻鐘，那兒停了一輛馬車。

把孩子塞進去，三個歹徒跳上馬車，策馬就往縣裡跑。

跑了半個時辰左右，那領頭的人才進入車廂裡面，仔細地打量一番魏琅與田箏，他立時把目光停在魏琅的衣裳上。

那人心裡咯噔一下，能穿這樣好的料子，該不會是抓錯人了？

管他呢！能抓到一個就已足夠，雇方只說抓那田老三的孩子，他們三個人蹲守了半天，才等到有小孩落單。既然這男孩不幸碰上這事，他家裡人只能自認倒楣。

一直到晚飯時間，田老三一家人準備開飯了，發現田箏還沒回來，周氏就問道：「葉丫頭，箏箏今天去了哪兒？」

田葉也很疑惑，妹妹說去完魏家後，就直接去菜地澆水，之後會回來幫著弄豬食的，沒見她回來，她還以為被父母叫出去幹活了。

「娘，你們今天沒叫箏箏嗎？」

田老三與周氏起初沒想那麼多，心裡皆以為田箏該不會是在哪裡玩瘋了，或者去魏家沒回來。

周氏道：「先吃飯吧。」

這飯還沒有吃到一半，就聽到魏娘子敲門。

魏娘子焦急地問道：「阿琴，我家小郎在妳這兒嗎？」

田家這才知曉兩個孩子不見了。

且說那一行三人一路風塵僕僕趕到鎮上，停在一排排低矮破舊的房屋前，即刻有人過來牽走了馬車，這幾人把孩子抱下來，轉幾個彎便進入其中很不顯眼的屋子。

沒多久，一名形容枯瘦的老婦走出來，腳步蹣跚地跨進鄰近一間房，說了幾句話。裡頭有一名身形高大的男子，頭上戴著帽子，寬大的帽簷遮住了整張臉，使人看不清楚容貌。

由於天色已經漆黑，有人提議點油燈，那男子道：「直接帶我去看人吧。」

聽聲音就分辨得出是刻意壓低了說話。

那幾人到關著田箏他們的那間房，油燈很快點燃，藉著昏黃的燈光，那人確定之後點點頭，從懷裡甩出三十兩銀子。

幾個人歡喜地接過銀子，並用牙齒一個個地咬過，確定無假，這才笑道：「大爺，事情辦妥，這兩個孩子給您送哪兒去？」

說話的人是那個領頭，嘴上雖然獻媚，但一雙眸子十分冷靜、在不動聲色地觀察著對方，以期望能窺探一點蛛絲馬跡。

男子低著頭道：「按你們常幹的勾當，遠遠地發賣了吧。」

原本這一撥人就是專門的人販子，聽聞男子的話，對於平白丟了孩子的田家人哪裡會有一絲同情心，領頭也只是內心感嘆一下，那田家好生倒楣惹了一個煞星。

領頭思索一會兒問道：「那……您讓我們發賣了，可這兩個孩子的價錢該怎麼算？」

畢竟當初說把人偷回來，一個孩子給十五兩，這群人販子才動了心思冒著風險去村子裡偷人。若是把人賣了，少不得要分一份給雇主。

為了不讓別人辨認出自己的聲音，男子說話一概不講長句子，只道：「賞給你們了。只有一點，必須賣得遠遠的，你們即刻動身吧。」

說完男子也不久待，很快走出這間屋子，為了防止被跟蹤，他連續換了幾次方向，確定身後沒有人偷偷跟隨才上了一輛馬車。

馬夫笑著問道：「大爺往哪兒走？」

男子隨口報了一個縣城有名的客棧，馬車噠噠地往目的地行駛。

直至進了客棧房間，確定安全了，男子這才褪去一身遮掩的裝束，露出真容來，竟然是泰康樓的那位王管事！

王管事撫著下巴處的短鬚，面色從容地吩咐客棧小二送一壺好茶來，一杯茶水進肚子，王管事確認自己計劃萬無一失，不禁露出目的即將達成的得意。
總算出一口濁氣！不枉費自己花了幾個月的心思，一刻也不停地找些下九流的人打聽，果然皇天不負有心人，前天聽聞有個叫田老三的人很相似，王管事不願放過一點可能，便讓人繼續打聽，終於找對人。
他只託人找個下九流裡領頭的，銀子撒出去，不用出頭露面，那些人便會為他辦事，要知道沿街流浪的乞丐、偷雞摸狗的團體等等，幾個月間時刻注意著縣城裡的動態，田老三又是常往鎮上去的人，時間一久當然就被發現。
王管事近些日子過得著實不好，不由便將自身怨氣轉移到田老三父女身上。他從來沒打算把田老三的小孩還回去。等把香皂的方子弄上手，再託縣裡衙門的關係，隨意捏造個罪名把對方關押大牢，憑田老三一介布衣，還能奈他何？
而他既然得到方子，自然能立大功，搞不好金州市的東家會賜下獎賞來，憑著泰康樓的關係，即便事情暴露，也有法子壓下去。
王管事帶著前途無量的期待睡了個好覺。
另一廂，田箏與魏琅兩人被扔進個四面不透風的地方，受到重擊一時沒醒過來，很快地，又被這群人販子轉移到另外一個地方。
人販子是群作案經驗豐富的人，交易地點是臨時的，為謹慎起見，帶著兩個孩子又轉到大據點，那裡還有幾個被繩子綁著塞住嘴巴的孩子，相貌長得都不錯，但是渾身穿著破爛，估計是貧困農戶的孩子。

人販子賊精，一般情況下，作案目標只會盯著窮苦人家，大戶人家的少爺小姐是碰也不會碰的。這自然是因為丟孩子後，窮苦人家沒錢財又沒人力尋找，暴露的危險性低。

田箏與魏琅自從被雇主拋棄，自然就與別人待遇相同，一塊兒被扔進孩子堆裡面，馬上有人來綁住他們的手腳。

縣裡早就宵禁，城門大關，即便如此，他們也摸索得到出城的路。這群人歇息半個時辰，就動身走人。

魏琅與田箏兩人尚未清醒，便被人連夜送出了城，一路疾馳，等兩人醒來時，早就不知道走到哪兒啦。

此刻，三房一家子與魏娘子已焦急得發瘋，周氏自認為田箏做事不會如此沒章程，可心裡又不由期盼，她是玩過頭躲在哪兒沒回家呢。

魏娘子已經哭腫眼睛，魏秀才與兒子魏文傑都在縣城裡面，想打發人去通知他們，也要幾個時辰，她沒有人商量，一個人如無頭蒼蠅似的，只好跟著田家一塊兒找人。

幾個人分頭挨家挨戶往村裡兩個孩子玩得要好的孩童家找人，可都未找到。

大半夜，整個老田家都被驚動，最後還是田玉華在菜地裡撿到田箏平常戴的荷包，他不太確定，就跑來問：「三叔，這是箏箏的嗎？」

周氏急忙接過去，小閨女的針線她一眼就認出來，裡面還有幾十文錢，且荷包沾染很多泥土，田箏不會無緣無故把重要的荷包扔下，她聯想到不好的事情，一時間眼前一陣陣發黑，紅著眼眶問道：「阿華，你在哪兒發現的？」

田玉華馬上道：「在菜地那兒。」

田老三、周氏和魏娘子，還有跟過來的田老漢、尹氏及幾個伯父叔叔都一窩蜂地往菜地那兒走。

因外面空氣流動，導致油燈很快就被風熄滅，於是魏娘子提著家裡的幾只燈籠過來，還有人點了火把，一路光亮照著。

「小郎……」

「箏丫頭……你們在哪兒？」

還是尹氏心細道：「這幾個腳印一直連同到阿華找到荷包的位置，且咱家的蔬菜被踩踏掉幾顆，該不是遇到人販子吧？」

比起一力心焦的田老三夫妻倆，老人家遇事多，總會想得比年輕人深。

周氏聲嘶力竭地哭道：「那咱們趕緊去追！他們一定跑不遠。」

這年頭，人販子已經很少往村子裡偷娃娃，真是天降橫禍，田老三的情形也比不得周氏好多少，自小捧在掌心的閨女，若是被賣了，當真是哭也沒地兒，田老三當下就要衝往大路追。

「攔著他！慌張什麼，你知道他們往哪個方向跑了？」田老漢恨恨道，孫女丟失，他哪裡不焦急。

「好生問問人，村子裡就這麼點大的地方，來了陌生人，總會有人不經意見過。」出這樣的大事，早就驚動里正田守元，他也召集人手詢問，這會兒便有個羅家媳婦過來道：「傍晚時，我在地裡鋤草，聽到一陣馬蹄聲，以為村裡又來了什麼大人物，就好奇瞧了一眼，只見到那馬車似乎藏了什麼寶貝走得急匆匆，趕馬車的是幾個不認識的生面孔。」

「家旺媳婦，妳趕緊說，那夥人是往哪兒去的？」不待她繼續說，尹氏追問道。

羅家媳婦不確定道：「約莫是往縣城的方向。」

說完，用手指指著那車一路疾馳的方向。

田老三夫妻早已經急得沒了主心骨，而魏娘子乃一介婦人，眼睛都快哭瞎了，聽聞兒子有可能被人販子拐賣，當即就要暈倒……

新嫁到田家不久的春草趕緊扶住魏娘子。「嫂子別急，快派人往鎮上通知秀才先生，他們比我們懂得多。」

魏秀才長年在縣城裡，畢竟門路廣，總比自己一群人焦急地四處轉而毫無辦法來得好吧！人販子若是在縣裡，魏秀才報官後，也能更快受理。

春草的出聲，立時讓一群人想通關節，田老漢當即拍板道：「老大和老五兩個去找魏秀才。老二、老三、老四，你們幾個帶著人往大路上追。」

另外一些交好的村民紛紛表示願意一塊兒跟著去幫忙，有幾個人說他們往其他路找找，搞不好人販子聲東擊西，不是往鎮上去呢？

一時間，村裡大部分村民，各自分開幾路找人。

見周氏與魏娘子兩個人也要跟著去，大伯母黃氏攔住道：「妳們兩人腳程趕不過他們男兒家，還是在家裡等著吧。」

出了這事，黃氏也不忍心道：「實在焦急，就在村子周邊再找找，可能小郎與箏丫頭只是貪玩誤了時辰。」

二伯母胡氏雖然妒忌三房一家，可她再蠻橫，還是知道一點禮數，這時候也沒落井下石，她說不出好聽話來，便乾巴巴地勸解道：「孩子們一定是躲在哪兒玩，玩累就會回家的。」

周氏與魏娘子坐不住，儘管知道是徒勞無功，還是打著燈籠在村子附近一處處地找，田家幾個媳婦也跟著一塊兒找，而尹氏因年紀大了則被勸回去。

此時，春草心裡也難受，只得把田葉、田玉景兩個哭得上氣不接下氣的小孩摟進懷裡好生安慰一番，讓他們早早歇息去。

第九章

顛簸的馬車快把人的骨頭撞散架，胸口泛起一陣陣噁心，田箏悠悠轉醒，立時覺得頭暈目眩，全身痛得要死。手腳被捆了結實的繩子，她試著搖晃了下腦袋，那股疼痛感十分磨人，等她腦子突然清醒了一些，想起魏琅來。

魏小郎人呢？

由於是夜晚，只能藉暗淡的月光依稀瞧出模糊的身影，田箏動了一下，發現身旁有個人挨著自己，對方也知曉田箏醒來了，特意挪動著身子與她互相貼在一起。

憑著氣息，確認是魏琅，田箏鬆了口氣。

歹徒們很謹慎，為防止路上小孩大聲哭鬧惹出亂子，每個小孩嘴裡都塞了布團，並用布條封住在腦後打了結。

以前看電視劇時，經常有那種嘴巴塞布後，人就不能說話的橋段，田箏時常吐槽電視劇腦殘吧，又沒東西捆綁，若是不抵住舌頭，難道真吐不出來？誰吐不出來誰傻啊。

看來這些歹徒也不傻！

田箏此時難過得想哭，可偏偏擠不出眼淚。她想跟魏琅說幾句話也沒辦法，魏琅似乎與她心有靈犀，兩個人只能用身體語言表達彼此內心的恐慌和茫然。

這車裡還有別的孩子，只是都陷入了沈睡中。

這樣一路跌跌撞撞，也不知道過了多久，田箏與魏琅迷迷糊糊中睡了一會兒，天光大亮時，馬車倏地停下來。

「沒辦法了，先在王麻子那兒停一晚，兄弟們好生鬆快一下。」

另一人馬上接嘴道：「操！又得給那王八錢。」

大白天路上行人多，再走下去，很快就進入永林縣城，那時候人多，行動更不便，於是只能停在這個村子。

王麻子也是一員人販子，只不過據點在永林縣這邊，雙方有來往，偶爾王麻子那邊偷的人少，也會請他們代賣。

落腳在對方的地盤，當然要給點好處。這人抱怨王麻子收費高，顯見內心很是不滿。王麻子的住所離這村子中心很遠，幾乎說得上離群索居，大清早被人敲門，也沒人發現。

田箏和魏琅連同五、六個孩子又被關進一個四面不透風、只房頂露出光線的房間裡，彼此目光對望，魏琅不自在地別開臉……

起初田箏還奇怪，這孩子怎麼了？突然見他眼眶紅腫，才意識到魏琅之前哭過了。

田箏也很想哭，她雖然很害怕、很恐懼，可是她就是個M體質啊，眼淚根本流不出來。

魏琅見田箏一直盯著他的眼睛，故意扮出個凶狠的眼神，用鼻孔哼了一聲，別開臉。

田箏知他自尊心強，很好心地移開目光，遭遇這一切，她至今都覺得自己是在作夢，若不是腦殼疼，她還不敢置信，畢竟連穿越她都趕上了，再來個綁架似乎也只是個小意思，她這強大的心理承受能力呀！想想便覺一把辛酸淚無處使。

另外幾個孩子，有些比他們兩人還大，也有四、五歲的，男女都有，每個人都哭得鼻涕、眼淚傻傻分不清楚。這才是孩子們該有的表現啊，所以田箏對於魏琅夜裡哭過的事，一點也沒覺得難為情。

魏琅醒來時，因恐懼而跟著別人哭過一陣子，可後來見田箏還沒醒，擔憂之下，想起男兒有淚不輕彈，父母不在，他該成為田箏的依靠才是。

於是等田箏睡醒，他沈默地等著對方哇哇大哭，然後自己能好安慰她一番，結果……

想到此，突然聞到一股尿騷味，田箏與魏小郎同時瞪大眼，又紛紛閉氣，境況實在太糟糕了！更糟糕的是，田箏也感覺到有尿意，難道跟剛才那孩子一樣尿褲襠？一輩子沒這麼丟過臉，田箏簡直不忍直視這種真相。

魏琅比她想得還糟糕，他想該不會要在房間拉屎吧？聞別人的屎味，乾脆殺了他算了！

好在歹徒沒有喪心病狂到這種地步，有個二十多歲的男子走進來問：「誰想拉屎拉尿的，動一下。」

起初沒人敢動，還是田箏實在憋不住，就挪動了一下。

那男子走過去，解開綁著田箏手腳的繩子。「出門有人帶妳去，老實點。」

魏琅想阻止田箏離開自己的視線，可他不過是一個稚齡孩子，該如何脫離險境是一點頭緒也沒有，於是他也扭動身子引起歹徒的注意。

男子果然走過去，分別把魏琅的手腳都解開，說：「一個一個來，等她回來你再去。」

說完，男子退到了房門外，實在是關押小孩的房間空氣不流通，各種難聞的味道都有，他們也是怕麻煩，才准許小孩們去茅廁拉屎拉尿。

田箏故意磨蹭地走路，實則小心留意屋子的格局，屋主的房子很大，四周都圍了青磚牆，茅廁只有一間，進去後，她頂著臭味努力思索對策……

看來唯一能獲得自由就是現在上茅廁時，而在這裡顯然也不能抓住機會逃走，那輛馬車上倒是破破爛爛的估計有機可乘，但是手腳遭捆綁了，沒行動自由啊！所以首要解決的，就是該如何解開繩子。

「行了沒有？再不出來老子餓死妳！」領路人凶狠地威脅道。

他媽的！田箏想破口大罵，此刻蹲在茅廁還噁心著呢，提什麼吃的！儘管很想指著別人的鼻子狠狠發洩一通，田箏還是死命忍住了。

「叔叔，你會給我們吃的嗎？我餓了。」田箏試探著開口問道。

領路人不耐煩道：「急什麼，等會兒就有了！」

看來還要有人煮，田箏逮著機會道：「我……我在家裡娘親教過我煮菜，我可以幫你們做嗎？」語氣怯怯的，一副十分害怕但又想努力表現刷好感度的樣子。

那人狐疑地盯著她看一圈，而後一想，一個小丫頭片子能翻出什麼花樣，便領著田箏到領頭那兒請示一下，得到答覆後，直接把田箏帶去灶房。

王麻子這兒提供住宿，可王麻子沒有正經媳婦，如今跟著他的女人是個買來的窯姐兒，自然沒什麼好手藝，一行人只能喝點小酒慶祝。

那窯姐兒也不是個正經人，跟王麻子狼狽為奸慣了，見到田箏，似笑非笑地瞄了一眼，就掐著腰道：「先去把火給生起來，然後切菜洗菜吧。」

窯姐兒心想有人幫忙最好不過。

田箏低著頭，那窯姐兒一意跟男人調情，哪裡顧得上理會田箏，於是田箏點燃火，考慮到逃跑路上的狀況，就小心把多餘的火石塞進自己衣服裡。

若是有可能，她想偷一把菜刀藏著，可是很不實際，只能把目光集中在類似匕首之類的小型刀具上。

皇天不負有心人，在灶房裡終於給她找到一小塊較為鋒利的鐵片，趁著沒人注意，她立刻收進了自己衣袖口袋裡面。

這時候不能不慶幸當初為藏東西，在每件衣服袖子裡都縫補了口袋。

田箏擦擦額頭的汗珠，這一切背著人的動作，緊張得她心跳都要停止了，一輩子最刺激的事大概就這一件。

她心裡有怨氣，腦子一衝動，還悄悄往那幾人的飯菜裡面吐了口水，其實她很想撒灶灰進去，不過那樣很容易吃出來，被發現可不得了，只有賊心沒賊膽。

在房間裡的魏琅急都快急死了！

田箏走後就沒有回來，而他在茅廁那裡也沒見到人，不由聯想出不好的事情來。

在這一群人裡面，田箏的外貌最俊俏，真是感謝田家與周家的好基因，人販子打算把她在老鴇兒那裡賣個好價錢，於是沒有碰過她分毫。

魏琅見田箏平安回來，還朝他眨了下眼睛，儘管很窩火，還是忍住。

人販子給每個孩子每一頓飯都發了一顆饅頭，為了怕尿多，只限定喝了一口水，一直熬到晚上戌時，這群人才啟程。

車廂分為前後兩層，靠近車門的那間寬敞一些，是歹人們休息用，而後面那層，裡面放了些雜七雜八的東西用來掩飾，加上塞著幾個孩子，現在顯得很擁擠，不過這也方便了田箏與魏琅行事。

兩人背靠背，魏琅伸出手掌，田箏就在他手中寫字，遇到沒明白的字眼，魏琅也會寫過去詢問。兩人很快就琢磨出一套逃跑的方法來。

田箏把鐵片藏在袖子裡，自己的手被反捆在後背，自然拿不到，只得蹲下身讓魏琅來取。魏琅紅著臉在田箏身上探尋了一陣子，才摸了出來。

拿著鐵片，魏琅一點一點地割手後的繩子，這是個耐心活，憑著毅力，他花了半個時辰才割斷，終於獲得了自由。

由於車廂裡面很昏暗，根本看不清人影，魏琅迅速把腳上的繩子割掉了，最後幫田箏恢復自由。

兩人早已商定不動聲色地進行，雖然很同情這些孩子，可是多解開一個人，他們就可能跑不掉，於是心一狠，只能先求自保，等回到家後，再想法子解救別人吧。

他們靜靜地聽著動靜，裡面的孩子都昏睡了，隔壁那層還聽到成年人的鼾聲，馬車的速度也漸漸緩慢，應該是趕車人也犯睏了。

魏琅主動抓著田箏的手，他們已經挪動到車廂尾部的雜物處，那兒有扇門是可以打開的，魏琅使了吃奶的勁，連帶用上鐵片才打開了門。

抓住時機，兩人悄悄地一躍而下。

連著翻滾了幾圈，才停住，魏琅把重力都攬到自己身上，所以跳下來時，他摔得不輕，而田箏除了擦傷，就沒什麼大礙。

看著遠去的馬車，暫時還沒有被人發現。時機不等人，田箏趕緊扶著魏琅往樹叢裡面躲。

這是一片山區，兩人也分不清東南西北，只與馬車反方向跑，路上灌木叢多，好幾次都被絆倒了，可逃生的喜悅壓倒了一切。

田箏與魏琅一路跌跌撞撞躲進了山林裡面，確定那夥人再找不到他們時，才敢停下來。在山林間伸手不見五指，互相看不見對方狼狽的樣子，可是能清楚聽見彼此激烈的呼吸聲。

良久，魏琅開口道：「田箏妳怕嗎？」

田箏揚起嘴角笑道：「我不怕，可是，我餓了……」

魏琅煩躁地抓了一把頭髮，然後才從懷裡掏出半顆饅頭來，撇嘴道：「吃吧。」

田箏驚奇地瞪大眼，她自己是個成年人的靈魂，遇到這事已經很想哭爹喊娘了，要不是清楚地知道這毫無用處，她才不會有這般超乎尋常的表現，現在回想，自己能冷靜幹出這種事還覺得不可思議。

可是魏小郎……這孩子還是平時那位只會遛狗的熊孩子嗎？雖然剛開始他有哭過，但他一直堅強地挺了過來，甚至還曉得藏了食物。

原本田箏偷了鐵片，就打算割開繩子跳馬車的，是魏琅主動接過割繩的任務，也是他打開馬車門後，怕分開跳會出意外，於是提議兩人一起跳……

想到此，田箏展顏一笑，激動地抱住魏琅，由衷道：「小郎哥！我好喜歡你！」

魏琅身子一頓，幾乎是立刻就推開了田箏，慌張罵道：「妳幹什麼……我……我才不喜歡妳！」

後怕與驚喜交織在腦海裡，湧入心頭，眼淚突然無聲地流下來，總之他們兩個人都平安無事，實在不能再好啦。

田箏抹去淚水道：「總之，我最喜歡小郎哥就是了……」

被毫無徵兆地告白，打得魏琅措手不及，他真的一點心理準備也沒有啊！魏琅眼皮突跳，十分糾結，一時間覺得渾身都不得勁（注1），想抗拒又想接受，可接受了心裡又很嫌棄，總覺得不該是這樣的……

出事後，魏琅心裡的害怕一點不比田箏少，可見她一個女孩兒都比他冷靜，他只能逼迫自己不要慌，也正是因為這段路程有田箏陪伴，他才鼓起勇氣不再害怕。

魏琅雖然不想承認，但還是覺得若沒有田箏，自己一定不敢逃，也一定逃不掉。

此時此刻，他只能彆彆扭扭道：「算了，既然妳要喜歡，我……我就勉為其難讓妳喜歡好了。」

話一出口，尚還幼小的心靈第一次正式慎重地承諾了某件事。

田箏哪裡知道魏琅是個腦洞很能開（注2）的神奇孩子，況且她本來就真心喜歡魏琅，無關情愛，畢竟兩個才八歲的毛孩子，說的喜歡能是什麼喜歡？

見田箏沒出聲，魏琅覺得沒臉面，他都已經答應了，可是天真妹居然不激動地跳躍一下，他於是沒好氣道：「妳還吃不吃饅頭了？」

「當然要吃的。」田箏回過神，高興地接過那半個饅頭，作主分開兩半，遞了一半過去道：「你肚子也餓了吧，咱們一起吃。」

兩人高高興興地分吃了饅頭，直到田箏聽到山林傳來幾聲「嗚嗚……咕咕……」之類可疑的叫聲，儘管心裡很清楚是鳥叫聲，還是忍不住哆嗦著身子靠著魏琅。

魏琅十分鄙夷道：「怕什麼！那是野鳥叫。若是我帶了彈弓來，興許能捉住烤來吃。」

注1：不得勁，不舒服之意。

注2：腦洞很能開，形容對一件事容易有過多聯想。

魏琅的嗓音中氣十足，可是在漫無邊際的山林中，除了沒危險的鳥兒外，還有蟲蛇、野豬、狼之類的可怕物種啊！他心裡也沒底……

估摸著還要一個多時辰才天亮，兩個人最後找了棵大樹爬上去，互相依偎著熬到天際露出一絲光亮。

在魏琅與田箏逃出生天時，田家與魏家一家子都快急出心臟病來了，周氏與魏娘子兩人更是哭暈好幾回。

那晚田老大與田老五找上魏秀才，魏秀才與魏文傑當時在縣丞家，兩人心裡焦慮，但還是安排好事情。陳縣丞家的公子因由魏秀才教導，很順利地考中秀才，陳家人自然感激涕零，所以當即就拍板說一定全力幫助他們找人，又安排人告知了縣尉。本縣縣尉與魏秀才相識，出了這事，也是他職責範圍，便全力敦促衙門當晚派人手往各處可疑的地方搜尋。

當晚魏秀才不放心家裡，讓魏文傑與田老大、田老五三人先回村裡，他自己留在縣裡時刻瞭解情況。

第二日楊縣令一上衙門，聽聞此事，當即大怒，令人翻出往日舊案，派人著重找那些留下備案的人販子集團或者偷雞摸狗之輩，還有往日他們那些據點等順著一一摸上門調查，一時間反倒踹了幾個不法集團。

可以說，這次人販子與王管事算是踢到鐵板，陰差陽錯之下抓了魏琅，若只單單田箏一個人，可能事情沒法鬧這樣大。

找了一晚上沒有找到一點兒人影，田家一干人等與幫忙的村民都累得喘不過氣來，紛紛臨到天亮才爬上床歇息。田老三一行人挨村地搜尋，當然沒有收穫，累得筋疲力盡時他也不願休息，最後是被幾個漢子強行架回家的。

周氏心焦地等著丈夫回來，得知沒有消息時當即暈了過去。

天光大亮後，夫妻倆眼裡充血，強打起精神，準備繼續出去尋人時，突然接到一個勒索口信，是由鄰村的六歲小孩傳達的。

那小孩笑嘻嘻道：「有一個陌生伯伯給了我一塊糖，讓我告訴你們，想要兩個孩子平安，明兒鎮上集市時在左區第二間房屋等候，把香皂方子交給一位穿青布衣裳的人。」

小孩說完，就遞上一個東西。

田葉一看，馬上道：「是箏箏送給小郎的荷包。」

周氏當即手一抖，田老三瞬間明白發生這事的原由，居然是自家香皂惹來的禍事！

田老三急道：「我馬上把方子送過去。」

確定閨女暫時無事，周氏突然靜下心，腦子頓時清醒，她攔住他道：「你急什麼，咱們好好琢磨一下。」

周氏牽著那小孩的手，吩咐田葉去拿家裡的糕點，她努力扯出一個笑容，問道：「小哥兒，你告訴嬸嬸，那個給你糖的伯伯長什麼樣好嗎？」

聽聞有糕點吃，小孩努力回想一遍後只道：「記不得了，他戴了帽子，看不清面貌。」

田家人都忍不住失望，再三向小孩仔細詢問，也無法問出什麼，只得放了那小孩回家去。

周氏道：「你覺得這事可能是趙掌櫃幹的嗎？」

「那不可能。」田老三直搖頭，若是趙掌櫃，根本就不用費盡心機折騰這樣多事，想要方子，兩方只不過是一個價格的問題。

周氏想想也不可能，想到也事關魏家，顧不得隱瞞香皂的事，兩個人立即上魏家門，魏娘子與魏文傑幾乎也是一夜未眠。

聽聞此事，魏娘子心裡免不得要埋怨一番自家遭了無妄之災，可還是忍住沒說出什麼傷情面的話，魏文傑倒是平靜地問道：「對方說是明天嗎？什麼時辰？需要些什麼？是口頭授予還是書面？」

畢竟田老三一家人不識字，歹徒不知是否知曉？

田老三趕緊將對方的要求仔細地說一遍，魏文傑聽完，托著腮沈思片刻，才道：「田叔，你把方子大致說一下，不用太仔細，我現在就寫出來。」

周氏與田老三哪裡不肯，立時就說得清清楚楚。

魏文傑猜測既然對方目的是這個方子，只要拿方子作誘餌定能引蛇出洞，只不過想抓到人得提前佈置一番。

有了魏文傑出謀策劃，田老三夫妻也有了主心骨。

趕集那日，田老三按著魏文傑教導的，站在左區第二間房圍牆邊，一直站到腳都發麻也沒見什麼青衣人主動過來。

他心急火燎地四下掃視，周圍今日有四十多個穿著青布衣的人，可見那歹徒是個狡猾之輩，正在忐忑時，這些青布衣人突然不約而同地靠近田老三的位置。

田老三根本分不清該把東西交給誰，只嘴裡不斷道：「我一粗人，大字不識一個，請人寫了方子，但有些東西還是要口述一遍才清楚……」

少頃，原本圍攏的人中有一個很不顯眼的人伸手巧妙地接了紙條，他聽聞此話，腳步稍微停頓，沒有及時逃走。

正在此時，縣衙的便衣衙役一哄而上，把這些青布衣裳的人全部抓住。當見著穿衙役服飾的人出現時，四十幾個人哇哇叫囂，說的都是憑什麼無緣無故抓我們？

這裡很多人只是收了一筆錢臨時穿上青布衣，說若是等時機到了，就一起往田老三那兒擠過去，他們當然不知道什麼情況，歹徒的目的就是為了混淆視聽，方便自己逃脫而已。

因為衙役動作迅速，歹徒來不及將紙條藏起來，很快便被搜身時搜出來，立時暴露自己的身分。

怪只怪王管事太過貪心，心胸狹隘太甚，他根本捨不得把方子交給任何一個人，生怕別人獨吞他的功勞，所以王管事寧願自己親自出馬，也不雇傭一個人。

人贓俱獲，縣尉把王管事帶回了衙門受審，他親自審問，起初對方矢口否認，叫囂自己上頭有人，根本不怕一點兒事。

衙門裡的人確實得過泰康樓送的好處，王管事還是有一點人脈的，馬上就有人通知了黎掌櫃。

黎掌櫃上下打點，奈何今次楊縣令不買帳，只道：「泰康樓留著這樣品行不端的人，遲早都是禍事，今次本官必定要秉公辦事的。」

說來，泰康樓的主要關係網在金州市，那邊的官雖大幾級，可架不住縣官不如現管（注），何況楊縣令的關係網在京城，他後臺比金州市那位還要強，自然是不懼怕對方。

王管事沒疏通好關係，自然在牢裡受了苦，一連串嚴刑加上心理壓力下，他很快就認了罪，並把幾個人販子的訊息暴露出來。順著查下去，連那位王麻子也一道揪出，這一批被販賣的孩子全部找到，可惜就是不見魏琅與田箏。

等事情已經塵埃落定，聽說半途中兩位孩子逃跑了，魏家與田家一干人等既是慶幸，又是擔憂。這荒郊野外的，兩個稚齡孩童，該是如何平安度過三、四天呢？家中人想想便後怕不已，總之沒找著人，懸著的心就放不下。

田老三立刻跟田老大、田老二等幾個兄弟往田箏他們可能會出現的地方尋找。

田箏與魏琅若是知道魏家後續那麼給力，用得著這樣辛苦的逃命嗎？他們絕對會老老實實等著人來解救啊！

那日清晨天大亮時，田箏與魏小郎從大樹上跳下，夜晚摸黑只顧著逃命，隨便往山林裡面竄，一時間耗費很大功夫才辨認出正確方向。

聽歹徒無意中說漏幾句，似乎是往永林縣去，兩人不敢往大路走，怕遭遇返回來的歹徒，魏琅已經略讀了些地理志之類的書籍，待他算出方位，兩人就決定順著這個方向回家。

濃霧漸漸散去，太陽冉冉昇起，田箏抖掉身上的露水，望一眼遠處重疊的樹木，近處潺潺的流水，任是風景如畫，也奈何不了身體飢寒而無心欣賞。

春寒料峭，那種冷是深入骨髓。魏琅與田箏相顧無言，肚子咕嚕咕嚕的叫聲聽著委實尷尬。

良久，田箏呵呵乾笑著道：「小郎哥，我們找點吃的再上路吧？」

魏琅自己都餓得頭暈目眩，有什麼理由會反對？於是點頭道：「行。」

可是這荒郊野外，又是初春，野草都沒有發育完全，哪裡有多少能吃的東西呢？兩個人一直走了兩刻鐘，都沒發現什麼能入口的。

魏琅有些窘迫，實在是他對野果野菜的認知能力還比不上田箏，待見到一棵樹上結著一串串紅色的小果，他伸手就想摘來試試。

田箏見此，馬上拍掉他的手，急道：「這個不能吃！有毒的。」

注：縣官不如現管，直接管理者的權力大過高位的官員。

感謝她在這將近一年的日子裡，認清回不去的現實後，跟著姊姊們漫山遍野地跑，認識了很多可以食用的野果，也知道眼前這一叢矮小灌木結的果實就不可食用。

魏琅有些尷尬，嘴硬道：「不能吃就不吃。」

田箏想一想，實在沒辦法，只能去溪水裡摸摸看有無螃蟹之類的，但昨晚苦熬一晚，兩個人身子都有些受寒，最好別吃螃蟹這種性寒的東西。

山林裡偶爾響起幾聲鳥鳴，魏琅感嘆道：「我沒帶那只彈弓來，不然可以打幾隻小鳥下來烤著吃。」

由於古代環境好，野生鳥類物種很是豐富，這些鳥兒十分囂張地在兩人的頭頂上飛來飛去，可當他們伸手想去抓時，牠們又靈活地跑掉了，弄得兩人十分鬱卒。

田箏氣惱道：「活的東西咱們抓不到，還是挖些土裡長的吧。」

沒辦法，看有些種田文中，野雞不用設置陷阱徒手就可以抓到，怎麼她連一隻鳥的羽毛也碰不了？田箏深深地感覺到來自大自然的惡意了！

這裡草木叢生，又沒有人為的路，十分不好走，加上春天是萬物復甦的季節，那些冬眠的蟲蛇也要出來活動，田箏與魏琅兩人折了一枝結實的長樹枝，一邊走一邊拍打地面。

走了一會兒，山依然望不到頭。

魏琅覺得一直這樣漫無目標根本行不通，深思片刻，說：「田箏，妳還記得昨天我們來時的路況吧？咱們先回去找到大路，沿著大路邊的草叢走。」

他們畢竟年紀小，若是再遇上心懷不軌的人，就沒有那麼幸運能跑掉，所以只挨著大路邊，卻不直接走路面上。想想魏小郎的提議是正確的，田箏也不反對。

「小郎哥！快看，那是什麼？」

說完，兩個人都星星眼地盯著眼前的植物，嘴巴霎時流淌出口水，魏琅揉揉眼睛，故作鎮定說：「是桑葚，可以吃的。」

不待魏琅動作，田箏馬上伸手摘一顆塞進嘴裡，她瞇起眼，頗感幸福道：「好甜，小郎哥你也快吃吧！」

魏琅也沒法忍住桑葚的誘惑，一連摘下幾顆囫圇塞嘴裡，過後笑著道：「真的好甜。」

他們兩人還沒有走完這條小溪流，桑樹挨著溪水而生，果實非常多，一顆顆有些熟透變成紫紅色，田箏與魏琅暢快地吃到不想再吃時，才停住嘴。

為以防萬一，田箏找來幾片大的樹葉，兩人把熟透的桑葚全摘下來用樹葉包起來，帶著上路。此刻肚子雖然有飽腹感，可因為桑葚是水果，不是熱食，吃下去只覺得滿肚子冰涼冰涼，還是要找些薯根之類的才行啊！

可現實是殘酷的，半個時辰後，田箏與魏琅才找到那條大路。這條道由於長年有馬車、行人走過，修建得還算寬敞，只不過目前他們站著的地方既不挨著村落，也沒有城鎮，幾乎見不到半個人影。

即使沒人，田箏也沒有安全感。之後，兩人一直走了兩個多時辰，才翻過一座大山。

魏琅偷偷地瞧了一眼身邊的田箏，見她那雙平時亮晶晶的眼睛暗淡無光，白皙的小臉蛋上有被草叢刮傷的細痕，他沒來由一陣氣悶！都怪自己手無縛雞之力，當時若是他抵抗得了歹徒的襲擊，也就不用受苦。由於心情低落，魏琅很不想說話。

「小郎哥，你在想什麼啊？」田箏好奇地問，叫了他幾聲都沒回應呢。

魏琅想到了什麼，可心裡不確定，於是低聲問道：「天真妹，妳認為一個男子漢該不該學一身拳腳功夫？」

魏家全家都是弱雞般的書生，即便是大哥也從未想過學功夫，所以魏琅只覺得讀好書就夠了，可如今他的思想產生改變，這變化令他不肯定自己是否正確，便急切需要一個人從另外的角度提供建議。

話題轉變也太奇怪了。田箏狐疑地看著他道：「男人會點拳腳功夫，既能強身健體，遇到危險時亦可自保，沒什麼不好啊？」

聽完，魏小郎表情有些不自在，紅著臉道：「妳放心，我回家後會好好學的。」以後學好了拳腳功夫，再不會讓田箏遭遇歹徒的危險了。嗯，就是這樣！魏琅握拳，在心裡狠狠發誓。

聽魏琅語氣嚴肅，說得如此慎重，作為小夥伴不能不鼓勵對方，於是田箏拍拍他的肩膀，很正經地說道：「我相信小郎哥，你一定能學好。」

魏琅別開臉，故作惱怒道：「妳等著看吧，我一定能學好，小郎哥不會讓妳失望的。」

總覺得談論這個有點怪異，田箏轉移話題，她趕緊把自己剛才的新發現說出來。「這種葛藤的根，好像可以吃，咱們挖一點出來看看吧？」

一聽說可以吃，魏琅也顧不得其他的，馬上蹲下身仔細查看一番，這種藤蔓長得一叢叢，他以前在植物錄中見過，村子裡也有人挖來煮食。

不等田箏說什麼，魏琅就很自覺地尋找到葛藤的根，因山地土質結實挖開不易，只能找根樹棍作為挖土工具。

田箏也立即幫忙，兩人費了好大勁頭，才挖到一顆三根手指般大小的根莖。這種根莖以前在田家的飯桌上見過，當時過節殺了一隻鴨，鴨肉處理好，把這種葛根切成塊一起燉湯，她記得味道非常美味。

田箏擦淨泥土，自己用嘴巴咬掉皮，見根莖裡面的澱粉含量很高，弄了點汁液進嘴巴，有些微甘甜，心中歡喜，便露出一個大大的笑容。「小郎哥，咱們多挖幾顆出來，等會兒找個地方燒火烤熟吃。」

葛藤的根莖都長在泥土較深的地方，田箏與魏琅兩人借助簡單的工具，消磨了半個時辰才挖了五、六顆。

由於不知道還要走幾天路才能回到泰和縣，能儘量挖些果腹的東西，他們就不放過一絲。於是兩人分工合作，魏琅繼續挖，田箏就生火烤食物。

她找了很多枯樹枝，再挖了一個簡易的坑，先把坑底燒熱，然後把葛根埋入灰土裡，繼續燒火，大概用了兩刻鐘，葛根才熟透。

顧不得燙嘴，兩人幾乎是狼吞虎嚥地吃完一顆。田箏燙得哇哇大叫，魏琅的樣子也好不了多少，互相對視一眼，同時哈哈大笑起來。

趕路時不知時間流逝，等發現太陽西斜，田箏與魏琅終於意識到夜幕將要降臨了。這其間，他們行經過一個小村落，由於剛剛受到迫害，兩人也不敢尋求幫助，猶豫了很久，魏琅決定繼續前行。

此刻，樹影婆娑，天漸漸暗沈。所幸他們找到一個小石洞，裡面還有燒過火的痕跡，估摸著應該時常有人在此逗留。

兩人決定在此留宿，田箏去摘了些艾草之類能熏蚊蟲的植物，把石洞的蚊蟲熏出去後，魏琅也去找了乾枯的茅草墊來躺，並把之前挖的葛根當作晚餐。

因夜裡實在太冷了，也怕晚上有什麼大型動物出沒，他們在石洞外面生了一堆火。山林裡最不缺柴火，彼此挨著坐在一起烤火，田箏有一搭沒一搭地往火堆裡面添柴，那思緒早已不知道往哪兒飛去。

那夥歹徒說話時，她生怕錯過逃跑的機會，所以時時留意聽，田箏隱約聽到一、兩句，她和魏琅被綁架不是偶然，而是有人特意出錢策劃。

會是誰？

田家世代耕農，與世無爭，跟誰有這樣深仇大恨，要賣了他們才解恨？田箏實在想不透有人這麼做的意圖，除非有巨大的利益當前。

可是，她家有什麼好被人覬覦的？

田箏想破了腦袋，糾結得要死，她心裡突然咯噔一下，莫非是香皂惹出來的事端？他們一家人一直很注意不被人發現，甚至有錢也不敢拿太多出來使用，即便是這般小心翼翼也露出蛛絲馬跡嗎？

會是誰？田家的伯伯叔叔們絕對不可能，首先他們根本不知道香皂，固然知道，也不會做這樣喪心病狂的事。親戚被排除了，那只能是香皂阻礙了別人的財路，故而嫌犯一定就在商賈群體中。

摸索到一點頭緒，田箏的憂心並沒有解除，她相信歹徒不會就這樣輕鬆地放過田家，還不知道後手是什麼，而他們又該怎麼辦？

田箏睜大眼，心頭一陣陣害怕，不由自主地往魏琅身邊靠過去，魏琅心中很嫌棄，不過還是沒有推開她。

「妳幹什麼，不是烤著火嗎？還冷？」魏琅問道。

田箏小心地問：「咱們明天能回到家嗎？」

魏琅肯定道：「會的。」

魏琅那張圓潤的臉，因這兩天的顛簸消瘦了一些，但一雙眸子卻黑亮得嚇人，田箏望著望著，突然很不好意思了。

虧她是個成年人，一路上還要個小孩子作為心靈依靠，想想真是慚愧萬分，沒有魏小郎陪著，她一定會崩潰掉吧？

而一想到魏琅有可能是被田家連累，田箏就不敢理直氣壯地面對他。

以後，她該對魏小郎好一點才行啊！

迷迷糊糊中，田箏被凍得睜開眼睛，轉頭一看旁邊，魏琅不在了，她心下一驚，立馬爬起來，顧不得其他，張口就喊：「小郎哥……你在哪兒？」

漆黑中，聽到一點響動，魏琅正抱著一捧柴進來，他扔下枯木，翻個白眼道：「鬼叫什麼，小心招來野狼。」

田箏挨過去，幫著一起折斷柴薪，低聲道：「我擔心你嘛。」

魏琅未答話，沈默地架起枯枝，然後把用來引火的松針葉放在底下，拿起打火石開始點火。睡前點燃的火堆早已熄滅，石洞裡面冷得死人，魏琅也是凍醒後，才爬起來重新在附近找了柴火回來。

「靠近我一點。」魏琅冷著臉道。

田箏窘迫地擦擦額頭沒有的汗珠，為了取暖，顧不得什麼男女有別，這兩個晚上他們都是互相擁抱著睡，也因為兩人年紀還都很小，田箏倒沒什麼其他想法，畢竟特殊情況，特殊對待嘛。

這會兒被魏琅命令，她十分沒節操地靠了過去。

地上實在是太涼、寒氣太重，不能再躺地上，魏琅加完柴火，然後指著自己的肩膀道：

「妳靠著我睡一會兒吧。」

田箏因魏琅的關心，心裡突然升起一股暖意，道：「你也靠著我吧，我現在不睏，你想睡就先睡一會兒。」

魏琅看了一眼田箏，什麼也沒說，很自然就把頭抵在她的肩膀處，閉上眼睛慢慢地入睡。

聽著耳邊平穩的呼吸聲，田箏知他是真的睡著了，她小心翼翼地給火堆添柴，儘量不吵到魏琅。她就這樣看著火，一直到天空泛白，清晨的空氣還含著初春特有的凜冽寒涼，她將魏琅搖醒，兩個人把葛根烤熟吃完就繼續用兩條腿走路。

在田箏與魏琅苦苦熬著日子，好不容易深一腳、淺一腳地步行回到泰和縣時，正好撞見了村裡的羅把式。

田箏幾乎是看著救命恩人般，十分感激道：「羅大叔，真虧了您，不然我們腿都要走斷了。」

羅把式坐在牛車前，特意轉過頭，黝黑的臉上掛著燦爛真誠的笑容，他呵呵一笑道：

「老天保佑，箏丫頭與小郎你們兩人平安無事。」

魏琅問道：「羅大叔，我爹娘與哥哥找人尋我們來了？」

羅把式道：「可不是，滿村裡的人都幫著找，那人販子也被捉住了，救了好幾個村的小孩。就你倆不見，能不把你們爹娘急壞嘍？」似乎不盡興，他接著道：「那殺千刀的惡人，是該下地獄的。」

田箏與魏琅實在累得沒精神，斷斷續續聽著羅把式嘮叨這幾天發生的事。當聽到抓住了那夥人時，兩人心情忍不住激盪。

不過當田箏知道事情始末後，恨不得拍自己幾巴掌，這不是坑姐嗎？坑了姐不夠，還坑魏小郎這樣可愛的孩子啊！天理何在？

他們這幾天過著一段野人般的生活，不只忍凍挨餓，還靠著啃樹皮、挖葛根、摘野果飽腹才活下來。早知如此，還不如不逃了。

轉眼間，牛車來到魏家門口，羅把式麻利地跳下車，興沖沖地去拍門，連連道：「秀才娘子，妳家小郎回來了、妳家小郎回來了。」

裡面一陣急促的腳步聲，魏娘子很快打開門，她二話不說，抱著魏琅就痛哭流涕，大聲喊道：「我的兒呀……你這幾天在哪裡遭罪了？」

見魏娘子反覆地查看魏琅，似乎一個毛孔都不放過，眼裡更是流露一陣陣的心疼。

田箏很理解她的心情，只打了聲招呼：「伯母，我先回家去了。」

魏娘子擦擦眼角，抽空道：「箏箏快回家去吧，妳娘也急壞了。」

再三謝過羅把式，田箏才往自家走。離開時，她依稀聽到魏琅不滿的話語，似乎說：

「娘，行了！我一個男子漢哪有那麼脆弱。」

田箏噗哧一聲，由衷地笑了。真好，總算回到熟悉的土地、熟悉的家人身邊，待會兒一定要讓娘給她煮幾顆雞蛋吃。

一直走到家門前，往日裡總會有喧鬧聲，此時卻靜悄悄，田箏跨入堂屋也沒發現人影，心中不免奇怪人都跑哪兒去了？

正在這時，提著木桶的周春草見到了田箏，她趕緊放下木桶，急切地衝過來道：「箏丫頭，妳這是去了哪兒？」

「五嬸，我爹娘他們呢？」田箏忍著被春草一頓揉捏，開口問道。

周春草嘆氣道：「待會兒我喊妳五叔去鎮上把妳爹娘叫回來。自從妳走丟後，妳爹娘都沒合過一天眼，整天往鎮上衙門前守著呢。」

報官後，衙門連續端掉幾個人販子集團，陸陸續續解救了些孩童，後來抓走田箏他們的那個集團也被逮捕，得知田箏與魏琅中途逃走，田老三與周氏請了幾位伯叔，還有兩位舅舅在通往永林縣的道路上找了好幾天，也沒見著人影。剛開始的慶幸轉變為焦慮，田老三與周氏只得把希望寄託在縣衙裡。

聽聞爹娘他們還去那兒找過自己，田箏真是忍不住淚千行。在陰差陽錯之下，與爹娘他們錯過了。早知道就不要自作聰明，那四天飢寒交迫的經歷、個中辛酸，田箏真的是一輩子也不樂意想起來。

少頃，田老五聞訊趕過來，急忙數落田箏幾句，就匆匆往鎮上去了。

田箏回來稍微收拾一遍，這才往祖屋那邊去給祖父母報平安。因為田老三與周氏為了等消息，直接暫住在鎮上，尹氏就把田葉與田玉景兩個人接過去住。

這會兒，田葉與田玉景兩個人抱著田箏哇哇大聲哭泣，弄得田箏也忍不住掉眼淚，她可真是一輩子沒哭那麼傷心啊。

一家叔伯嬸子都聚集在祖屋裡面，尹氏讓劉氏掌勺，準備一塊兒吃一頓飯。一群人哄哄鬧鬧，依然像以前那般，可是經過差點被拐賣的事件後，田箏突然間覺得，即便聽到這種吵鬧聲，她也不再那麼煩躁。

平安到家四、五天後，田箏都沒有得到一個出家門的機會，魏琅也被魏娘子關在家裡，不讓出門。等周氏心神放鬆一些，田箏哀求了好一會兒，才得以出門。

聽聞這次的事情，燕脂坊的趙掌櫃得知情況，見田老三與周氏每日往返鎮上很不方便，就給他們安排了一個住所，如果時間晚了，便能直接在那兒留宿。

飯畢，趁著三房一家人聚集在餐桌邊，周氏就道：「明日我和妳爹去鎮上，除了要答謝趙掌櫃的幫忙外，還想把咱們家的香皂方子賣給他，這是箏箏想出來的法子，妳覺得爹娘這樣做行嗎？」

田箏很心疼，若是賣方子就等於把銀子拱手送出去啊！想想幾個月來，他們家每月靠著香皂至少都能賺二百多兩。這……

見田箏糾結的臉，田老三心裡也不好受，可是繼續握著方子在手裡，等於隨時帶著一個隱患危機。他不敢讓家裡人再冒一點險，跟媳婦商量後，都認為乾脆賣給燕脂坊算了。

兩方合作這樣長時間，彼此都有一定程度瞭解，相信趙掌櫃也不會讓他們太吃虧。

田家除了田老漢與尹氏知道詳情，其他的兄嫂弟妹目前都不曉得三房手裡有大筆銀子。而田老漢與尹氏的意見，也是希望他們把方子賣出去。

算了，爹娘已經決定了，田箏也不好反駁他們。

「爹、娘，你們覺得怎麼樣對咱家好，就怎麼做吧。」

田老三與周氏不由得露出欣慰的笑容。

周氏起身把田箏摟進懷裡，揉著她的頭，笑道：「箏箏不要鬱結於心，爹娘心裡有打算的，只求著你們平平安安待在身邊就好。」

田箏不能不鬱結啊，她還有很多想法等著實踐呢！比如，她還沒有研究出各種顏色的香皂，還有發明出洗臉、洗澡、洗頭、洗衣服專用，甚至洗碗刷鍋類似洗潔精作用的香皂，此外，香皂做成各式花樣，用來送禮等等的想法，都要泡湯了嗎？一想到這些，她就覺得心在滴血。

當然，田箏也可以把這些想法實踐後，提供給燕脂坊換錢。不過，一次性得到的報酬，哪裡有長期穩定來得多？

一時間，她熊熊熱火般的心全被澆滅。

第二日，田老三與周氏兩人準備一番，帶著田箏一起進入趙掌櫃家裡。

趙掌櫃的家是一座二進的四合院，規模還不錯，家裡請了兩、三個僕從幫忙打理家務。他們一進去，就被熱情地請到正廳入座。

趙夫人看起來年紀比周氏大很多，先是由她招待周氏和田箏兩人，在院子裡遊覽一圈，又被請到小花廳吃點心。

田箏不放心爹爹怎麼與趙掌櫃洽談，所以請求一番後被帶入了正廳裡面。進去時，兩人已經商談得差不多了。

趙掌櫃給田老三斟了茶，放下茶壺，然後道：「老弟所言，我十分理解。咱們合作這樣久了，我就打開天窗說亮話，你們願意賣給我，我是十分開心的。只是，二千兩銀子，我店裡如今實在拿不出來。」

說來，二千兩銀買這個方子絕對划算，只看近幾個月的銷售額，就知回報率高，他還打算把燕脂坊的生意以香皂作為主打呢！可是，燕脂坊的流動銀錢真不多，趙掌櫃苦笑著搖頭。

田老三沈默片刻道：「趙掌櫃，既然您肯說心裡話，我也很乾脆。這錢，遲些再給我們也可。」反正他們也有時間等。

二千兩的價格，是田家兩老與田老三夫妻共同商量後確定的。這價格聽著是很高，不過依著幾個月來香皂的銷售情況，回本不用多長時間。燕脂坊投入精力加大批量生產，在方子沒有洩密前，一定能迅速打響知名度。

在商言商，該當爭取的利益要爭取，但是若能兩方合作愉快，卻是更好。

趙掌櫃權衡再三，乾脆道：「老弟這樣乾脆，我豈可露了怯？這二千兩，我最快能分三次兌給你們，即刻就能立好契約。」

在兩位大人洽談時，田箏突然想到現代的股利分紅，其實他們可以把這二千兩當作入股到燕脂坊，既能解決燕脂坊的財務危機，也可以保持細水長流，不斷了田家的財路。

田箏便大著膽子問道：「趙伯伯，我們家的銀錢，不能投資到鋪子裡嗎？這樣您只要年底給我們分紅利就行了呀？」

趙掌櫃與田老三同時一怔，似乎都沒有想到這個問題。

田老三首先不解道：「如何投入？妳小孩子家胡說什麼！」

燕脂坊開了這麼多年，就算是缺二千兩，那也只是暫時的，以田老三的理解，鋪子該很快就能盈利，哪裡就能輪到他們插手進去？

話已經出口，田箏就繼續把自己的想法說了出來。「咱們家不急著用銀錢，趙伯伯可以白拿方子賺錢，而我們只需要占少量的分紅就行了。這樣，於我們家，於燕脂坊，不都很好嗎？」

趙掌櫃驚訝的目光投到田箏身上，沒想到這樣的小姑娘心思那麼敏捷。他是個商人，想得比田老三、田箏都要多。

商戶之間，常常有合夥起來做買賣，有人出人，有力出力，收益後按持有的比例分配利潤，能避免不少風險，絕對是共贏的好方法。

另外，商人想要尋求庇護，搭上有權力的官員，也會給官員入股。但凡月底、年底該給的供奉是一分也不會少的。

可是田老三既然說願意讓燕脂坊遲些再付部分錢，趙掌櫃當然不樂意讓他們入股了，因為入股後每年還得分紅，而分批付錢就是當向田老三借的。

商人就是要圖利，兩相一比，趙掌櫃心如明鏡，樂呵呵地笑道：「田姑娘的想法是很好的。只你們不懂生意場上的事，想要把香皂做強做大，不是三言兩語能解釋清楚的。」

趙掌櫃的話一出口，田老三就有些尷尬，面上很不好意思。

特意停頓片刻，趙掌櫃又道：「實話說，我還是想直接買方子。」

說出口的話潑出去的水，田老三道：「實在抱歉，趙掌櫃的，還是按咱們剛才商量的算數吧。」

田箏很無力地閉上眼睛，她覺得自己很多時候都想當然耳了，比如自家爹沒有做生意的天賦，而她人微言輕，不長大根本沒說話權。

至此，所有事情已談好了。趙掌櫃把文房四寶拿來，研墨後，在几案上鋪開筆紙，趙掌櫃執筆就唰唰地寫下剛才協商的條款。

田箏識字已經不用掩飾，等寫完了，她靠過去看，一條條地讀給田老三聽，言畢，趙掌櫃先按押簽字，隨後田老三也按下了手印。

接下來，就得現場教導對方做香皂。

因為怕洩密，趙掌櫃帶著他們進入到一間小灶房裡面，這時趙夫人領著周氏也過來了，工具材料這些田老三已經帶來。由周氏與田箏兩人示範，只做了兩遍，把各種注意事項解釋一遍，趙掌櫃夫妻都已弄明白。

對於香皂需要一個月的成熟期，趙掌櫃又連續問了好些問題，事情總算談妥當。

未被綁架前，家裡香皂模具全由木匠張二郎無償幫忙，受人恩惠一定要償還，便說好給他介紹一條財路，爹娘都已經同意。因此田箏把現代一些樣式的香皂盒說給他聽，讓他做出一批高檔盒子，其中有好幾個樣式，比如牡丹花、玫瑰花等等花朵形狀，每個模具底部還刻了燕脂坊三字。

既然香皂是燕脂坊特有，怎麼能沒有商標呢？田箏不介意送個人情給趙掌櫃。別人已經知道製作方法，估摸著以後也能琢磨出來這些，錦上添花的事情，何樂不為？

果然待香皂盒子拿出來，趙掌櫃一看見底部的字樣，還有栩栩如生的各式花樣香皂，他馬上就露出欣喜的表情，大笑道：「這樣好！很好！竟是與咱們吃的點心一般好看，那些大家閨秀們一定很喜歡。」

只一瞧，就大有可為。趙掌櫃與趙夫人都很高興，看著田老三父女的目光更加感激了。

趙掌櫃慎重道：「田老弟，別的話我也不多說。現在老兄我的能力雖然不比往日，可人脈還是有些，往後你遇到難處，只要我能幫忙的，我一定全力以赴。」

田老三與周氏紛紛點頭道謝，兩方的關係更加融洽。

雖然吃了點虧，而且趙掌櫃的保證還不知道以後能否用到，可他們家方子不得不賣，田箏想，這已經是最好的結果。

田老三思索片刻，開口請求道：「趙掌櫃，您看這些木盒與模具如何？是我們同村木匠做的，他的價格十分低，且每月能送到您鋪子裡。您能否幫忙收了呢？」

雙方氣氛很好，並且又是一點小生意而已，趙掌櫃哪裡會計較這些，並且他將來也需要找木匠合作，於是大大方方道：「你回家去後，只管讓那木匠先生到我店裡商談一番，每月的數量還有樣式，我想做下調整。」

以後哪種樣式賣得好，成本低，這些還得仔細詳談。

田老三道：「行，回家去我便與他說。」

把所有事情談完，趙掌櫃一家極力留飯，田老三還是拒絕了，帶著周氏與田箏兩人坐牛車匆匆趕回鴨頭源。事情解決後，夫妻倆懸著的心瞬間安定，便開始琢磨買田買地買山的事，趁著春耕還沒開始，通通早些定下吧！

第十章

晚飯時分，魏琅終於被解禁來到田箏家，他把縣城的最新消息帶給田箏。

話說，那泰康樓的王管事被抓後，證據確鑿只能認了罪，魏秀才與魏文傑權衡一番，為了保護魏琅的名義，並且不讓田家三房牽涉進商戶惡劣競爭中，特意請求楊縣令，將王管事為弄香皂方子才行綁架勒索之事保密。

於是楊縣令以王管事參與並主謀拐賣兒童的罪名，判了他流放之刑，而本來在泰康樓裡，那黎掌櫃花了那樣大心血培養他做心腹，這會兒搞砸了，知道無力回天，乾脆就放棄了，也不再花人力物力替他周旋。

總之，事情完全朝對田家最好的一面發展。

田老三與周氏聽說後，感激不盡，沒有魏秀才與魏文傑的幫助，事情哪裡能那麼順利呢！他們該當好好弄一份禮去答謝才行。

看著魏琅，田老三夫妻幾乎就把他當成親生兒子一般疼愛。

魏琅坐在田家的飯桌旁，十分自然地接受周氏挾過去的菜，嘴裡還直接道：「嬸嬸做菜好吃。」

周氏笑了笑，又給他挾一筷子，道：「小郎近來可是瘦了不少，你要多吃一點。」

魏琅重重地點頭道：「我是該多吃一點，要長個子！」

田箏盯著魏琅那圓滾滾的身材，這完全是往橫向發展，真是令人汗顏啊，長輩就愛睜眼說瞎話，哪裡看見一點瘦？要她說，魏小郎該減肥才是。

田玉景卻殺風景道：「我跟小郎哥差不多高呢！娘，我也要多吃飯，我要快快長高長大！」

魏琅馬上黑了臉。

故意忽略魏琅的鬱悶，田箏笑嘻嘻道：「阿景，光吃飯可長不高，還要多幹活、多運動，不然只會長肥肉。」

魏琅顯然聽懂了田箏話裡的意思，臉色更是黑如鍋底，本來挾入嘴巴的菜，他猶豫了一下，還是扔了筷子。

「胡說什麼！」周氏斥責道，接著趕緊對魏琅說：「小郎別在意箏箏的話，飯哪裡能不吃飽？你只管吃飽就行。」

魏琅隨意扒了幾口，然後道：「我吃飽了。」

周氏狠狠瞪田箏一眼，弄得田箏十分不好意思。她不是故意不讓魏小郎吃飯，實在是這傢伙太能吃了，一直長肥肉對身體也不好啊。勞逸結合，適當飲食，才是正確的養生方式。她的用心良苦怎麼就沒人懂呢？

稍晚，魏琅吃飽離開田老三家後，沒多久，家裡要買果園的事，三姊弟也得知了消息，三個人很興奮，一想到家裡將有吃不完的水果就睡不著覺。

在大鳳朝的農村，水果只有桃子、梨、桔子等普通的種類，並且家家戶戶就那麼一、兩棵，有些人家甚至沒有。泰和縣這個以糧食為主的小縣城幾乎沒有專職果農，想要吃水果，只能應季，山上有些什麼大家都去弄來吃，過季了就不吃。反正水果又不是糧食，不用天天吃也餓不死。

當然，每逢趕集時，家裡水果富足的，也有人挑來賣，自然有大把人花錢買來吃。由此可見，買果園的前途目前還真不好說。

卻說祖屋的田老漢與尹氏，目前依然跟著田老五夫妻生活，也常幫四房看護孩子、煮飯之類，而周春草是新嫁娘，對這種情況只睜一眼、閉一眼由著兩老高興。

自從分家後單獨從事農活，田老漢還是不放心兒子們，常挨個兒去各房看一眼，沒什麼事才回家裡待著。

田老三與周氏進了祖屋，他們一來是想跟爹娘說一聲買果園的事，另外也是說說香皂的事。

見到三房夫妻，尹氏神色淡淡的，她年紀大了，心思難免重一些，她這些日子時常在想，若是箏箏沒有出事，那老三手裡握著那麼大筆的銀子，也許他們兩個老不死的一輩子都不會得知。而且，他們明明知道兄弟們日子不好過……

有些事越深究，心裡越不好受，尹氏立刻阻斷自己沒必要的聯想，對田老三道：「找你們爹吧？他在你們三叔那兒，我去喊他回來。」

「娘，妳就別去了，我去喊一聲爹回來。」周氏道，她腳程快，來回打一轉也就是一下子的工夫。

等周氏離開爹娘房間，尹氏與田老三面對面，田老三有些尷尬，幾次想開口說點什麼，最後還是打住了嘴。

田老三自認為事無不可對父母言，長這樣大，唯有香皂這件事隱瞞了父母親，前兒是因為著急閨女的事，沒時間深想，這些天空閒後，他羞臊得都不好面對田老漢與尹氏。

少頃，尹氏問道：「下了穀種後，你地裡打算種些什麼？」

田老三趕緊道：「往年種玉米，今年我們也不變。」

尹氏點點頭，又道：「你四弟他們今年都改種黃豆。」

「種黃豆可以，這樣老四他們就不用再花錢買豆子了。」田老三又趕緊道，依他看也該如此，兩、三個月來田老四的豆腐生意不錯，因為村裡人種黃豆少，每次用完就得去鎮上買豆子，零零散散也花去不少錢。

母子倆有一搭沒一搭地閒聊著，很快田老漢回家來，他現在是煙桿子不離手，一進門就猛吸一口，才問道：「你三叔家的牛需他們耕完田後，才能給我們用。老三，你們是怎麼打算的？」

田家沒有牛，得去三叔家借。而犁田不用牛的話，只能靠人力挖，那可真是辛苦的活兒。

田老三端正身子道：「爹，我和阿琴都決定買一頭牛，想讓你幫忙掌掌眼，去鎮裡挑挑哪兒有好牛可買。」

田老漢與尹氏似乎毫不吃驚，田老漢思索一番，最後道：「有餘錢是該買頭牛回家來，以後好生餵養，也能造福家裡人。」

地裡刨食的人家，耕牛比人命還貴重，買一頭牛，起碼幾十兩銀子，朝廷也深知耕牛的重要性，明確規定老百姓買牛後還要去縣衙上戶，無故不得殺牛，生老病死後，也要上衙門報備。

這次，老兩口得知三兒子手裡有錢，心裡就打起了小算盤，商量著一定要讓三兒子買牛，這不，一開口田老漢便出言試探兒子的反應。

好在兒子上道，田老漢撫著煙桿子，心裡很欣慰，臉上就露出笑容來。「你們年輕，門道你們是不懂的，明兒爹與你一道去鎮上看看。」

尹氏也沒料到兒子兒媳那麼爽快答應，便笑道：「讓你們爹陪著一塊兒去。不過我是一定要說一句話的，今後你幾個兄弟要借牛用，你們兩人可不能使臉子給他們看。」

田老三是孝順兒子，父母的話當然會聽，周氏知道尹氏這句話是有意對著她說，於是也跟著笑道：「瞧娘說的，大哥、弟弟們用，我們還能不借呢？」

見兒子兒媳都很聽話，人心是肉長的，田老漢與尹氏兩人不由得也為他們思考，尹氏道：「你們的銀錢都好好收好，別給你幾個兄弟知曉。」

田老三紅了臉，趕緊道：「娘，我們賣了香皂方子賺了錢，這一百兩給你們用。」

說完，周氏立即就把包袱打開，裡面有一百兩的現銀。

田老漢與尹氏同時站起來，說不驚訝是假的，可是他們也不會白白接受這樣一大筆的錢，故而田老漢當即推拒道：「你趕緊給收回去，我和你娘還有多少日子？拿這麼多錢做什麼？」

沒準兒讓別人說他們老不死的還緊扒著兒子口袋裡的錢。

周氏笑笑道：「爹，這是我和老三真心孝敬你們的，錢給了你們，你們想怎麼用就怎麼樣用吧！您也知道，我們還有不少錢呢。」

「銀錢還怕花不完？聽話，都收回去。」田老漢看也不看包袱裡的東西，別開臉有些生氣道。

雖然氣田老三夫妻之前隱瞞，可這會兒真要接受，兩老過不了心裡那道關口，況且田老漢與尹氏只想敲打一下，希望他們今後多幫襯兄弟們就好了。

尹氏也道：「聽你們爹的，把錢拿回去吧。」

田老三與周氏互相對視一眼，最後由田老三開口道：「爹、娘，說句真心話，我和阿琴手裡有這樣多錢，卻不幫襯兄弟們，心裡覺得過意不去。如今只拿一百兩出來給爹娘，心裡還是慚愧得很。這錢給了爹娘，我心知爹娘也會拿出來幫襯哥哥弟弟們，所以你們不要推辭，就收下吧。」

田老漢與尹氏不是不明事理的人，這錢該如何分給幾房人，他們一定能找到合適的方法。

聽起來白送錢給兄弟們是很傻氣的行為，周氏心知：唯有如此，田老漢與尹氏才能更理解他們，也會設身處地為三房著想。

僵持了好一會兒，尹氏把銀錢收起來道：「你們儘管寬心，我會跟村裡人說，還有跟你們兄弟們解釋，他們不會來為難你們。」

三房的錢要光明正大地拿出來用，只要把田家幾個兄弟的觀念建設好，也就沒什麼大問題。

田老漢想到什麼，嚴肅道：「錢不要都露出來給別人知曉，你們要把大部分留著給三個孩子將來用，其他的多買幾畝地吧。」

依田老漢的看法，明面上的錢全用完，就不會有人打主意。

田老三趕緊道：「爹、娘，我正想告訴你們一聲，我打算把村尾那一片荒山都給買下來，然後種些果樹。您看如何？」

尹氏首先不同意，當即訓斥道：「種那些有什麼用？我可不允，你們別飯沒吃飽幾天，就琢磨那些有的沒的。」

尹氏的反應在意料之中，本來田老三夫妻也沒打算一、兩句話就令爹娘接受。

之後，田老三把自己的具體計劃說了一通，那座山頭改為買溪水旁相鄰的兩個，而田地買十幾畝，凡此種種，一一耐心地說與兩個老人家聽。

田老漢已經鬆口，尹氏依然不贊同，細細想一番，田老漢拍板道：「孩子們有自己的主意，咱們就別干涉了。回頭我與里正說，你既然想買，我就幫你掌掌眼。至於果樹，我也給你去山裡面挖樹苗。」

反正三房在縣裡賺了一筆錢在村子裡是藏不住的，他們現在把錢合理用完，鄉里鄉親之間就不會出那麼多事端。

徵詢到爹娘同意，田老三與周氏接下來做起事果然方便很多，不論是買牛，還是買山，老田家幾房人都沒什麼鬧騰。

大伯母黃氏得知三房買山，她的想法一樣是買山有什麼用途？還不如老老實實買幾畝田，便過來苦口婆心地勸解一番。「阿琴，妳和老三這想法可不行，趕緊打住吧，妳若想買田地，我回娘家打探看有誰願意賣。」

買田地若去縣裡找牙行，牙行要抽取一定的佣金。為了省下這一筆費用，老百姓們有賣田地的人家，都是私下遞消息，想買的自然會尋上門。不過，一般人很少賣自家田地，除非遇上災禍、舉家搬遷等等大事，這可是要等機會。先前周氏與田老三在村子裡面打探過，村裡沒有一家人樂意賣。

黃氏的娘家洪塘村的耕地面積比鴨頭源廣，到處問問，她想興許有人樂意賣呢，於是特意跑到三房門前告知一句。

周氏表示感激，還是道：「大嫂，老三他打定了主意買山，我也沒辦法改變，還是走一步算一步吧。」

見三房夫妻都不聽勸，黃氏無奈嘆氣道：「爹娘也由著你們，唉……真不明智，不過你們既然已決定，若是要整地、修圍牆，我喊阿華、阿程過來給你們幫忙。」

自己這大嫂雖然說不上多大方，兩家關係目前倒還挺融洽，周氏有什麼理由拒絕對方主動幫忙？於是笑著道：「那就多謝大哥大嫂。」

幾日後。

清早，田老三買下幾斤豬肉，還有一副豬大腸，周氏早早就開始拿草木灰清洗，準備大展身手弄一桌好菜。

田箏一看這架勢，知道要請人來家裡吃飯。果不其然，田老漢、里正田守元還有三叔公，連同田老大都過來了，幾個漢子匆匆吃完早飯就往山上去。

一行人主要目的是丈量山地，一直忙到日上三竿，才把所有的事宜弄完。

灶房裡，劉氏匆匆送來一板新鮮豆腐，她笑著道：「今兒煮什麼呢？我這豆腐剛弄完，該不會來不及送吧？」

「哎！正是及時雨呢，我還嫌幾個菜式太過尋常，四弟妹待會兒留下一道吃飯吧？順便把老四也喊來。」周氏接過豆腐，客氣地笑著道。

劉氏趕緊擺手道：「我還急著趕回去，得往夏園村送一桶豆腐。哎喲……就不留了。」

等劉氏出了門，田箏蹲在土灶旁，看著桶裡面活蹦亂跳的小魚仔，那是剛才二伯母胡氏送來的。她心裡一直納悶，這伯伯叔叔們怎一個個那樣大方了？

田箏問道：「娘，四嬸有收我們家豆腐錢嗎？」

周氏準備做一道肉沫釀豆腐，此刻正用刀背剁肉餡，聽了就笑道：「妳一個小孩，老是計較著銀錢之物做什麼？妳四嬸既然送來，當然不會收咱們錢。」

四嬸有那樣大方？田箏撇撇嘴，當初豆腐坊剛剛開業時，劉氏第一天送了盤豆腐來，還拐著彎要錢呢！新鮮出爐的豆花，他們三姊弟去吃，一碗還收了一文錢。

更別說二伯母那老摳門，總之，家裡氣氛很是怪異，捉摸不清啊，捉摸不清……

再捉摸不清，田老三還是順利把村尾的兩座山頭買了下來。兩座山頭一共有五十多畝地，花了不到二百兩銀錢，即便如此，在村子裡面依然引起了軒然大波。

大家都說田老三一家不會過日子，有這麼多錢卻買兩座什麼也沒有的荒山。每每如此，田老三與周氏只能呵呵笑著應對。

山頭上目前都是些小灌木，要整理完全，也得等春耕之後。

趁著還沒有忙起來，田老三與周氏帶著孩子們在自家山頭割灌木，割好了就用藤蔓一堆一堆地捆起來，留著以後當柴火燒。

上午幹了一天活兒，下午就被允許在家裡做些輕省的活計。

田箏突然不用天天做香皂，她心裡有些惆悵，覺得很是落寞，幸好趙掌櫃通情達理，除了不能買賣，不能洩漏方子外，田家還可以做香皂來自用。

這一日新做完一批香皂，她收了七、八塊已經成熟含有香味的香皂出來，用籃子裝著，送去魏琅家。

田老三與周氏都對魏家很是抱歉，私下賠了很多禮，魏家一家沒有接受，後來魏秀才放話說讓田老三與周氏別再介懷，不然總有這個疙瘩卡在心中，兩家人還怎麼交往？

於是，除了起初那段尷尬時期，過後兩家又恢復了之前的來往。

魏娘子、魏秀才，包括魏家兩位男孩都十分喜歡香皂，田家當然義不容辭地每月送一批給他們用。

推開魏家虛掩的門，已經長到膝蓋高的黑狗七寶立時撲了過來，幸虧田箏早有準備，不然嚇都嚇死，她悄悄地瞪了一眼罪魁禍首魏琅。

田箏曉得是他吩咐七寶幹的壞事，他坐在院子案桌旁表現出用功讀書的模樣，正埋頭奮筆疾書地寫著什麼，頭也不抬故意忽視田箏。

田箏也不理他，逕自走進大廳裡，見沒人，心裡疑惑不解。她便往魏家的灶房那邊去，當穿過大廳靠近魏秀才的書房時，無意中聽到一些聲音，似乎是魏娘子的哭泣聲，田箏趕緊識趣地退出去。

可裡面說話聲太大，她還是聽到了一些細枝末節。

魏娘子極力忍著情緒，斷斷續續道：「他爹，咱們真的要舉家搬往京城？可是京城那樣大，我們去了……」

連續傳了幾封書信，好不容易打動本家伯爵府，剛得到了回信，為了兩個兒子的前程，搬去京城是必須的。

魏秀才道：「我意已決，等家裡的事情打理完，就動身吧！其他不用妳操心，妳只管收拾行李就是。」

魏娘子心中十分難受，她的親朋好友都在這邊，可為了兒子們的前程搬到人生地不熟的京城去，她是沒什麼不樂意，只不過人對未知的環境總會生出恐懼之心。

深知這一別，還不知何日能回來，魏娘子情不自禁地流下了淚水。

田箏把籃子放在魏家正廳的桌子上，人便自覺地退出去，可她是聽明白魏家叔嬸的意思是要舉家搬離村子？

退離書房，她抬眼就見魏琅已經寫完了字，他站在庭院中有一搭沒一搭地踢著小石塊，一臉百無聊賴的神情，他抬頭望了田箏一眼，張開口道：「怎那樣久？」

田箏剛才聽聞那一席話，心裡七上八下隱約很是失落，也沒心情跟魏琅鬥嘴，問道：「老師，我們今兒學什麼？」

魏琅低垂著頭把剛才寫了幾篇的紙張拿過來，然後道：「這些，妳按著抄寫一遍吧，待會兒我要檢查，寫不好要打板子的。」

田箏接過紙瞄了一眼，魏琅寫字越來越有自己的風格了，每一筆每一畫看起來都很蒼勁有力。

田箏什麼也沒問，默默地移開椅子坐在書桌旁，提起筆來寫。

氣氛安靜，只聽得到翻書與寫字的聲音，等田箏全部寫完，才驚覺時間已經過去半個多時辰，她放下筆道：「我寫完了。」

魏琅合上書，用眼神示意田箏把紙張遞過去，待接手寫好的紙張，他低下頭一張張地看過後，蹙眉道：「以後拿筆的手要穩，不然寫出來難看死了。」

因年幼，手握筆不穩，的確很難寫出好看的字，田箏只好沈默地點頭。

魏琅道：「今日就不打妳板子了。」

明顯感覺到對方心情頗為不佳，田箏瞪大眼等著魏琅再說點什麼，可是等了一刻鐘還是沒見他說話，只好小聲地問道：「小郎哥，你們要搬家了嗎？」

魏琅抬起頭靜默片刻，才道：「妳已經知曉了？」

田箏苦著臉，糾結地看著他，問：「什麼時候？小郎哥還回來嗎？怎麼這樣突然就決定搬家？」

算不得突然，自去年魏文傑中了秀才後，魏秀才早已經計劃要送大兒子去京城裡，畢竟泰和縣資源有限，只有去了京城，魏文傑才能得到更好的教育。

魏秀才自身早已放棄科舉之路，於是很自然便把心神放在兒子們身上，望子成龍是每一位父母的願望。

再說魏家在鴨頭源屬於外來戶，他家往上數幾輩，與京城如今的伯爵府魏家有著七彎八拐的關係，魏秀才就想投靠魏家，由著他們引薦，先不說能入京城哪家書院讀書，即便只能請到一位有學識的先生亦可。

三年一科鄉試，耽誤不得，故而魏秀才此時就開始著手準備。

若單單只讓魏文傑一人入京城，夫妻倆難免放心不下。幽居鄉村這些年，為了兒子們，那些人情來往少不得都要重新梳理通順。魏秀才本來決定只自己一個人陪著大兒子進京，可是留下小兒子與妻子，他又如何放心？於是，乾脆決定舉家遷往京城。

雖然是搬到京城，但鴨頭源的房產、田地之類都不會變賣，而是請人幫忙打理。這也是把根留在這兒，科舉之路難上加難，誰也說不準能不能中。若是兩個兒子都沒天分，魏秀才只能帶著一家人回鴨頭源村。

田箏一連串的發問，令魏琅繃緊的神經鬆懈了些，他回道：「哪天的日子還不清楚，要等我爹安排。」

之前還有些僥倖心理，如今得到魏琅的證實，田箏微微張嘴，卻不知道該說些什麼。

魏琅挑眉道：「別以為我不在家裡，就可以鬆懈功課，哪天我回家來是要考查妳的，答不出來，照樣打妳板子！」

好不容易堆積起來的憂傷氣氛，一下子被魏琅的話戳沒了，田箏攤攤手，既無奈又好笑道：「我才不怕你打板子呢！又不是沒挨過。」

閒話了好一會兒，田箏才回到自家。

魏家並不是馬上啟程，至少也要春耕過後，算下來也得一個月，驅趕掉心頭的煩躁，田箏便打起精神。

田老三與周氏得知魏家要搬去京城，夫妻倆很是傷神了幾天，但是想到魏家兩個男孩是奔著好前程去的，又打心裡為他們開心。因怕他們缺少什麼，田老三與周氏丟下手頭事，跟著魏家忙前忙後，村子裡面的人家都紛紛出動，魏秀才順便把田地託付給幾戶可靠的人家。

按魏娘子的擔憂，怕家裡房子沒人住落了灰，於是周氏自動請纓接過這事，保證以後時不時幫著打掃一番，絕不會讓魏家房子結一點蜘蛛網。

魏家還沒有正式動身，春耕就來了，村民們哪有那樣多時間傷春悲秋，很快便投入到一年的大計中。

田箏家裡也一樣。三房新買了牛，田老漢怕黃牛別人教不會，於是親自下地教牛犁地，花費兩、三天時間，牛兒才老老實實地拉著犁。

有牛幫忙犁田，三房那幾畝田地很快就整理好，之後其他房都來借牛用，田老三一點也不擔心他們會讓牛累著，因為普通的老百姓愛惜牛，堪比愛惜自己生的孩子。

這一日傍晚，堂姊田麗牽著吃得肚子圓滾滾的牛還給田老三家，待把牛趕進牛棚，田麗走進灶房，笑著問道：「妳們燒什麼菜呢？」
今日是田箏在家裡做家務，就回道：「還不是些尋常的菜，剛在菜園裡摘了幾根黃瓜，麗姊姊要不要吃一根？」
新鮮的黃瓜削掉皮，吃起來清爽可口，田箏幾乎是把它當水果一樣吃。
田麗道：「妳給我削一根吧。」
田箏拿著菜刀動手給她削上一根。田麗接過後沒有立刻離開，而是在灶房中磨蹭了會兒，還蹲下身幫田箏看著灶臺的火。
自從魏文傑明確拒絕三堂姊後，許是覺得難堪，她已經很少主動上三房找田箏姊妹，今兒卻杵著不動為的是什麼呢？
田箏默默等待片刻，卻見她什麼也沒說，可能是自己多心了？
少頃，田麗往灶臺扔進一根柴火，略顯猶豫才道：「箏箏，妳今天見著魏文傑了嗎？他……他怎麼樣？」
田箏拿刀的手一抖，她趕緊放下菜刀，突然很怕三堂姊又來一樁遞分別信物的事，忙提著心道：「哎……我今天去他們家沒見著他。」
田麗眼神一黯，追問道：「妳知道他家什麼時候走嗎？」
田麗的詢問讓田箏明白三堂姊如今尚未釋懷，明知無望還要癡想，不是給自己找罪受嗎？

田箏並不鼓勵田麗的行為，只好道：「魏伯伯把家裡事情打理完才會走吧，我並不是很清楚。麗姊姊妳問這些做什麼呢？」

「就問問。」田麗沒有得到準確時間，想到與魏文傑從此天涯各一方，頓覺渾身沒精神，她失落地留下一句：「我回去了。」便懨懨地離去。

見小姑娘落寞的背影，田箏搖搖頭，惆悵地嘆口氣。她想也許魏文傑離開村子，才能徹底斬斷田麗的念想。

轉眼，村民們熱火朝天地開始春耕，田箏家亦不例外。田老三領著媳婦孩子們在田間插秧，每人手上拿著一撮秧苗，彎下腰，不停地把秧苗插進泥土中，一直機械式地重複簡單的動作。

田箏不怕辛苦的插秧，可她怕螞蝗。水田裡不少螞蝗遊蕩，牠們逮著人類裸露的肌膚就會立刻吸附住，並大肆吸取血液。她怕死了螞蝗，光是看到螞蝗便覺得自己整個人都不好了！

自從被螞蝗吸食過一次，田箏就留下了心理陰影。今日做了很久心理建設，她也不敢下田。

田老三見田箏的窘態，笑言道：「看來，我家閨女長大後要嫁給官家做夫人才行。」一語畢，田老三十分淡定地用事前準備的草木灰撒在吸附於小腿處的一條螞蝗身上，再將奄奄一息的螞蝗隨手扔到田埂。

田箏嚇得捂住臉，很想逃跑。

然後她又不小心瞧見周氏也沒事般用手拍打螞蝗吸附處附近的肌膚，使牠自然脫落，螞蝗掉進水裡扭動著身子往別處游去……

田箏渾身顫抖，覺得整個人更加不好了。

更令田箏啞口無語的還有姊姊與弟弟。長得嬌滴滴的田葉也不怕螞蝗，田玉景甚至還用樹枝挑起螞蝗來玩，他捏在手裡把螞蝗當橡皮筋一樣拉得老長老長。

轉頭，田玉景笑咪咪道：「箏箏姊是個膽小鬼。」

哎呀！媽呀！田箏無法反駁，她的確是一個膽小鬼。她簡直要哭了。

田箏縮在田埂上不敢下水。周氏見此，便笑道：「箏箏，妳回家去做飯吧！記得熬一鍋粥，還要放涼它……」

得到娘親的「特赦」，田箏一點也不留戀，提腳就走。恰好途中撞見特意來找自己的魏琅，於是兩人一塊兒回到田家。

「小郎哥……你想吃點什麼？我給你煮。」田箏一邊洗米，一邊問道。

魏琅摸摸下巴，稍微思索後道：「前天我們一塊兒抓的泥鰍還有嗎？就炒那個吃吧！」

「還有一半呢！」田箏說完，把藏在水缸旁邊的木桶提出來，裡面幾十條泥鰍依然很生猛。

說做就做，田箏自覺最近廚藝大長進，首先便來個青椒爆炒泥鰍。

魏琅也不忌諱什麼，蹲下來給田箏燒火，田箏把配料一一準備好，待鍋燒熱了，把油倒進去，泥鰍用竹簍瀝乾水，抓住時機倒入鍋裡立時就蓋上鍋蓋。只聽得一陣乒乒乓乓作響，聲音很快停止。再揭開鍋時，下了大蒜、薑絲和一勺米酒進去調味並去腥，一陣香氣撲鼻而來。

跟著魏琅一起來的黑狗七寶都循著味道跨進灶房。待爆炒泥鰍裝盤，魏琅端著菜盤，忍痛扔了幾條泥鰍給七寶吃。

田箏在院子中支開一張小桌讓魏琅坐著吃，七寶圍著他打轉，盼著時不時能從魏琅嘴裡得到一條泥鰍吃，一人一狗相處得十分和諧。

把一盤泥鰍消滅，魏琅拍拍肚皮，拿手帕擦擦嘴巴，開口鄭重道：「我要把七寶交給妳了，妳可要像我一樣對待七寶啊。」

田箏看著不斷搖尾巴的七寶，突然有些頭疼……

魏琅一家啟程時，很多村民們去送行。離別委實傷感，田箏躲在家裡沒去湊熱鬧，倒是田玉景去了又哭著跑回來，抽噎著說：「捨不得小郎哥走。」

自從魏琅離開，一連幾天田箏都顯得精神萎靡，沒有魏琅時不時跑來刷刷存在感後，田箏突然感覺到一種奇怪的空虛寂寞冷……

這感覺持續了一段時間依然沒法控制。

秧苗全部播種完，便迎來了幾場春雨。

外面淅淅瀝瀝下著雨，躲在家裡沒事做，田箏於是開始教導田葉、田玉景識字。之前對古文不熟悉，雖然很早就想教家裡人，卻只好推遲到今天。

田箏自己琢磨製作了一份學習計劃，打算讓姊姊和弟弟由簡入繁地慢慢學認字。可惜田葉對認字的興趣還沒有繡花大，故而只學習一、兩天之後，田葉表示放棄了。

田箏沒有為難姊姊，一心一意教起田玉景。

可能是田箏沒有教學天賦，田玉景的學字進程很緩慢，往往剛認識了一、兩個字，過幾天便又忘記。每每應答不出，田玉景都抬著頭可憐兮兮地望著田箏。

田箏撫額，虧得魏琅還敢嫌棄自己，若是讓他來教弟弟，豈不是日日氣得吃不下飯？板子也都該打壞吧？

「算了，你寫完這兩個字就去玩吧。」田箏只能無奈道。

自從田箏識字後，田老三去鎮上跟著買了一副筆墨紙硯回家，那些東西品質算不上多好，但聊勝於無，田老三覺得總不好一直用魏家的東西。

因此現在田箏沒事時，也有工具教姊弟學習。

田玉景眼睛一亮，執筆的手立刻加快，過沒一會兒，他就表示已經寫完，道：「那我去找柱子哥玩了？」

田箏看了一眼那狗爬一樣的字，嘆氣道：「你去吧。」

田玉景歡呼一聲，扔下筆飛快地要跑出門，卻被田葉攔住道：「阿景，你帶把傘出去，淋著雨可是要生病的。」

田玉景拿了傘，一溜煙似的跑沒影。

認個字真有那麼難受嗎？田箏瞄一眼捏著針線心無旁騖繡東西的田葉，還有剛才逃出門的弟弟……

田箏內心五味雜陳，多少穿越種田文都是賺錢後開始幫襯爹爹、兄弟或者叔伯讀書考科舉啊，由此一人得道，雞犬升天。她雖智商一般，初來時也曾雄心壯志地決定送弟弟去讀書考科舉，再因為魏家連出兩位秀才，更讓田箏覺得考上秀才算不上難事。

可是，現在田箏被深深打擊了信心。

而且，田老三、周氏對孩子讀不讀書的態度是可有可無。他們並不是不重視讀書人，而是打心眼裡就不認為自家可以走出一個讀書人，亦從未存有兒女讀書識字、出人頭地的心思。

田箏特意徵詢過田老三可否讓弟弟去讀書，田老三的回答是——「阿景樂意，便讓他去。」

田玉景年幼，正是喜歡上山下水玩樂的年紀，每日學認字好似要了他的命，若不是田箏強勢讓他學，田玉景哪裡坐得住？

田箏沒法，只能每天固定一個時段讓弟弟學習，至於其他的，等他長大點再說吧！除此之外，投餵七寶也是田箏每天的例行公事。

今日是個陰雨天，田箏抱著食盒、戴著斗笠出門，此時魏家大門緊閉，在雨霧中顯得十分寂寥。田箏惆悵片刻，便掏出魏琅臨走時給她的角門鑰匙，開了門進去。

聞見熟悉的氣息，黑狗七寶「汪汪汪……」叫了幾聲，瞬間竄到田箏身邊，田箏摸了摸七寶被雨打濕的頭，抬腳就往裡面走。

她停在七寶的窩旁，這才打開食盒讓七寶盡情吃。

七寶低頭狼吞虎嚥時，田箏一邊看著牠，一邊無奈道：「你怎麼跟你家主人一樣麻煩啊？學什麼不好，學你主人一身的脾氣。」

行程萬里之遠，舟車勞頓，很多行李都帶不了，一條活生生的小狗更別說了，魏秀才於是決定把七寶送人。

這可是魏琅親手養大的小狗，他捨不得，思量一番後想到了田箏。

離開前兩天，魏琅把七寶領進田家，目的就是讓七寶以後住在田箏家裡，可是連續好幾天時間一到，七寶就會自發回魏家。

七寶十分固執，田箏想了好幾種辦法也沒扭轉牠回魏家的念頭。若強行鎖著七寶，牠便會嗚嗚叫得十分可憐，甚至不吃不喝，絕食抗議。

家人都說七寶通靈性，這種狗狗不能對牠強硬，最後田箏沒辦法，只能放了牠回魏家，她自己每日送食物給七寶吃，像今天下著雨，田箏也冒雨過來。

「汪汪……」吃完了，七寶便圍著田箏的褲腿打轉，發出低低嘶叫聲。

田箏陪著七寶玩耍一陣子，直到夜幕降臨時，才不得不離開。

七寶一直跟到門前才突然停住腳步，明知道對方聽不懂，田箏還是習慣性問道：「你跟不跟我來？」

連問幾聲，七寶都不移動腳步。一直都有人說，狗是人類最忠誠的動物，田箏以前從來沒有養過狗，見七寶的行為，她內心不得不感慨萬分。

幸虧魏家設有專門的狗洞，七寶每日裡行動自如，村子裡人也都知道是魏琅養的狗，沒有人起什麼作惡的想法，田箏目前還是挺放心讓七寶獨自住在空無一人的魏家。

田箏離開魏家後，走進自家門，見院裡擺放了幾棵樹苗，有桃樹，也有李樹、梨樹，還有楊梅樹。

田箏問道：「阿景，祖父才剛過來嗎？」

田玉景揉揉眼睛，道：「祖父剛走呢，我讓他在家裡吃飯，他也不願。」

「祖父竟然下雨天跑到山上挖樹苗，怎麼一點都不愛惜自己的身體啊。」田箏張張嘴，深感無奈。

按田老漢的意思，趁著春季雨水足，這時候種下的樹苗存活率高，於是春耕一過，他便迫不及待去挖野生的果樹苗。

此時的祖屋裡，尹氏把田老漢褪下的蓑衣掛在屋簷下，忍不住嘮叨道：「老頭子，我看你還是洗個澡再吃飯吧。」

田老漢穿著草鞋，渾身淋濕走到房間，地上立時淌了一地的水，他抖抖衣裳便道：「行！妳給我找衣裳，我去打熱水。」

冒雨出門的不止田老漢一人，田老五亦然。為防止家人生病，春草熬了薑湯，正好端了一碗過來，敲了門問道：「娘……我給爹端了薑湯來，妳讓爹先喝一碗吧。」

尹氏接過碗，等春草退下去，由衷感嘆道：「一家人，還是春草這媳婦最令人省心。」

本來周氏也算個省心的兒媳婦，可如今周氏縱容著家裡漢子弄果園，霎時間在尹氏心中打了折扣，她一直覺得分家後，周氏開始大手大腳起來，花錢沒個自己的章程，這樣持家怎麼行呢？

田老漢懂尹氏的憂心，隨即道：「老三他們還說要花錢買樹苗。我能不著急？這又得花多少冤枉錢？」

桃樹、李樹還有楊梅這類，真想去尋找，山上可以挖出很多，何必浪費銀錢去買？因此，田老漢才不等天氣放晴就急著挖樹苗。依照他的想法，他多挖一棵，便能替三兒子省下一棵的錢。

田老三夫妻勸了很多次，都不能令田老漢停歇。可憐天下父母心，老兩口原本說分完家，萬事不管、只管頤養天年。可勞碌一輩子，見著兒子們一個個不靠譜的行為，哪裡放心得下？

於是今天幫四兒磨豆腐，明兒幫五兒下田，大兒子、二兒子田間的作物也時不時去溜轉一圈，估摸著這一輩子都有操不完的心。

尹氏道：「明兒下大雨就別去了，你身子骨也禁不起折騰。」

「看看明兒天色吧……」田老漢道。

那日三房夫妻送一百兩銀子上門，兩位老人原本無論如何也不想收，可一想到三房夫妻花錢大手大腳，且他們還要弄果園，真是拿錢當流水花。

尹氏持家這些年，她是恨不能把一文錢掰開幾次花，三房將銀錢胡亂撒出去，還不如交到她手上保管，等她死時，她也能保證分文不動地交還回去。尹氏估計三房手中至少有千兩銀錢，但已分家，尹氏沒臉提出讓周氏將銀錢交給她保管。她當即心道：有一兩是一兩，何況還是一百兩？

順勢就收下這一筆錢。

待人離開，田老漢與尹氏立刻對這筆錢定下一個章程。別的不說，田葉姊弟三人必須每人留下十兩銀，如此往後婚姻嫁娶之類的不用愁錢從哪兒來。同是孫兒，老兩口私心也不希望其他房太寒磣，只能昧著良心再留三十兩給其他房的孩子用。這六十兩大頭是無論如何也不能動用的，更不能讓別人知曉。

還剩的那四十兩，少不得要拿一些來接濟、安撫其他房。

三房既建屋又折騰果園，其他房目前除說幾句小心眼的酸話外，都沒有起什麼壞心思，可見當時處理的方法很是不錯。

至今尹氏那四十兩銀子還剩下不少呢，在精打細算方面，她一直是個中翹楚。

田老漢與尹氏心裡的算盤，就連田老三和媳婦周氏都不知曉。當時他們便說過錢給了父母，就隨他們怎麼花。

買完山後，周氏細數家裡居然剩餘二千多兩銀錢，這可是一筆鉅款！真是作夢也不敢想的數額。婆婆還以為她不知道持家呢，周氏把兩千整數存起來，打算留著給孩子們將來用。剩下那些零頭只要合理計算，便足夠一家子衣食無憂。

深知果園幾年內都不會有收成，田老三與周氏亦是算了又算，才作出這個看起來頗為草率的決定。

田老漢挖的那些樹苗皆擺在三房院中，田老三回家時瞧見便對周氏道：「明早不去田裡，我把爹挖的樹苗種下去。」

「急什麼，這天氣擱兩天也沒事。」周氏說著，很是憂心忡忡道：「現在雨水多，山路滑，你去跟爹娘說清楚讓他們別再上山吧。」若是種完，少不得公公又急著去挖，還不如放幾天呢。

唉……田老漢那個執拗的性子，怎麼說也說不聽。

田箏見父母犯難，她自己深有同感，可她同樣沒能說服祖父母。對果園的管理，田箏雖然一竅不通，可細細思索一番，果園的品種應該得儘量統一吧？不然，光拿桃樹來說，有水蜜桃、毛桃等等品種。若是隨意種，沒有批量產以後怎麼賣？

祖父與爹娘哪裡曉得這些，以為只要把山種滿就行呢。

田箏認為不能盲目將果樹全種上，而是要規劃好，總共五十多畝面積，選定哪幾種果樹，每一品種圈一片土地出來，分開打理。

「爹，祖父挖來好多品種的果樹，咱們到底種什麼啊？」田箏忍不住問，這將關係到家裡十幾年甚至更久遠的生計問題。

田老三一愣，須臾笑道：「種水蜜桃、葡萄、黃梨、楊梅，還有橘子、李子這幾樣。箏箏還想吃什麼？」

還有心思說笑呢！田箏深深呼出一口氣，又問道：「爹，咱們別隨意種啊，你得把每種水果按季節分門別類，還要看看咱們的山地適不適宜這些水果生存啊。」

臨到開飯時間，周氏擺出碗筷，她見田箏愁眉苦臉，於是笑著拍拍田箏的頭。「要妳操心呢！妳爹早想好了，妳忘記前陣子來咱們家的何大伯啦？」

最近家裡來過不少人，田箏早已不記得何大伯是哪位。

田葉給家人盛飯時，介紹道：「大伯母村裡的那位何大伯，人家以前可是在大戶人家幫著打理果園的。」

田箏恍然大悟道：「就插秧前來家裡過的那位何大伯啊。我記得了，原來他打理過果園呢。」

何大伯年紀五十歲上下，聽聞與黃氏一個輩分，故而田箏他們稱呼為何大伯。他當時匆匆來田家這兒看一眼，因趕著家裡春耕，便跟田老三說春耕後再過來。

這是請了專業果農幫忙呢！

畢竟事關一家生計，田老三不敢隨便大意，已圓了兒時夢想，不能再置全家大小不管。他自己不擅長，聽聞大嫂說她娘家有位懂的行家，一早就讓黃氏牽線，聯繫上對方。能夠賺些銀錢，何大伯很是樂意，當即答應過來，而且果樹苗也拜託對方相看。

估計對方這兩天會到，田老三特意吩咐周氏收拾出一間客房，如今只待何家大伯上門。之後的日子，田箏家每天整理山頭，把灌木、茅草、石塊等清理乾淨，忙得不可開交。除四房要做豆腐買賣沒法幫忙，田家各房都出動，用去半個月才把那二十畝的小山處理完。

田老漢從何大伯處得知果樹苗還有這麼多學問，便不敢再擅自作主挖樹苗，總算解決田老三與周氏的顧慮。藉著此事，更是讓田老漢好生歇息。

何大伯過來當天就領著田老三去山坡勘查，細細看過土質，瞭解清楚哪邊向陽、哪邊背陰、哪塊土質適合什麼果樹等等，他再借用田箏寫字的紙，畫下一幅大致的布局圖。

規劃細緻到連防護林這類都有，田箏見對方這樣專業，那顆不確定的心大定。爹娘雖然是地道的農民，做事情還是挺靠譜的，最起碼知曉把自己不會的事情交給懂的人去做。

果樹苗花錢買進，若是不在山上做防護，被人偷盜走，哭都沒地兒哭去。

何大伯的建議是田老三若餘錢夠多就修建磚牆。若是不願意花這筆錢，就築籬笆牆，籬笆大多用材是竹子。不管是竹子或者其他木材都有個缺點：經過長久的風吹日曬便很容易腐化，需要經常換新。

田箏覺得乾脆就築磚牆唄。在現代時，新興的生態農莊很受歡迎，裡面可以養雞鴨豬啊……還兼吃、住、娛樂一體。大鳳朝空氣清新，沒有工業污染等等環境問題，不過田箏倒沒奢望有人願意花錢觀光旅遊，築磚牆不僅防盜，還能在果園裡大批飼養家禽、牲口。

田老三與周氏商量後決定低調行事先圍籬笆牆。把籬笆築得密實一些，築高一點，周圍再種上木槿，等過幾年樹苗長大掛果，帳目上有錢了，再沿著籬笆牆修築一道結實的磚牆不遲。

說做就做，五十多畝的籬笆牆說大不小，築起來需很長時間，況且每房都有自己的事呢，幫忙久了，幾個伯母、嬸嬸估計會有意見，於是田老三聽從田箏的提議付工錢請村民們來幫忙。

春耕已過，再沒什麼要緊事，村中閒人頗多。田家每天付八文錢的酬勞，哪個不樂意做這活兒？

上次田箏與魏琅遭綁架時，村民們大多出人力幫忙找，田老三與周氏一直很感激，更希望有機會回報一下大家的恩情。當消息一傳出去，立刻有很多村民表示願意幫忙，首當其衝就是張胖嬸。

張胖嬸笑道：「聽聞阿琴妳家要撒錢，妳看我來做行不行？」

周氏笑道：「妳都進了門，我還能把妳推出去？」

「喲，敢情不歡迎我呢？」張胖嬸扠腰故意惱怒道。

周氏曉得她故意說這話，淡定道：「歡迎誰也不能落下了您。阿景他爹的意思是一批人去山上砍竹子，一批人築籬笆，妳要選哪一樣？」

張胖嬸思索後道：「那我就留著修築籬笆吧。」因她要給家裡唯一的兒子張柱子做飯，挑離家近的活兒做，最好不過。

兩人歡快地定下來。村民陸陸續續過來，周氏全部答應。

家家戶戶關係都不錯，也沒有誰好意思偷奸耍滑，第一天幫著來幹活的便有幾十人，第二天時增加到一百多人，連大房的田玉華、田玉程，還有二房的田玉福都來幫忙，周氏也一塊兒結算工錢給他們，三位堂哥歡喜得幹活特別有勁頭，田玉華還玩笑似的對黃氏說：「娘，這錢可是我和弟弟的辛苦錢，妳不能收了去啊。」

黃氏當即唾棄道：「誰稀罕你那幾文錢啊。」

引得滿堂哄笑。

田老三召集村裡人後，田老大、田老二、田老五，包括田老漢依然自願過來幫忙，周氏想給他們結算工錢，卻被田老漢阻止道：「給他們小孩結就算了，你們自家兄弟還計較這個做什麼？」

田老大悶聲道：「爹說得對！咱不要這錢。」

隨後田老二與田老五都表示不需要，分家這麼長時間，田老三終於再一次感受到兄弟之情。知道大哥、二哥嗜好喝些小酒，每當兄弟們來幹活，田老三少不得吩咐周氏弄一桌菜，然後打酒回來，幾個人一直邊喝邊聊到晚上戌時才歇息。

至於田老四，他自從經營豆腐坊後，日日起早貪黑地勞累，根本擠不出時間來三房這裡，田老三也不埋怨對方，有酒只管叫他過來喝。

兩個山頭的圍牆修好用去半個月。有何大伯監工，圍牆的品質修築得很不錯，用個兩、三年不是問題。

這其間，何大伯帶著田老三前往一趟永和縣拜訪那戶果農，永和縣比之泰和縣更靠近金州市，因而經濟更加繁榮。那戶果農兼種植花草，田老三在對方的園林中大飽眼福，算是見一次世面。

選完樹種，有何大伯做介紹，果農還把總價抹去了零頭，並約定時間讓對方將樹苗送到泰和縣。田老三在永和縣鬧市街的小攤販，挑了幾件新奇的玩意兒給兒女們，他見女人戴的珠花樣式好看，思考良久，冒著被媳婦罵的風險，也挑了一支回家去。

三房一直忙到盛夏三伏天才把所有事情忙完。

果園裡果樹分門別類、井然有序地遍布兩個山頭，這可算田箏家的私產，規劃時除去樹苗占地，還特意留下七、八畝地整理妥當來種莊稼，今年種的便是玉米，因為規劃好，種下玉米及時，現在已經結了玉米棒。

田箏姊弟三人每日都提著木桶給果樹苗澆水，他們最愛待在葡萄園。葡萄園上空搭著葡萄架，架下每間隔一尺半種一株苗，清晨太陽還未露臉，葡萄藤葉生機勃勃地攀著竹竿往上長。

田箏將一瓢瓢水澆在根部，不由想像葡萄結果時的盛況，再瞧這些藤苗的長勢，估摸著需要長個兩、三年才可能結果，她一時恨不得替它們長個子。

果苗被家人伺候得好，樹苗存活率都非常高。當初楊梅大多是整棵移植，只要存活了，來年結果不是問題。所以，田箏家除了楊梅樹明年能有收穫外，其他的果樹要耐心等個三、四年。花費那麼大心思，當然能耐心等他三、五年。

天氣炎熱，姊弟三人趁著日頭還不毒辣時就趕緊回家。離開果園前，田箏順手摘了一籃玉米棒，嫩玉米味道鮮甜，家中人皆愛吃。

田箏到家便開始燒火煮玉米，架上鍋不久，清甜的香味很快瀰漫在屋子各個角落。田老三與周氏都沒出去幹活，一家人圍攏在屋簷下吃玉米，吃得熱火朝天，咀嚼聲不斷。

七寶不斷繞著田箏打轉，田箏無語地看著牠，她就沒見過那樣愛吃玉米的狗狗啊，受不了七寶黑溜溜渴望的眼神，田箏還是扯下幾粒玉米餵給牠吃。

七寶吃下肚，立時搖擺尾巴瞬也不瞬地再次盯緊田箏手中的玉米，田箏搖搖頭表達不給的意思，七寶便發出「嗚嗚嗚」的聲音，賴皮地蹭著她的雙腿使勁撒嬌……

田玉景在一旁看得眼熱，姊姊不肯給七寶吃，他就在自己手中扯下十幾粒，語氣不滿道：「七寶，來我這兒吃。」

七寶跑到田玉景身邊將玉米吃進嘴，便馬上折回田箏身邊，那行為、姿態簡直就是養不熟的白眼狗，弄得田玉景十分鬱悶。他對七寶的喜愛不亞於小郎哥，十分怨念為什麼小郎哥不讓他照顧七寶呢？一時深感委屈，田玉景又動手剝玉米粒，打算誘導七寶跟他親近。

「阿景，別給牠吃了。七寶一次吃多不好。」田箏趕緊阻止弟弟的行為，當她真吝嗇不給七寶吃呢？狗雖然是雜食性動物，但什麼東西也禁不住暴飲暴食啊。

田箏摸摸七寶的頭，七寶一臉舒服地彎低腰、伏下身，趴在田箏腳邊十分享受著她的撫摸，看得田玉景馬上癟起嘴，表情既沮喪又不甘心。

田老三笑道：「阿景，爹爹給你買一隻比七寶更威風的狗如何？」

田玉景眼睛一亮，隨後想到什麼，眼裡的光很快熄滅，他懷疑地問：「買回來的有七寶厲害嗎？七寶可是很會抓老鼠的。」

抓老鼠有什麼特別？村子裡大部分的狗都能抓上幾隻，這也是因為農戶不會像魏家這樣一日三餐每頓拿食物餵狗，狗兒們少不得自己覓食。

田老三見兒子懷疑自己，語氣篤定道：「爹給你去買獵戶家養的狗崽子，你好好養大，將來肯定比七寶厲害。」

周氏吃完玉米，準備捏著針線縫補衣裳，她聞言蹙眉道：「養什麼狗呢？他爹，你別縱著孩子們。」

見媳婦反駁自己，田老三不好意思地撓撓頭。「長大幫咱們看家護院挺好呢，像七寶這樣多忠誠。」他略微停頓，特意放低嗓音試探道：「就養一隻吧？妳兒子女兒多喜歡呢？」

七寶是條忠誠的小狗，牠如今每晚天黑時依然自動回魏家，這一點任誰也改變不了，田箏試過好多種方法，最後不得不放棄。

聽丈夫說得可憐巴巴，周氏噗哧一聲笑了，問：「是你自己想養，還是兒子想養狗？」

田老三立刻道：「總之，咱們養一隻唄？」

田老三不敢說，他都已經跟鄰村的獵戶說好了，等那懷崽的獵犬生下來，就抱一隻到家裡來。

田葉本來專心繡帕子，她突然抬起頭期盼道：「娘，聽爹的嘛，我們家也養一隻？」

見孩子們個個滿眼祈求地盯著自己，周氏擰眉道：「我還能作你們老田家的主？不都已經決定了嗎？」

田老三油嘴滑舌道：「媳婦才是我們家的將軍大人，一聲令下，指哪兒咱們就打哪兒。」

一時間家裡氣氛其樂融融，歡聲笑語不歇。正這時，春草頂著烈日走進門，她笑著問道：「你們笑什麼呢？」

「五嬸，妳來得正好，這兒還有玉米呢，快吃一根。」田箏把籃中剩下的兩根玉米選了個大的，遞過去給春草。

春草也不拒絕，接過玉米剝開皮就咬一口，她聽說三房要養狗，說：「讓婆婆知道，定不贊同。」

可不是，一切消耗糧食又沒產出的浪費行為都該杜絕，這就是祖母的想法啊。田箏不厚道地想，家裡若養了狗，祖母肯定還來說一番爹娘的不是。

春草想起自己此番是有正事，便把袖中的信封拿出來。「三妹讓人遞回來的信，說是給你們的。」

什麼信？田老三有些糊塗，不由將目光移向田箏、田玉景兩個唯二識字的人身上。

田箏主動接過信，見信封上收信地址是田三妹家，而後轉交給田老三家的，估摸著是信使只能把信送到鎮上才如此，田箏馬上拆開，一看字體就認出是魏秀才寫的。

已經在鴨頭源落戶半輩子，鄰里和睦。魏家臨行前，村民們都說讓魏秀才進了京後給大家報個平安，於是信裡主要寫的是魏家在京城安頓好一切，請村裡人勿掛念。田箏將一張信紙唸完，發現還夾著一張紙。

原來是魏琅始終放心不下七寶，一到京城安頓下來，就磨著魏秀才早早打發人送信呢。

信是專門寫來問候七寶的，寫得規規矩矩，先是介紹了一遍魏家在京城的情況，然後他用了大量篇幅詢問七寶的事情，細緻到七寶每日三餐完後，還得陪牠玩一圈捉迷藏之類離譜的東西都有。

田箏看得不由頭冒黑線。

坑爹呢……這哪是養小狗，這簡直是養兒子嘛！難道對她不放心？

田箏瞄了一眼吃飽後在她腳邊舒適趴著的七寶，心道：「不枉費你主人那麼疼你，所以你才不肯離開魏家的吧？」

見田箏唸到一半不再出聲，田老三催促問道：「箏箏，信裡還寫了什麼？」

田箏把魏琅繁複的言詞簡化一下。「小郎哥想念七寶，讓我們對待七寶好一點呢。」

田老三笑道：「七寶媳婦兒我都給想好了呢，妳回信時告訴他，讓他只管放心。」

待獵狗產崽時，他打算抱養一隻母的，以後讓牠跟著七寶學看家的本領，那可多好啊！田老三心裡喜孜孜地想。

周氏倒不關心這個，問道：「妳魏嬸子他們是在京郊租住院子？文傑秀才開始進書院唸書了？」

田箏點點頭道：「說是京郊院子便宜些，文傑哥哥入學很順利。」

雖然與伯爵府沾了點遠親關係，但若沒有投資價值，別人不會純粹幫助你，只以為是想來打秋風呢，魏秀才只求兒子們學業有個助力，故而自家租下一個便宜院子後便開始打算以後的生計問題。

京城不止一間書院，有專供世家貴族後代學習，當然也有專供寒門學子入學的書院，魏家安排一個學位給魏文傑是件輕而易舉的事，於是他很快就進入寒門學子那座學院。

周氏放下心，由衷道：「那便好。」

春草一直在旁邊聽著，這次也插嘴道：「秀才家都是有本事的人，希望文傑秀才來年能高中榜首，我們往後對外說都臉上跟著有光呢。」

「可不是。」周氏道，心裡默默祈禱著魏家在京城生活安順。

田箏反覆在魏小郎那張信紙中找啊找，終於在末尾那一行小字裡發現寫了一句給她的，只是看完後，她心裡頗不是滋味，看完還不如不看呢。

信上道：「田箏，妳論語背熟了嗎？」

田箏突然有一種被逼迫學習的壓力，回想起上輩子好同學、好閨蜜一個勁兒地問「那題妳背全了嗎？」、「要考試了呀，那題一定要背啊！」

真是累不累啊，她還想著魏琅離開後，唯一的好處就是不用背書了呢。

春草辦完事準備回家去時，周氏拉著她走進房中，低聲問道：「我問妳，這麼長時間了，妳怎麼一點消息也無？」

她的目光在春草的肚子溜一圈，意思很明顯。

春草與周氏是同村人又沾親帶故，彼此關係向來要好，周氏問這些私密話時，便沒過多顧忌。

春草自嫁到田家，與田老五情投意合，日子過得很是不錯，她被抓著問這般羞赧的問題，春草紅了臉，悄聲道：「我們兩個想遲一、二年再生，一直避著日子呢，姊別為我著急。」

周氏明顯不贊同，蹙眉道：「避什麼避呢？妳年紀也不小了，該早些生一個出來。」

自家丈夫年歲小，且剛接手家裡的田事，目前都有些手忙腳亂，因而春草夫妻倆決定遲些要孩子，春草自己雖然想，但也不急，就同意了。

把這些一說開，周氏能理解，但周氏還是認為不需要避免，孩子有得生就生吧，像她這般，想多給丈夫生幾個兒子，可這兩年偏沒消息，再過幾年，年歲上去，危險不是更大？

春草道：「姊說的我都懂，等老五準備好為人父，我再生就是。」她突然想到嫁入宋家的田紅，嘆氣道：「大嫂前些天給紅丫頭送了一批避子草藥呢。」

田紅的情況，家裡人都不太清楚，只曉得田紅連續落了兩胎，這麼下去哪能行，再年輕也不能不把身體當一回事呀！黃氏似乎知曉什麼內情卻悶著不說，找人專門配了避子用的草藥，她也不再急著勸田紅早日生個孩子鞏固地位。

周氏跟著嘆氣道：「希望紅丫頭有自己的福氣吧。」

田家的生活很平靜。恍惚中，時光飛逝，眨眼就過去五年，田家姊弟三人隨著年紀增長，模樣身材也跟著變化。

芳齡十五的田葉出落得美麗動人，周身散發著文靜柔和的氣質，只消看一眼，就令人心裡舒坦。因此時常有不少年輕小夥子找藉口在田家門前溜一圈。姑娘年紀大了，便要拘在家中，周氏不讓田葉常出門，她每日只需窩在屋裡做做家事、繡繡花什麼的。

三房的日子比上不足，比下有餘，特別是果園慢慢有了收穫後，想與田老三做親家的農戶絡繹不絕，周氏每日光打發、搪塞別人就要花很多心思。

田葉的親事已經成為今年的一樁大事，甚至大伯母黃氏都動心思想給她娘家姪兒說親，不過還是被周氏委婉地拒絕了。

田玉景身形拔高，長得很壯實，完全褪去昔日的軟萌正太相，已經有半大小子的模樣。這些年，他勉強學會認字，再讀了幾本書後，還是徹底放下了讀書之道，導致田箏對家裡出個秀才的願望徹底滅絕。

田玉景倒是對田箏教的阿拉伯數字很喜歡，再善用加減乘除，自己摸索出一套算帳的本事，他平日最愛跟父親去鎮上賣水果。每次收錢算帳都由他經手，田老三自嘆不如。

而田箏自己，她目前的身高大約一百四十幾，按十三歲的年紀，這種長勢算頗為喜人。等成年估計一定可以破一百六吧？她身上皮膚白皙細嫩，臉蛋也慢慢長開，越來越靚麗，田箏打量自己時非常滿意，生活亦十分順心。

可是，這五年來，架不住魏琅這熊孩子總是三不五時傳信回來，信裡總讓她感覺到滿滿的惡意……

來信內容非常簡潔，兩、三句話就讓讀信的人清楚明瞭：第一就問七寶狀況，第二就報告他自己的身高，第三就問田箏哪本書讀了沒。

起初田箏沒覺得煩惱，只是看著魏琅從一百二、三十的矮胖子，突然拔高到一百五十幾，然後她看著今天到信的內容：「吾身長已五尺二寸。」

田箏默默地換算了一下，混蛋！這孩子已近一百六了啊！

從這幾個字中，田箏已經感受出魏琅絕對是帶著一股濃濃的得瑟之意，甚至他還想嘲笑自己目前的身高。

——未完，待續，請看文創風243《誘嫁小田妻》下

誘嫁小田妻

農村居，大不易，現代女的小農求生記！

田園靜好，良緣如歌／花開常在

人道是魂穿、身穿、胎穿，凡穿越女角皆身懷金手指，
出外總有發家致富的兩把刷子，還不忘攜手如意郎君……
可穿越成七歲農村娃的田箏卻趕不上這等際遇，
眼看日子只能得過且過，數著米粒下鍋圖個溫飽，
沒想到，後世風行的手工皂，竟成了她在古代的開源良機！
好不容易以香皂生意熬過苦日子，孰不知這財富竟引來禍事；
幸好她和青梅竹馬魏琅急中生智，方逃出人口販子的毒手，
而這一路共患難的經歷，讓兩小無猜的喜歡似乎也有不同了……
時光荏苒，當年舉家遷京的魏琅再次返村，
如今搖身一變成了高富帥！
且不說這「士別三日，刮目相看」的男大十八變，
前程似錦的他會對她這鄉下姑娘情有獨鍾就已不尋常，
更讓人詫異的是，自己的心還不受控制，
對這昔日以欺她為樂的鄰家男孩動了情……

文創風 242

誘嫁小田妻 上

國家圖書館出版品預行編目資料

誘嫁小田妻 / 花開常在著. --
初版. -- 臺北市 : 狗屋, 2014.11
冊 ; 公分. --（文創風）
ISBN 978-986-328-379-9（上冊 : 平裝）. --

857.7　　103019962

著作者　花開常在
編輯　黃鈺菁
校對　黃薇霓　蔡佾岑
發行所　狗屋出版社有限公司
地址　台北市104中山區龍江路71巷15號1樓
電話　02-2776-5889～0
發行字號　局版台業字845號
法律顧問　蕭雄淋律師
總經銷　知遠文化事業有限公司
電話　02-2664-8800
初版　103年11月
國際書碼　ISBN-13　978-986-328-379-9
原著書名　**《穿越之种田难为》**，由北京晋江原創網絡科技有限公司授權出版

定價250元
狗屋劃撥帳號：19001626
網址：love.doghouse.com.tw　E-mail：love@doghouse.com.tw